金玉釀緣

上

風文創 1167

元喵 著

風 文創 1167

目錄

序文 …… 005
第一章 …… 009
第二章 …… 025
第三章 …… 045
第四章 …… 071
第五章 …… 087
第六章 …… 103
第七章 …… 131
第八章 …… 151
第九章 …… 171
第十章 …… 187
第十一章 …… 205
第十二章 …… 221
第十三章 …… 241
第十四章 …… 257
第十五章 …… 277
第十六章 …… 299
第十七章 …… 309

序文

元喵

今年過年的時候家中有些冷清，只有媽媽和妹妹，還有一桌子菜餚。飯菜是熟悉的媽媽的味道，可妹妹只顧著滑手機，除了電視裡的晚會聲音，家裡安靜極了。

吃了沒一會兒，媽媽大概是覺得喝飲料不夠味，自己去拿一瓶青梅酒出來。瓶蓋一開，熟悉的酒香讓人靈魂顫抖，小時候的記憶又翻湧上來。

很小的時候，爸爸還在家裡，他在外學了釀酒的手藝回到小山村準備大顯身手。九零年代家家都不富裕，收購大量糧食回來釀酒這個想法，親戚們都不看好，媽媽也不太贊同；但爸爸還是堅決要試試做一場。

於是家中房屋被簡單地改造了一番，灶房被隔斷成了兩間，一間小小自家做飯；一間稍大，砌了大鍋爐用來蒸餾發酵的糧食。

爸爸買了高粱和小麥回來，他和媽媽忙得團團轉，幾百斤的糧食要蒸熟、要攤涼還要拌酒麴來發酵。小小的我短暫地失去了爸爸媽媽的關愛，每天自己做飯、自己洗衣還要負責餵養家裡的雞鴨。

等糧食都弄到槽裡開始發酵後，爸爸才驚覺忽略了我，然後心懷歉意地在上山勞作後帶回了一籃子野青梅給我。

青梅酸澀卻也有甜的，只看運氣好不好。不管怎麼說，都是一種水果，在村裡還是挺難吃到。年幼的我很高興，抱著青梅和小夥伴們炫耀了兩天，吃得牙都軟了還剩下大半籃。吃是實在吃不下了，扔了又捨不得，爸爸看我那糾結樣，笑道：「既然不想扔，那咱們就給它泡成酒吧！正好爸爸這裡還有一些酒麴。」

酒麴其實有點貴，媽媽本是拒絕的，但不知爸爸說了什麼，只好無奈地隨了我們。

青梅酒很好做，將梅子泡進水裡半日再取出晾乾，然後將果蒂去除並扎上孔洞。最後放上糖加入酒水浸泡，封上即可。

為著泡酒的那點糖，媽媽很是心疼，半個月都不曾理過爸爸。我也是從那時懂了心虛是何滋味，一直把酒罈子藏得好好的，不敢讓媽媽瞧見，免得她看見又生氣。

三個月後，清澈的酒水變成澄亮的淡黃色，爸爸開了罈子倒了小小一杯給我。聞著有股青梅的香氣，嚐一小口酸酸甜甜又略微刺舌頭，實在是好喝。

可惜我酒量太淺，不過半杯就醉了，被媽媽逮著由頭又訓了爸爸一頓，然後我的青梅酒便沒了蹤影。

媽媽說拿去送給外婆了，可我知道她是自己偷偷藏了起來。開心的時候總會給自己倒上一杯細細品味。

一轉眼二十年過去，釀酒的爸爸已經不在，青梅酒卻還是在那個罈子裡，每年都會新釀一些。

「哇，好香啊！媽，妳今年的梅子酒釀得真好看，我要拍幾張發到朋友圈。」妹妹笑盈盈地拿出手機拍照，我看著那酒也饞了，拿著杯子朝媽媽討酒喝。

「就妳那酒量還喝酒，小時候喝半杯就暈了，滿地打滾抱著桌腿啃。」

「媽！小時候的糗事還拿出來說！」

「我要聽、我要聽！媽，妳快說說姊姊小時候喝啥酒了？」

桌上突然就熱鬧起來，隨著一陣陣炮竹聲，進入了新的一年。

《金玉釀緣》是一個小姑娘用傳承的釀酒手藝發家的故事。承載著記憶的酒水不管過了多少年，都依舊會令人沈醉且回味無窮。

第一章

「呼……累死我了，總算逃出來了。」

南溪直起腰狠狠抹了一把臉上的汗，回頭看著遠處那一片黃沙，心裡說不出的激動。

裝傻裝了十幾年，竟然真讓她找到機會逃出來了。爹娘和姥姥泉下有知應該也會高興吧！從此以後她再也不用像犯人一樣生活，這裡有山有水好日子還在後頭！

可惜……

她沒有家人了。

南溪想到因勞苦過度早早就過世的長輩們，心裡有些難受起來。要是爹娘他們都能活著跟自己一起逃出來，一家人不管是隱居山林，還是找村子落腳都好。他們有家傳酒譜，只要手腳勤快些，日子肯定能過起來。

現在，只能她一個人去奮鬥了。

南溪吸了吸鼻子，壓下心裡頭那些傷感的情緒，仔細打量了下周圍的環境。

這是她從沙漠裡逃出來遇上的第一座山，原本還有其他路，但大路荒涼，要是有人追捕，很容易就被看到。而且這邊滿山的綠色實在太吸引人了，她就直接走進林子裡。

今日風還是挺大的，不過風沙都被最外圍的樹木擋住了，吹進林子裡的只有微微清風，讓人渾身都舒坦。儘管外面太陽很曬，但山上的樹木鬱鬱蔥蔥將天上的陽光擋了個七七八八，只篩了一些細碎的陽光漏下。

太美了！難怪姥姥到死前都念叨著想回家。

南溪是真累得不輕，看了周圍後便坐到地上，準備稍微休息再接著趕路，結果剛坐下去就感覺後腰刺痛了下。起初她還以為是被樹枝刮了，結果手一摸又刺痛了下。回頭一看，竟看到一條和綠葉差不多顏色的小蛇正吐著芯子警覺地盯著自己。

完了！

太興奮，大意了！

只知道沙漠裡有蛇，忘了外面也有！

這條綠蛇看著和沙漠那些蛇的顏色不太一樣，卻是實實在在的毒蛇。

她能感覺到四肢很快沒了知覺，心知這條蛇比她在沙漠遇上的還毒，有些絕望又有些不甘心，簡直想跳起來罵天。

明明都給她希望讓她從沙漠逃出來了，為什麼又讓她這麼倒楣？

太不甘心了……

南溪意識逐漸模糊，慢慢地閉上眼睛。

「天啊，額頭這麼燙，這是病了多久？」

「快快快，去請苗大夫過來！」

「唉……這可真是難姊難弟了，可憐啊……」

剛剛恢復些意識的南溪還沒睜眼就聽到耳邊吵吵嚷嚷個不停。

怎麼會有這麼多人？難道她又被抓回去了？

她的腦袋還有些渾渾噩噩，想睜眼看卻又不知為什麼睜不開，只能半昏半醒地聽著周圍人說話。

苗大夫搭脈就一個勁兒搖頭。「溪丫頭身體太差了，勞累過度加上嚴重的風寒，不妙。」他皺著眉從藥箱裡拿出一包藥讓一旁的婦人先去煎。「先把藥煎來給她喝，這兩天要是能熬過去就沒事，要是熬不過去……」

苗大夫話沒說完，但屋子裡的人都明白是什麼意思。

門邊一個面色慘白的小男孩聽完當場就暈了過去。

「欸！苗大夫你快來看看阿澤！」

屋子裡頓時又吵鬧起來。

南溪皺了皺眉，不太適應這種吵鬧的環境。不過她精神不好，很快就睡著了。迷迷糊糊間感覺嘴裡有很苦的東西，只愣了瞬間，她就大口大口喝起來。

天啊！她從來沒有這樣痛快地喝過水，哪怕是苦的！

扶著她餵藥的秦珍，看著小丫頭連藥都喝得跟山珍海味似的，心裡那是一個難受。

這孩子真是命苦，七歲沒了娘，十歲又沒了爹。一個人拉拔著弟弟，眼看著他就能頂門立戶了，弟弟又從山上滾下來摔成殘廢。才十五歲的小丫頭，從來沒有見她休息過，真是活得比大人還累。

可是心疼歸心疼，她一個外人也幫不了太多。自己也是一大家子的人要過活，頂多就是來幫忙餵個藥、送點吃的。姊弟倆這病要花太多錢了，誰也不敢來接手。

秦珍嘆了口氣，將南溪放平到床上，然後又去灶房端藥回來。本來姊弟倆是分了屋子睡，但現在兩人都病了，所以乾脆都集中到一個屋裡好照顧。

南澤這孩子聰明又懂事，沒聽他哭鬧過，每天都會幫姊姊幹活。真是老天不開眼，這麼好的孩子竟然癱了。這病相當嚴重，不像摔斷腿，貼點藥養幾個月就能好。他是腰以下徹底沒知覺了，連城裡最好的大夫都治不了，聽說得去京師才有得治。

從這兒到京師，光路費都是一筆不小的數目，還要找名醫看診，一想到看病要花的銀子，她一個外人都感覺窒息，何況兩個孩子。

姊弟倆以後的日子，難啊……

秦珍給兩個娃都餵完藥後就離開了，打算過一個時辰再來看看南溪有沒有退燒，順便送晚飯過來。

半個時辰後，南澤醒了，還是哭著醒的。在夢裡，他看到爹娘牽著姊姊頭也不回地走了，又想起苗大夫說的那句話，傷心不已。

「阿姊！」

南澤第一時間去看床上的姊姊，看到她還有呼吸才鬆了一口氣，然後直接翻下床爬了過去。

「阿姊，妳醒醒，不要死……」

「阿姊，我怕……」

「阿姊，我要跟妳一起走……」

好幾年沒哭過的小男子漢這會兒卻哭得抽抽噎噎，靠在床榻邊無助極了。

南溪很快被吵醒，一直聽到有個孩子叫姊姊，哭得慘兮兮的。雖然很值得同情，但真是太吵了，她這回終於睜開了眼。

嗯？沒有在樹林裡……

這是……

「阿姊！妳醒啦！阿姊！」

一個黑影瞬間撲了過來，嚇了她一跳。

「你是……」南溪仔仔細細將眼前的小孩打量了一遍。穿得還不錯，皮膚也很好，一看就是富裕人家的孩子。

「阿姊……」

南澤感覺姊姊有點不對勁，姊姊最是疼愛他，怎麼會用這種陌生的眼光看他。

「你叫我？認錯了吧？」

「阿姊，妳怎麼了？不記得我嗎？我是小澤啊！」

小澤？是誰？

南溪仔細回憶了下，她記憶裡好像並沒有名字帶澤的孩子，而且她在部族地位低下，富裕人家裡的孩子不欺負她就不錯了，哪會這樣好聲好氣跟她說話，還叫她姊姊。

她正想坐起來把趴在床邊的小孩子扶正，一伸手卻察覺不對。

這雙手！不是她的手！

她的手早在一年又一年的風沙勞作裡變得又乾又粗，皮膚上還曬出一塊又一塊的斑，哪像現在這雙手，雖說還是有些黐，但一點也不粗，不刮人，也沒有那種曬出來的斑紋。

而且這衣裳也不是她逃跑出來穿的那幾塊破布啊！

怎麼回事……

南溪有些愣住了，下意識地摸了摸臉。那些被人用鞭子抽出來的幾條疤也沒了。

她好像在另外一個人的身體裡？

這故事她熟啊！

姥姥講過很多次這樣的故事，她這叫借屍還魂！

對！借屍還魂！

南溪舔了下乾澀的唇瓣，心裡莫名有些緊張起來。這個叫小澤的人，好像是原身的弟弟？剛剛自己醒來的時候彷彿露餡了，他會不會讓人來抓自己？

「那個……」

「阿姊，對不起，都怪我！」

不等南溪想法子解釋，小娃娃又嗚嗚嗚開始哭起來。

來送飯的秦珍還以為人沒熬住嚇得腿一軟，粥灑了大半。急匆匆跑進屋子一看，小的哭得厲害，大的已經醒了正坐著一臉茫然。

這不好好的嗎……

「珍嫂嫂，我姊的腦袋壞了！嗚嗚嗚……」

大概是壓抑久了，南澤哭著都停不下來。

秦珍心裡咯噔一下，心道壞了。

發熱太久變成傻子這事城裡出過不少。南溪要是變成了傻子，再帶個癱子弟弟這可怎麼活啊！

「阿澤，你先到床上去。我找苗大夫再來看看你姊。」

秦珍去抱他，南澤卻抓著姊姊的衣袖不鬆手。

南溪心疼地看著自己的衣裳，輕輕拽了拽，哄他道：「你別哭了，先起來。」

「溪丫頭，妳沒事？」

南溪含糊地應了一聲，決定將就以這個弟弟替她找的藉口偽裝下去。「我感覺挺好的，就是腦子裡有些東西記不起來了，但我記得有個弟弟……」

聽到這話，秦珍大鬆了一口氣，和傻子比起來失憶算什麼。

「沒事，一會兒我再把妳家裡的事跟妳說說。阿澤你也是，你姊這不好好的嗎？本來那麼嚴重的病，現在只是記不起東西，已經是大幸了。」

南澤抹了一把淚，想想珍嫂嫂的話也對。只要姊姊還活著就好，記不得自己也沒關係。反正住在一起，姊姊肯定很快又能跟他熟悉起來。

「好了，不哭了，先起來把粥喝了。剛剛嚇了我一跳，灑了些出來。你們先吃，我再回去盛些來。」

秦珍將南澤抱到床上，又把飯食端到床邊。

那是兩碗略有些稀薄的粥水和一小碟子黏糊糊的東西。

南溪眼睛都看直了。

天啊！這個叫粥的飯食竟然這麼多水！

水對沙漠裡的人來說比黃金都還要珍貴。南溪作為部族最底層的人，每天只能喝到幾口混濁的水，一輩子都沒喝到一口乾淨的。

「這……這、這是給我的？」她的聲音都在顫抖，眼睛黏在碗上半點都挪不開。

秦珍點點頭，將略多的那一碗放到南溪手上。「吃吧，我再回去盛點來。」

一點粥水而已，她還是能作主的。

待秦珍拿著木盤走了，南澤端著飯碗看著姊姊眼睛直勾勾的樣子，小心翼翼道：「阿姊，咱們家也有米，妳想吃可以做的……」

南溪猛地一抬頭，兩眼發光。聽這弟弟的意思，家裡有水可以煮！

「咱家也可以做？有那麼多水嗎？」

這話問得有些莫名其妙，南澤老實回答道：「當然有水了，做飯怎麼會沒水。」

院子裡頭還有一口井，缺啥也不能缺水呀！

南澤想到水井，頓時想到自己再也沒辦法幫姊姊打水，心裡又難受起來。他怕姊姊看到自己的眼淚，連忙低下頭去喝他的那碗粥。

南溪沒發現他的異常，因為她全部心神都被「有水」兩個字吸引走了，好一會兒回過神才想起自己手上還有碗粥。

她先低頭聞了下，有淡淡的穀物香氣。沙漠裡好像聞到過，但這種吃食是沒有的。

南溪萬分虔誠地端起碗喝下一口。

味道簡直驚為天人！

從前只聽姥姥說粥是帶著淡淡清香的食物，沒什麼味道，在吃食裡算是很普通。可她感覺自己吃的和姥姥說的完全不一樣。

香軟的粥食帶著一種獨特的清甜味道滑過舌尖，豐沛的湯汁一口比她往日一天喝的都要多！

她這輩子就吃過一次甜的東西，那是阿爹偷偷藏的兩顆椰棗，味道就算是過了好些年，她還是記得清清楚楚。這碗粥雖然沒有椰棗那麼甜，但味道一點也不比椰棗差，甚至更好吃。

南溪不知不覺就喝光了……

喝了半碗粥，她滿足得眼淚直打轉。

南澤看見姊姊眼淚汪汪地喝完粥又一點一點地把碗舔乾淨，驚呆了。

大人們都說舔碗那是只有乞丐才做的事。家家戶戶教孩子吃飯規矩時都會告誡飯桌上不允許這樣。以前自己舔兩下，姊姊都要揪耳朵，現在她自己……

「小澤，你怎麼不吃？」

「啊……我不餓……」

南澤瞧著自家姊姊眼巴巴看著自己手上那碗粥的樣子，心裡酸酸的，連忙把碗遞過去。

「阿姊，給妳吃吧。」

「這……這怎麼好意思呢。」

南溪禁不起誘惑地伸出手去，還沒碰到碗，就聽到秦珍回來的聲音。

「阿澤你吃你自己的，我這兒還有給你姊的。」

秦珍拿過南溪的碗，添了大半碗粥，一邊看著她喝粥，一邊簡單和她說了下她家裡的情況。

從父母雙亡到弟弟受傷，南溪聽得十分認真，這畢竟是她以後要生活的家。

一旁的南澤緊盯著姊姊，生怕她聽到家裡的這些情況會害怕地離開。

「差不多就是這些情況，你們家裡更細的事那就得問阿澤了。溪丫頭，妳這頭也不熱了，想來是熬過去了。灶房裡還有一帖藥，妳記得加三碗水熬成一碗，自己再喝一天把這病徹底治好。有什麼需要幫忙的，咱們都是鄰居，能幫的一定幫。」

南溪點點頭，道了謝。

秦珍很快收了碗離開。家裡太忙，她也不好總往這裡跑。
姊弟倆吃了半飽，坐在床上大眼瞪小眼好一會兒。
南澤心中忐忑，試探地問道：「阿姊，妳還要我嗎？」
南溪有些沒反應過來。「你不是我弟弟嗎？幹麼這麼問？」
南澤一時啞然。自從他癱瘓以來，已經許多次聽到有人上門勸說姊姊嫁人，丟掉他這個包袱。一個癱瘓不管治不治，都要耗費大量的銀錢和心血，如果不丟掉，她下半輩子都被毀了。
聽多了這樣的話，南澤心裡其實非常沒有安全感。以前的姊姊每次都堅定拒絕來遊說的人。現在姊姊失憶了，他心裡害怕這才忍不住開口問話。
南溪沒想那麼多，她一向都很珍惜家人，哪怕這是個癱瘓的弟弟。原身已經沒了，自己藉著她的身子重活一世，還喝到那麼好喝的粥，就憑這個，自己也該替她好好照顧弟弟。
「小孩子不要想那麼多，安心養傷。雖然我還沒有恢復記憶，但你是我的弟弟這是事實嘛！我不會丟下你不管的。」大概是肢體習慣，南溪下意識地摸了兩下弟弟的頭。
熟悉的動作讓南澤瞬間又紅了眼，姊姊雖然生病忘了自己，但她還是姊姊，只有她會在摸自己頭的時候還拍兩下。心裡那點陌生感瞬間消失無蹤，南澤吸著鼻子把家裡的事都告訴她，比如房契、地契，還有家裡的存銀和糧食等等。

南溪一邊聽弟弟說，一邊下床在屋裡把東西都找出來。兩張地契一大一小，另有存銀一百文，粳米一小袋。這是姊弟倆所有的家當了。最值錢的應當是那兩張房地契。

南溪從小和姥姥、爹娘學字，沙地上學得快，手一抹又可以重新寫，所以她識字。慶幸的是這不知道是什麼王朝的文字，居然跟她學的差不多。

「瓊花島……」

南溪手一抖，定睛一看，真的是瓊花島三字！

「小澤，咱們這兒是瓊花島？」

南澤點點頭。「咱們家在瓊花島山平縣東興村。阿姊，妳不認識字了嗎？」

「沒有，還認得。」

她只是太驚訝了。她很早就聽說過這個地名。

姥姥雖然沒去過，但一直很嚮往，她曾說：「瓊花島是四季如春的地方，從來不會下雪也沒有冬天，還有數不清的水果和海物吃……」

最叫人羨慕的是，瓊花島有一望無際的大海，還有數不清的淨水。

南溪心頭怦怦直跳，放下手裡的東西就衝到門邊。

「小澤，我出去看看！」

她太激動了，過門時險些被門檻絆倒。
「阿姊，妳小心點！」
「沒事，沒事！」南溪扶著門，興奮得有些腿軟。她粗略看了下整個院子，立刻就朝有灶臺的地方走去。
這裡是做飯的地方，那肯定有水！
鍋裡沒有，盆裡也沒有，嗯……旁邊有個小缸也沒有。
沒有水……
巨大的失落湧上心頭，南溪悻悻地出了灶間。
難道自己來的這個瓊花島不是姥姥口中的瓊花島？
「小澤，你不是說咱家有水嗎？我怎麼沒看到啊？」
「有啊……」南澤剛開了個口，突然想到家裡的水缸是有些漏的。這兩日姊姊生病沒有做飯，灶間裡的水應該都流光了。
「阿姊，灶間那缸有些漏。妳要想喝水得自己從井裡打水才行，就在院子裡。」
井！
這又是一個讓南溪心神蕩漾的字。
沙漠裡也有井，不過那都是極其有權勢的人家裡才會有。南溪沒有見過，只聽姥姥說過。她連忙回頭在院子裡找了找，很快就在院牆角落裡發現弟弟說的那口井。

小小的一口井，旁邊放著一個繫著繩子的水桶。南溪伸頭往井裡一瞧，黑乎乎的啥也看不清楚，於是她直接放下水桶試探。

「啪嗒」一聲，是水桶砸在水面的聲音。

南溪的眼睛亮得驚人，她試著扯了下繩子發覺底下很有分量。這是打著水了！激動的心，顫抖的手。幾息工夫，她便將水提了上來。不過頭一次打水沒有經驗，水桶拉起來的時候，在井沿磕了下灑出不少水，她簡直心疼死了。

清澈的井水在水桶裡輕輕晃蕩，映著藍天白雲還有南溪那張激動的臉。

起先她只是激動這裡有很多水的事，不過等水面平靜下來，她看清自己現在的樣子後更加激動了。

這副身子居然和她之前長得一模一樣！尤其是右眼皮上的一點胎記，不管是形狀還是大小都分毫不差！

太神奇了，原身居然和自己有相同的名字，相同的樣貌。

這是不是姥姥說的輪迴呢？

南溪對著水桶照了好一會兒，越看越滿意。這可比她藏的碎鏡子片看得完整多了。喜孜孜地照了好一會兒，她又跑到灶間去拿碗小心翼翼地舀水喝。

這會兒外頭天氣略微有些熱，這桶井水卻很涼。她一口氣喝了一大碗，一滴沒灑出來，喝得那叫一個痛快。喝完還不過癮，她又連續舀了好幾碗。

彷彿是要將十幾年沒喝夠的水都補上似的，南溪一個人喝了半桶，撐得肚子都圓了。敞開肚子喝水這感覺也太幸福了，就是有點兒撐。她最後是扶著牆回去的。

南澤看著她的肚子，想到剛剛院裡的動靜，整個人都懵了。

阿姊的腦袋確定沒別的問題嗎？正常人會喝這麼多水？

「阿姊，妳沒事吧？」

「沒事啊，我好得很。」南溪坐到床上舒坦地嘆了一聲。

這裡和沙漠比起來簡直就是天堂。

她一邊揉著肚子，一邊打量著屋子裡的情況。聽珍嫂說家裡以前條件挺不錯，看這間石頭屋子就知道了。不過爹娘走得早，家裡又沒大人，兩個孩子有心無力能養活自己就不錯了，攢錢是攢不出什麼的。

方才弟弟說這一百文錢，還是上上個月過年時海對面的舅舅給的。聽起來舅舅的日子過得好像也不是很好，但他對姊弟倆還算不錯。弟弟說起舅舅時，眼神還挺開心的。

第二章

一個下午，南溪基本上將家裡這點事都摸清楚了。

眼下家裡情況不怎麼樂觀，主要是弟弟的腿。從腰以下開始就沒有知覺，她聽都沒有聽說過這個病。既然之前在島內看過不行，她也不打算再浪費時間去看了，肯定是要先帶弟弟到大城裡找擅長這方面的大夫瞧瞧才行。

當然，想看大夫，還是得先有錢。南溪的目光落到那兩張房地契上。

「阿姊，不行！」

南澤比她想的還要激動，不等南溪開口就將兩張房地契如寶貝一樣捂到懷裡。

「阿姊，房子和果園是阿爹、阿娘唯一留下的東西，咱們不可以賣。苗大夫都說了，就算找到京師最好的大夫都不一定能治好我的腿。而且藥錢太貴了，咱們就算全賣掉也是不夠的。」

全賣掉都不夠……

南溪伸出去的手僵了。

這可怎麼好？腿這毛病那是一輩子的事，不治好，弟弟下半輩子就毀了；可治吧，又沒有那麼多的錢。總不能傾家蕩產去治病，姊弟倆靠喝西北風過日子吧⋯⋯

興奮勁兒過去後，面對現實的南溪笑不出來了。

「先不賣，等明日我找苗大夫仔細問過再說。」

她把錢和地契都收起來，準備重新找個地方藏好。方才沒仔細看，現在才發現家裡果園地契還挺大的。

「嗯？果園？咱家的果園！」她後知後覺反應過來，轉頭驚喜問道：「小澤，咱家果園種了什麼水果，現在熟了嗎？」

「種了好幾種呢，現在大概只有橙子熟了。不過阿姊，咱們這兒水果很便宜的，賣不了什麼錢。」

南澤以為姊姊是想賣水果掙錢，有些嘆氣。島內幾乎家家戶戶門前都種有水果、花卉，除了幾種口味特別好的水果能賣點錢，島上的水果真的一點都不值錢。

而且自家的果園在山上位置比較偏，不管是摘果還是揹下山都很耗費體力，姊姊一個人根本顧不了整個園子。之前幾年挑肥、澆水沒跟上，其實園子裡早就一片蕭條。

他這腿就是跑上山想幫忙除草，結果回來的時候不知被什麼東西絆倒摔下山。本來想著快點長大幫忙姊姊一起把果園打理起來，可現在⋯⋯

腿已經廢了，園子是肯定不能賣的。南澤生怕姊姊還打著賣果園的主意，又補上了一句。「園子裡還有阿爹帶著咱們親手栽的兩棵芒果樹。阿姊，妳最喜歡吃芒果了。」

聽到芒果，南溪下意識地嚥了下口水。

除了椰棗，她還從來沒吃過什麼水果呢！從前只聽姥姥講，口水都流個不停，現在那些水果就在自己眼皮子底下！要不是天色暗了，她還真想跑出去看看。

地契的事，姊弟倆有默契地先丟到一邊。一天只喝了點清粥的兩人肚子已經開始咕嚕叫。

南溪已經清醒，病也好得差不多，鄰居自然不會再送飯過來，他們得自己準備晚飯。

南澤不願意待在房間裡躺著，非常固執地要出來幫忙燒火。

南溪想一想同意了。弟弟心思重，本身就因為癱瘓受了打擊覺得自己拖累家裡，若是不讓他幹活，他心裡肯定更難受。

當然，還有另外一個很重要的原因——南溪不會做飯。

沙漠裡的糧食都牢牢地掌握在主人手裡，不可能讓他們沾手，所以南溪對做吃食方面真是一竅不通。

「小澤，粳米要放多少？

「小澤，水要加多少？

「小澤，這粥要煮多久？」

她像個好奇寶寶問個沒完，南澤倒也有耐心，他知道姊姊現在都記不得了，有問必答。有他協助，這鍋粥煮得還算順利，兩刻鐘就煮好了。

「阿姊，那個碗櫃旁的罐子裡有妳做的蝦醬，妳去挑一點出來，咱們配粥吃吧。」

「好！」

南溪應聲拿碗，找過去時發現有好幾個罐子。隨手打開一個，那撲面而來的臭氣熏得她碗都沒拿住。

「嘔！好臭！」

這不會就是那個蝦醬吧！

「小、小澤……這是什麼東西？嘔！」南溪飛快將蓋子重新蓋上，然後飛一般逃離灶間。

南澤無語。「……」

不就是海物腐爛發臭了嗎？天熱時不時就會有這味道，阿姊現在倒是不習慣了。

「是我之前趕海抓回來的螃蟹和八爪魚吧，家裡最近出了事都沒想起它們來。」

本來那天是準備晚上煮來吃，結果他摔了後，家裡太亂就忘了。

「一會兒拿去倒了就是。蝦醬是第三個罐子。」

「好吧……」南溪深吸一口氣，捏著鼻子飛快跑回去直奔第三個罐子，舀了蝦醬就跑，順便把弟弟也挪到院子裡。

那味道真是太臭太影響食慾了，還是在院子裡吃好。院子裡有張石桌，正好吃飯。今天這粥，水放得不多，看上去比珍嫂拿來的粥要黏稠許多。南溪滿懷期待地喝了一小口，喝完就皺了眉頭。

味道不差，還是有淡淡的清香，但一點兒都不甜了。

「小澤，咱們煮的粥怎麼和珍嫂送來的差那麼多，是少加東西了嗎？」

南澤眨巴眨巴眼，好一會兒才反應過來道：「是少加東西了。珍嫂那粥是用椰子水煮的，所以更清甜。咱家也有椰子，明天咱們也可以做。」

椰子水？南溪連聽都沒有聽過。

「椰子水是什麼？水果嗎？」

沒了記憶的姊姊真是啥都不知道，南澤已經做好以後隨時解答的準備。

「椰子水不是水果，椰子才是。咱們牆外那兩棵樹上掛的就是。椰子全年都有結果，一年四季都吃得著，幾乎賣不上價。但這樹栽在門口遮蔭很是不錯，而且葉子也有用處。椰子撬開殼，裡頭的水就是椰子水，很清甜的，煲湯、煮粥都可以。」

南溪的目光順著弟弟的手看過去，一眼就看到高壯筆直的椰子樹。椰子樹上的果子更顯眼，看上去比弟弟的頭還大。

那麼大的果子！

南溪很不爭氣地嚥口水。這可是姥姥都沒有見過的水果。

若是以前，看到姊姊饞了，南澤會二話不說出去爬樹摘椰子給姊姊，現在……他走哪兒都要姊姊揹。想到這兒，他的情緒又低落下去，粥也喝得沒滋沒味。

「喲！姊弟倆在吃晚飯啊！看來我來得正是時候。」來人笑咪咪地坐到姊弟倆身邊，拿出自己買的一點滷味。「配粥吃正好。」

這誰呀？

南溪轉頭看弟弟。南澤連忙開口叫了一聲「余叔叔」，臉色還好，看來這人不是什麼壞人。她便也跟著喊了一聲「余叔叔」。

「嘖，剛聽她們說，妳發熱把腦袋燒壞了，我還有些不信，現在看來是真的了。溪丫頭，妳真不記得我啦？」

南溪一臉茫然地搖頭。

余陶眉毛一挑，嘴上說著惋惜，眼裡卻露出幾分喜意。

「妳看看，這多耽誤事啊！咱們昨天都說好了，今天要一起到縣裡辦地契轉讓的事，我銀子都準備好了。」

正在喝粥的南澤驟然抬起來，眼裡是說不出的驚慌。南溪在桌下手伸過去安撫地拍了拍他，然後才回過頭和余陶說話。

「余叔叔，你說的我都不記得了。現在我暫時還沒有要賣果園的想法，實在不好意思。」

「啊？咱們都說好了。溪丫頭，妳不再想想？阿澤這腿總不能不瞧吧？」

「當然要瞧，我明天就帶他去看大夫。只是賣果園這事太大了，我還是得慎重考慮考慮。再說，果園以後是小澤的，要不要賣也要考慮他的意思。小澤你願意賣嗎？」

話音剛落，南澤那頭便搖得跟撥浪鼓似的。

余陶無奈地笑了笑，這姊弟倆真是油鹽不進，太讓人頭疼了。前兩天明明都有些說動溪丫頭了，結果她一生病啥都不記得。剛剛還想順水推舟簽好契約，誰知這丫頭更倔了。

這下想讓她賣出果園又不知要費多少功夫。

余陶不死心又坐著勸說了一會兒，可姊弟倆始終堅持不肯賣，最後他也只能悻悻離開。

他沒帶走那碟滷豆乾，留在桌上散發著濃厚的香氣。

南澤端著碗組織著語言，想著姊姊要是問這個余叔叔是誰該怎麼回答。等了好一會兒，才聽到姊姊開口。

「小澤，這個……能吃嗎？」

「能吃，吃吧。」

有那麼瞬間，南澤都覺得自己才是家裡年紀最大的。姊姊失憶後年紀也彷彿變小了。

「阿姊，剛剛那個余叔叔是咱們阿爹以前比較好的朋友。阿爹過世後，他也幫過咱家不少忙。余叔叔人挺好，就是老想買咱們家的果園。妳要是出門碰上他，可別被他忽悠了……」

南溪正沈醉在香濃的滷豆乾裡，聽到這話連忙應道：「放心吧，我不會賣果園的。」弟弟都反覆強調了不想賣果園的意思，她當然要顧慮弟弟的意見了。

至於賺錢，她心裡已經有了想法。不過得先好好了解瓊花島，看看具體島上有哪些水果，哪些是她能用的。

姥姥傳下來的酒譜裡頭大半都是果酒，各種功效非常不錯。聽姥姥說以前家裡果酒賣得供不應求，夫人小姐們花大把大把的銀子買回去喝。不知道姥姥說的話有沒有吹牛，但釀酒確實是她目前能想到最好的賺錢法子。

上山看顧果園太不靠譜了。先不說水果的生長期，就是那些水果苗、水果樹該怎麼照料、施肥、澆水，她完全一竅不通，去了也是添亂。

她才十五歲呢，瘦胳膊細腿的，天天爬山做苦力，她覺得不太行。

南溪琢磨著能不能將果園長租出去，這樣可以得一筆小錢，家裡生活不至於太拮据，她也能開始買材料釀酒。

雖然她腦子從小都挺機靈的，但沙漠哪有條件給她釀酒？她腦子裡都是文字知識，實際上沒釀過一次酒，所以不太可能一次成功，手裡沒點餘錢還真不敢折騰。

姊弟倆各有各的心思。簡單吃完晚飯後，南澤便被送回他的屋子。南溪則留在灶間熬藥。不光是熬她的，還有弟弟的。

小傢伙看著精神不錯，卻是強撐著。癱瘓對他的打擊不小，要不是為了姊姊，他到現在還悶在屋子裡頹喪著。吃完晚飯，他就無精打采。

南溪一邊熬藥，一邊將灶間碗櫃所有地方都探查了一遍。除了那個令她作嘔的罐子，其他都是有用的。

有一個蝦醬罐子，裡頭的醬是原身做的。剛剛她喝粥的時候也嚐過，口味有點鹹。這個東西好，配粥吃很省錢。

還有一個罐子是家裡存放雞蛋的罐子，她看過裡頭還有兩顆蛋，打算明天早上煮了當早飯。

另外就是兩個醃鹹菜罐子，味道她都適應良好。只要不是沙，啥吃的她都喜歡。

南溪將灶間收拾一遍，然後送藥去給弟弟。這會兒天已經幾乎沒什麼亮光了，因為家裡沒了燈油，所以她喝完藥也早早上了床。

簡簡單單的竹床，還有嗡嗡嗡的蚊子，這卻是她睡過最安穩的一次覺。

不過有些習慣已經刻在骨子裡，天剛矇矇亮，南溪就驚醒坐了起來。看到自己所在的地方，她才鬆了一口氣。在這裡，不用擔心睡懶覺挨鞭子了。

重新躺回去也睡不著了，乾脆起床把家裡打掃了下。大概是以前家裡有錢過，這間石頭房子蓋得非常漂亮。院子裡用石板鋪了兩條小路，下雨也不怕泥濘。四四方方的大院子，正面除了她和弟弟的房間，還有一間略小些的屋子，兩側也搭蓋了屋子。左邊是灶間，右邊是倉庫。

南溪進去看了下，裡面放著不少破舊的竹筐。這個倉庫以前應該是用來堆放水果之類的。要是她能將酒水買賣做起來，這裡拿來存放酒罐還真不錯。

「阿姊！」

聽到弟弟有些驚慌的喊聲，南溪回過神趕緊應了下跑出去。這會天已經亮得差不多了，她鍋裡煮的雞蛋也好了。

南澤看到姊姊還在家，心靜了下來，轉而又心疼起她。「阿姊，咱家就妳跟我兩個人，沒必要這麼早起來收拾做飯的。」

「沒事，我都習慣了。對了，小澤，一會兒我先出去熟悉咱們家周圍的路線，你一個人在家待會兒行嗎？我很快就會回來。」

南澤的心緊了緊，他不想一個人在家裡。但他也明白自己跟著姊姊出門那就是個累贅。

「沒問題的，阿姊，妳去忙吧。」

說完，南澤又想起了什麼，便向姊姊要了根小木棍，在地上簡單地將家裡周圍的路線都畫出來。

「咱們家左邊是珍嫂嫂一家，右邊是盧嬸嬸。再旁邊是林二哥、毛阿婆……」

南澤不光畫出路線圖，還將周圍的鄰居都講了一遍。哪些和自家關係好的，哪些很討厭的，都講得明明白白。

南溪天生過目不忘，記憶力好得驚人。弟弟講的話，她全記在心裡，出門時便也沒那麼迷茫了。

走出家門時，她特地去椰子樹下看了看，還試著爬了下，結果摔了個屁股墩。光溜溜的真是太難爬了，等她回來再想法子爬上去。

今天她一定得嚐嚐這個椰子是什麼味道。

「溪丫頭？」

南溪回過頭，發現叫自己的人是隔壁那個盧嬸嬸。兩家關係還挺不錯，她便也乖乖叫了聲盧嬸嬸。

「好好好，聽妳這聲音就知道病好了。好丫頭，可別再那麼糟踐身子了，年紀輕輕，把身體弄壞了不值當。妳來，跟我進去一下。」

她朝南溪招手，南溪倒也聽話，走過去還下意識地扶著她。

盧嬸嬸家的院子比南家小不少，不過她一個人住還是挺寬敞的。她眼睛雖然不好，但院子裡收拾得乾乾淨淨，家裡一點也不雜亂。

南溪扶著她進去後，就見她摸索著進了廚房，拿出一缽雞蛋。

「溪丫頭來拿回去。不要捨不得吃，好好把身體養好。」

那缽雞蛋少說也有二十來個，怎麼也要十幾二十文。南溪猶豫著沒有伸手去接。

盧氏直接塞到她懷裡，笑道：「讓妳拿就拿，以前妳幫我撿了那麼多柴火，難道幾個雞蛋都吃不得？我這院子裡養了好幾隻雞呢，少不了蛋吃。」

說完，她便把南溪「趕」出門。

端著雞蛋的南溪連個謝都沒來得及說就被關在門外，盧嬸嬸好像生怕她還回去一樣。

原身應該拒絕過挺多次的，這回……南溪抱著雞蛋又回了家。

現在家裡太窮了，這點雞蛋她就留下給弟弟和自己補身子。等以後賺錢了，再買好吃的給盧嬸嬸。

南澤看到那些雞蛋嘴巴動了動，最後還是沒說什麼。他想到前天苗大夫說的那話，姊姊勞累過度，身體已經很不好了，需要好好休養。

人情欠就欠吧，都這樣了。

一炷香後，還了缽的南溪重新出門。周圍路線和弟弟畫的差不多，只是親眼看到，記得更清楚些。

南家位置在村落的尾巴，離去縣裡的大路有點遠，但離海邊挺近。不過今天南溪沒去海邊，因為她出門沒多遠，就遇上出診的苗大夫。

「溪丫頭，藥喝完了，感覺怎麼樣？」

「已經好了，謝謝苗大夫。對了，珍嫂嫂說這次您幫我看病沒有收錢，您也知道我家裡現在的情況，這錢可能要晚一陣子才能給了。」

南溪是個臉皮厚的，欠錢欠得一點都不扭捏。

苗大夫笑了笑很是欣慰。這丫頭身體底子不光差，還有鬱結於心的毛病，這會兒看起來倒是好很多了。

「不著急，什麼時候有，什麼時候再給。對了，丫頭，妳弟弟那腿，我還是得說妳別急。雖然京師裡確實有治好的先例，可也要花不少錢，妳賣地根本不夠。而且人生地不熟的，妳帶著阿澤又不方便，到時候被人欺負了，可怎麼辦才好。」

苗大夫建議她先攢錢再找個婆家，有丈夫一起出門會方便許多。

南溪知道苗大夫是為自己好，但找男人這回事，她可不願意馬馬虎虎，便含糊應付幾句就和他分開了。

一路上，她又認識了不少叔叔、伯伯、嬸嬸。大家都知道她失憶了，叫她的時候都會先自我介紹一下。姊弟倆也算是村裡人看著長大的，大家都很可憐他們，給錢給糧不行，一個善意的微笑還是可以的。

南溪在村子裡逛了一圈，對這個新環境非常滿意。窮是窮了點，但不用挨打，有飯吃，有水喝，還有個那麼可愛的弟弟，周圍村民也都很和善。只是出來走一圈，她懷裡被塞了好些水果，都是村裡人自己家門口種的。

南溪偷偷嚥了好幾次口水想吃，不過吃獨食可不行，她忍著想吃的衝動，抱著果子們往家裡走。

剛走到自家門口就聽到裡頭傳出一道略凶的男聲。

「跟你說了那麼多次，敢情把我的話當耳邊風呢！哭什麼哭！」

南溪聽到弟弟哭了頓時冒了火，一腳將門踹開，然後將懷裡的果子全朝那人砸去。

「你敢來我家裡欺負我弟弟！」

砸完還不過癮，她又抄起院子裡的笤帚去打。

院裡的兩人都被驚呆了，好一會兒南澤才反應過來，大喊了一聲。「阿姊住手，這是舅舅！」

南溪一個踉蹌，抓著笤帚的手微微顫抖。

舅舅？

場面一時有些尷尬，好一會兒羅全才從自己被外甥女打了的震驚中回過神來。「小溪？」

「舅舅，你別生氣。阿姊前幾日發熱太嚴重，腦子出了點毛病，很多事情記不得了。」南澤一解釋，羅全心裡更難受了。

「我就說，你們都是孩子，照顧不好自己！你看看現在，癱的癱，病的病，要不是村裡有人告訴我，我都不知道出了這麼大的事！」

羅全有一條小船靠捕魚為生，偶爾也會在海上碰見瓊花島出去捕魚的漁民。昨日傍晚收網準備回家的時候，正好遇上東興村的人，本來也就是想問問姊弟倆的近況，沒想到一問就是晴天霹靂。

癱瘓是多嚴重的事，都快半個月了，居然沒有一點消息傳到他家裡。

羅全聽到這消息又氣又急，一大早準備東西就划船過來了。

「你們這樣不行，這邊房子的果園趕緊賣了，跟我回去。」

羅全很疼妹妹，當然也很疼這兩個外甥。當初妹夫死的時候，他就提議過讓姊弟倆跟他去海島對面生活。姊弟倆死活不肯，非要在這兒守著。

眼下出了這樣大的事，他哪裡還放心姊弟倆獨自生活，這回說什麼也要說動他們賣了果園跟自己走。

南溪看了看眼淚汪汪的弟弟，心知他並不願意離開這兒。其實她自己也不願意。在這個家裡，她可以想幹麼就幹麼。弟弟還小，就算覺得有什麼不對，也不會說什麼。去舅舅家就不一樣了，必定是處處被管著，說不定還會介紹人給她訂親。

「舅舅，我和小澤是不會離開這個家的。這次他摔下山是我沒有照顧好他，我會想法子掙錢，帶他去京師看大夫的！」

京師……

多麼遙遠的地方。

羅全皺著眉頭，顯然並不相信她有這個能力，但他剛剛才把小的惹哭了，大的身體也不好，他便想著緩緩再說。

「怎就那麼倔，唉……」他嘆了一口氣，從籮筐裡拿出早上現宰的大公雞和家裡攢的雞蛋，還有些時令蔬菜。

兩個娃還太小，他每個月都會來送一次菜，順便看看姊弟倆過得怎麼樣，也是為了讓村裡人知道姊弟倆還是有親戚在，不要欺負他們。可是兩家到底隔著一片海，真的太遠了，想照顧都照顧不到。

趁著舅舅往灶間放東西的工夫，南溪趕緊和弟弟商量了下，順便又問了舅舅家的情況。

舅舅是獨子，阿娘也是唯一一個女兒。姥姥和姥爺已經不在人世，舅舅家只有舅母和兩個表哥。表哥們還好，舅母就不怎麼待見姊弟倆了。要不是舅舅能當家，估計兩家都不會怎麼來往。

南溪聽完感覺還好，不是很討厭那個舅母。畢竟在外人看來，自己和弟弟就是拖油瓶。自己家裡好幾口人還要去照顧別的孩子，舅母不樂意也正常。

「那她罵過你，打過你沒有？」

南澤搖搖頭。「舅母不怎麼搭理我們的。只是聽表哥說，每次舅舅拿東西過來，回去他都得睡地上……」

南溪無語。「……」

都這樣了，舅舅還敢放話領自己和弟弟到對岸生活，哪裡來的勇氣？

「小溪，妳把火生起來，我把雞處理好，再拿去燉了。」

聽到舅舅叫她，南溪應了一聲，立刻轉身去灶間燒火。雞肉，她可太期待了，從來沒有吃過的東西。鍋裡加水、灶膛裡加上柴後，她聽到院子裡傳來剁肉聲，好奇地伸頭一看，正好看到舅舅打了一桶水，「嘩啦」一聲潑下去。

看著一整桶水就這麼流到地上，南溪心跳瞬間都停了，心痛到無法呼吸。

那麼多的水！

她甚至有種把地上水舔乾淨的衝動。

太浪費了，太浪費了！

羅全端著剁好、洗乾淨的雞，一轉身就看到外甥女那譴責的眼神，一眨眼又彷彿是看錯了。

小丫頭大概是饞肉了吧？

他把雞肉倒進鍋裡，接下燒火的工作，不過也沒讓南溪走。他還想著好好跟南溪說說理，勸服她賣了果園，跟自己到對岸去住。

來來去去就是那些話，南溪才來這裡一天多的時間就聽了好幾遍。

「舅舅，表哥他們有十八歲了吧？」

沒頭沒腦的一句話讓羅全愣住了。

「是有十八了，怎麼了？」

「那應該快娶表嫂了吧？」

南溪其實是想說，家裡兩個兒子快成親需要很多的銀錢，不要把心思放在她和弟弟身上，這樣家裡容易鬧矛盾。

誰知羅全想的完全不一樣。嘴巴一張讓姊弟倆去對岸生活當然簡單，可真賣了東西過去，人家估計得說他這個舅舅是想霸占外甥家的財產。到時候兩個孩子誤會了怎麼辦，畢竟姊弟倆一直都很不願意賣掉這裡的東西，是自己一直在勸說。

但是不賣地，去對岸住自己家肯定會鬧得雞飛狗跳，對孩子很不好。

羅全一時犯難，灶膛裡的火都快熄了才反應過來。

算了，先把雞燉了再說。

半個時辰後，從灶房裡開始飄出一陣又一陣的香氣。南澤一聞就知道是香菇燉雞，但南溪沒吃過，聞著這香味就忍不住嚥口水，肚子也咕嚕直叫。

姥姥說老百姓的肉食一般是吃雞鴨豬羊，豬肉是最香的，羊肉、雞肉最補，鴨肉雖然也補但口感沒有雞肉好。姥姥最喜歡吃豬肉，不過自己短時間內應該是吃不起，好在舅舅拿了雞肉來，她總算是要開葷了！

南溪的激動過於明顯，羅全和南澤心裡感慨萬千，不過是隻雞把她饞成什麼樣了。

雞湯燉好後，羅全拿了個大碗給兩孩子舀了不少肉和湯。雞腿當然是一人一個。他自己也盛了一小碗。

三個人坐在院子裡喝湯，剛盛出來的雞湯雖然香但也燙，一家子都在吹涼它。

就在南澤想著要怎麼拒絕姊姊挾肉給他的時候，對面的南溪已經顧不得燙先開吃了。

「嘶……好燙好燙，好好吃！」

南溪眼淚都流出來了。

這個雞皮輕輕一抿就斷了，又香又軟。雞肉好嫩，雞湯也好鮮。吃一口肉再喝一口湯，簡直就是神仙般的日子。

她覺得自己好幸福，但一想到阿爹、阿娘都沒有吃過這麼好吃的東西，心裡又止不住難過。

至於挾肉給弟弟，她想都沒想過。弟弟碗裡又不是沒有，幹麼要分她碗裡的。

南澤看著姊姊吃得淚眼汪汪，心裡也有些難受，不過更多的是輕鬆。他真是怕了姊姊每次吃好吃的，都要幫他挾一堆，自己只吃邊邊角角。之前跟她爭論，她還拿出長姊的架勢，要麼就哭。他拗不過她，不吃還浪費，最後只能彆扭地吃掉。

現在這樣真好，有好東西就是要大家一起吃才行。

這頓午飯，三個人都吃得極為舒坦。吃完後，南溪很殷勤地拿著碗去井邊洗。她用水都是省了又省，洗碗水也不會倒掉，而是攢在盆裡，然後拿去澆院子裡的蔬菜。

羅全幫著姊弟劈了幾根大柴，又幫著爬樹摘了七、八顆椰子。想著今日是沒法勸說姊弟倆，他便打算回去和媳婦商量再來。

從這裡划船回家要大半個時辰，所以申時，他就和姊弟告別離開了。

他一走，姊弟倆頓時鬆了一口氣。雖然舅舅很疼他們，但他總想著讓他們賣地去對岸生活，真是讓兩人頭疼。

第三章

「小澤，雞湯還有半鍋。晚上咱們喝雞湯，放點菜葉子好不好？」

「阿姊想怎麼吃就怎麼吃，我都可以。對了，阿姊肯定不記得怎麼開椰子了吧？妳把刀拿來，我教妳。」

南溪連連點頭。剛舅舅摘椰子的時候，她就拿起來看過了，皮好硬，靠指甲根本開不了。她從廚房拿刀出來，看著弟弟小個子的樣子又猶豫了。

「還是你說，我來開吧。」

自己好歹是個大人了，拿刀小意思。

南澤無奈，只好抱了顆椰子示範。「先把椰子外面比較軟的這層皮切掉。其實可以只切這個頭，但這些皮曬一下可以當柴火燒，還是全切了吧。」

南溪認真聽著，手上動作也不停。很快手上的椰子就小了一大圈。裡頭那層用刀切已經不好使了，像木頭一樣。

「拿刀尖在這塊突起的地方使勁戳，戳個洞出來。小心手。」

南溪乖乖點頭，拿著刀照著弟弟說的位置扎下去。第一次沒太用力，刀直接卡在裡頭，又使勁戳了幾下，總算弄了個洞出來。

「現在直接把裡頭的汁水倒出來就行。」

「我去拿碗！」

興奮的南溪飛快跑進灶間拿了兩個碗到桌上。很快便倒出兩碗清亮的椰汁。兩個碗都倒了大半碗，但椰子裡還有不少汁水。

「這可真是個寶貝。」

沙漠裡要有這麼一棵椰子樹，那得救活多少人。

南溪稀罕地摸了摸椰子，將它放下，端起自己期待很久的椰汁。聞起來還真有那日珍嫂嫂送來的粥水味道。喝一口，那清甜的汁水沁人心脾，清涼又甘甜，瞬間取代她的心頭好井水。

太好喝了！

香甜又清淡，恰到好處的滋味。

好喝到流淚！

南澤那句「味道還不錯吧」還沒說出口，就因姊姊那濕漉漉的雙眼而噎了回去。

椰子汁有那麼好喝嗎？眼淚都流出來了……

一整顆椰子，除了南澤喝的那碗，最後全進了南溪的肚子。

喝完椰汁後，南溪便準備將椰子和果皮拿去曬乾做柴燒，卻被弟弟叫住了。

「阿姊，這椰子裡頭還有椰蓉呢！可以刮下來當零嘴，或者晚上放到雞湯裡一起煮。」

椰蓉？

南溪一聽到新鮮吃食就忍不住興奮。她照著弟弟說的，將椰子放到砍柴的墩子上，直接拿砍刀劈下去。第一次掌握不好力度沒成功，試了兩下就破開了。

椰子一分為二，露出裡頭奶白色的椰蓉，看著就十分可口。

「小澤，你吃嗎？」

南澤搖搖頭，這東西從小吃到大，就算味道再好也有些膩了。

「阿姊，妳還吃得下？」

「能啊！」

南溪跑去拿了勺子回來，將椰子裡的椰蓉都刮到碗裡，嚐了一口便連連稱讚。

「滑滑嫩嫩的，很香！」

這種口感太新鮮了，她沒忍住，一口氣全吃了下去。

雞湯還沒消化完又喝了那麼多的椰汁，然後又吃了椰蓉，直接吃撐了，她只好聽弟弟的話在院子裡轉著消食。剛轉了沒幾圈，就聽到院子外頭有人喊她的名字。

南溪下意識回頭看弟弟。

「阿姊，是妳的好朋友，春芽姊。」

聽到是好朋友，她有那麼瞬間不自在。她長到這麼大，除了跟自家人熟悉，還沒有過同齡朋友呢。

好朋友要怎麼相處？

她猶猶豫豫去開了門。一打開就看到和她差不多年紀但比她稍微圓潤些的姑娘，她提著個簍子，身旁還跟著一個同樣提著簍子的男孩子，目測應該和弟弟差不多大。

不等南溪打招呼，那個男孩叫了聲「南溪姊」便朝著南澤跑過去。

「阿澤，你有沒有好些啊，今天能跟我們一起去趕海嗎？」

南澤癟癟嘴，搖搖頭。他這樣子，除了家，哪兒都不能去了。

春芽叫回弟弟，暗暗掐了他一下，轉頭好奇地打量著南溪。明明是從小一起長大的姊妹，現下看起來卻真的有點陌生感。失憶的影響有這麼大嗎？

「南溪，妳對我一點印象都沒啦？」

「幾乎都不記得了，不過小澤說起妳名字的時候，聽著還是有些熟悉。」

南溪這話讓春芽開心不少，她轉頭對著南澤問道：「阿澤，下午潮水就要退了。我帶你姊姊去趕海，你一個人在家行嗎？」

不等南澤回答，南溪搶先問道：「什麼趕海？遠嗎？我揹著他能去嗎？」

春芽姊弟倆都是一言難盡的表情。

「妳這忘得也太多了……」

南澤連忙解釋道：「趕海就是去海邊拾取魚、蝦、蟹等等海物，每天潮水退去的時候，海灘就會有很多海物留下，可以撿回來吃的。阿姊跟春芽姊去吧，正好春芽姊可以教妳。我就不去了，海邊風大，一直坐著會很冷。」

其實瓊花島上哪裡會冷，一、二月的時候早晚可能會有點涼，但現在都快四月了。他只是不想拖累姊姊罷了。

南溪想了想，一口答應下來。

舅舅拿來的菜雖然能吃幾日，但家裡的食物還是太少了。海物不用錢，能撿就撿。而且弟弟現在這樣，揹著他出去也不太好，老是被人問來問去，他心裡肯定不好受。還是個孩子呢，還是讓他清靜些吧。

於是，很快她便跟著春芽出門了，帶著家裡的小簍子。

一路上春芽跟她說了很多，還指了自家房子的位置。南溪這才知道平時她幾乎都沒去趕過海，大半時間都在山上照料果園，要麼就是洗衣做飯，趕海都是弟弟去的。

果子不怎麼值錢，人力又有限，每年賺的錢其實連溫飽都不太夠。要不是舅舅時常送菜，加上弟弟每天趕海帶回家的食物，只怕姊弟倆都要餓肚子。

南溪感慨過後又慶幸，幸好這是在瓊花島。要是在別的地方，春秋冬還要操心置辦衣裳，可得頭疼了。現在一套薄衣一年從頭穿到尾都沒事。家裡也不用添置被褥，實在省心。

春芽帶著弟弟和南溪，一邊走一邊說。穿過一片椰樹林到了海邊後，她突然感覺身邊沒了動靜。回過頭才發現南溪站在椰樹下，眼神呆滯，整個人都傻了。

「南溪？妳怎麼不走了？」

此刻誰也無法體會南溪的心情。

一個從小在缺水的環境裡長大，眼裡只有一片黃沙的孩子，陡然看到一望無際的大海，那種震撼，那種激動，簡直無法形容。

世上怎會有這麼大的地方，全是水！她再也不用擔心會缺水了！

姥姥說海水是鹹的，南溪覺得無所謂，只要是水，鹹的、苦的都好喝。

她和春芽打了個招呼，飛快跑到海水邊捧起一捧，十分虔誠地喝進了肚。

春芽看得目瞪口呆，她的弟弟冬子也被震驚到了。

「阿姊，南溪姊為什麼要喝海水啊……」

那麼難喝的東西……

春芽回答不出來，不過她想著可能是南溪腦袋還沒好全吧。不然，正常人幹不出這事。

喝下海水的南溪，直泛噁心。「噗！嘔！」

又苦又鹹，水到嗓子眼就再也吞不下去的那種鹹。南溪被打臉了，這水她一喝就想吐，打死也喝不下去。

「妳沒事吧？」

春芽拿出工具，從沙灘邊的石壁上撬下兩顆海蠣遞給南溪，讓她生吃緩一緩。雖然剛撬下來的海蠣，汁水也有鹹味，但肉不鹹，能緩解嘴裡的鹹苦味。

南溪蹲在沙灘上嘔到眼淚都流出來了，吃下兩顆海蠣才勉強緩過來。太難受了，海水的味道讓她滿嘴都是腥味。這吃食她能接受，就是腥味讓人有些不適應。

一出門就栽了跟頭，這是她沒想到的。

「妳沒事去喝海水幹麼？」

「我、我忘了海水是鹹的了……」

見南溪委屈地回答，春芽想笑又不能笑，她一把將南溪拉起來指著海水道：「海水都退了，咱們快些去找吃的吧！村子裡好多人一起撿呢，等會兒好東西都沒了。」

「好好好，走！」

南溪忍著不適，跟著春芽一起找了塊人少的地方開始尋找海物。因著她什麼都忘光了，所以春芽每找到一樣都會先給她看看再大概介紹一遍。

好在南溪記憶力好，認東西也快。很快就記住蛤蜊、蝦和蜆仔，還有一種讓她起雞皮疙瘩的海腸子。她也記了很多蟹類，石頭蟹、蘭花蟹還有青蟹，不過現在看到的都有點小，就被放掉了。

南溪認了許多便開始自己去找，不認識的再回頭找春芽辨別。

蛤蜊最簡單了，找到竅門，看看沙灘上哪裡有細小的圓孔，一鏟子下去就能把牠翻上來。

春芽說蛤蜊煮湯會很鮮，南溪挖得十分起勁，小半個時辰就挖了大半簍子。蜆仔藏得比較深，她也挖了一點點。還撿到了兩條魚，巴掌大小，不過都是死的。她拿過去給春芽看，想問問是什麼魚，然後丟掉，沒想到春芽直接讓她收起來拿回去吃。

「啊？妳剛剛不是說這些死掉的海物，都不要吃嗎？」

春芽點點頭，拿過魚跟她解釋道：「海物死掉就不新鮮，吃了容易拉肚子，但這魚還是新鮮的。妳看它的魚鰓是鮮紅色的，才剛剛死了沒多久。不新鮮的魚，它的魚鰓就會變得很暗沈，那種就不要撿，吃了不好。」

她把兩條魚的魚鰓都扳開給南溪看過後，放進了她的簍子裡。

「這兩條都是鯧魚，妳運氣還不錯。鯧魚幾乎沒什麼刺，拿回去清蒸一下就非常好吃。」

「嗯嗯！」南溪學得很是認真，春芽教她的東西一字不落都放到腦子裡。

一個時辰後，三人的簍子都滿了。這時沙灘上還有不少村民，不過他們沒打算繼續找，洗了下工具和腳，就帶著滿滿當當的簍子直接回家。

南溪抱著沈甸甸的簍子還有些疑惑。這麼多的東西，姊弟倆一天的吃食不都有了嗎？為什麼都攢不下錢呢？

「小澤，我回來了！」

看到姊姊回來，南澤心情頓時好了。

「阿姊好厲害，挖了這麼多蛤蜊，還有魚吔！」

「今天手生，下回我再去弄更多。」

南溪對自己的戰果非常滿意，回來又被弟弟一誇，整個人都輕飄飄的，瞬間豪氣萬丈。

她把簍子裡的海物都倒到盆子裡，然後打水清洗，準備晚上煮來試試味道。

南澤提醒道：「阿姊，蛤蜊和蜆仔弄回來是要吐沙的。」

沙……

這是南溪目前最討厭的字了。

「怎麼讓牠們吐沙？」

「往水裡放些鹽就好。半個時辰就差不多了。」

半個時辰後，大概要準備晚飯，時間剛剛好。南溪轉頭就去灶間取了鹽罐，將蛤蜊和蜆仔抓出來單獨泡上。

她十分期待吃蛤蜊，傍晚熱雞湯時，忍不住放了十幾顆。才煮了一小會兒，蛤蜊們就一個個都開了口。

南溪撈起一顆，皺著眉頭，有些一言難盡。

這蛤蜊真是外強中乾，外頭看著那麼大一顆，裡頭的肉卻只有指頭大一點。

半簍子蛤蜊煮出來的肉大概也就一小碗，難怪不夠吃……

姊弟倆的晚飯非常簡單，就是中午的雞湯加了點生菜葉子還有十幾顆蛤蜊。不過有肉有湯算是非常不錯的伙食了。

南澤只吃一碗就飽了，剩下差不多還有大半碗的量全進南溪的肚子。

這要放在以前是絕對不可能發生的事。

以前當姊姊的南溪，只會把沒吃完的肉湯吊在井裡冰著，第二天再熱給弟弟吃。

現在這個南溪可不會那樣，她疼愛這個弟弟，但她也疼自己。苗大夫都說了，現在她的身體底子非常差，要多吃些能滋補的東西。身體好了，才能做事嘛。

這一晚南溪睡得依舊很香，當然還是天才微微亮就醒了。她不想把弟弟吵醒，做事便刻意放輕了動作。

今天她打算到縣裡去看看酒價、糧價如何，順便買點東西回來試著做酒麴。

姥姥傳給她的酒譜裡，所有的酒都是自製酒麴，那是經過無數先輩反覆試驗後才得出最完美的配方。

酒麴在釀酒中是非常重要的，它會直接影響出酒多少和成品酒的風味。

南溪其實心裡也沒什麼底，畢竟酒譜背得再滾瓜爛熟，也沒有實際上手操作過，能不能做出來還是個謎。酒麴要是能做出來，那才能開始準備後頭釀酒的事。

昨日問過春芽，從村裡到縣裡，走路大概要一個時辰左右；坐騾車就只要小半個時辰。一天裡有兩、三趟騾車來去還是滿方便，就是費錢，來去都坐車得花掉四文錢。

南溪不知道路，自己走也沒有伴，就算再捨不得也還是只能選擇坐騾車去。這會兒還有點早，她便燒水先洗了個頭。出門當然要弄乾淨一點。

不知道原身是多久前洗澡的，反正從昨天起，她就一直心癢難耐想洗頭洗澡了。

天知道在沙漠想洗澡有多難，除非下雨，否則洗澡想都不要想的。

南溪喜孜孜煮了兩顆雞蛋，然後用煮雞蛋的水，直接兌了大半盆井水。兌完井水就只有一點溫溫的感覺她也不在乎，直接解了髮繩將頭髮泡進去。

她的頭髮很長，也很枯燥。昨天和春芽一對比就看出差距。春芽的頭髮又黑又亮，她的枯燥不說，髮尖還泛著黃。不過這頭髮比她在沙漠的時候已經好很多了，她很滿足。

戀戀不捨地洗了兩刻鐘，她才擰乾頭髮將水倒進桶裡，然後坐到灶前慢慢烘乾頭髮。

鍋裡是她新加的水和昨天泡在盆裡的蛤蜊。早上一碗蛤蜊湯配雞蛋，感覺可以吃飽了。

南溪自知廚藝不行，只能做這樣簡單的。等湯煮好了，頭髮也乾了不少。她正準備去叫弟弟，就聽到他屋子裡「砰」一聲。

「小澤？」

她想都沒想就推開門進去，一眼就看到滾下床的弟弟，旁邊還有明顯打濕的褲子。

南澤一見她，臉便漲得通紅，一個勁兒要她出去。

八歲的他模模糊糊也明白很多東西，自己現在這樣不該讓姊姊來收拾。

「小澤，這沒什麼。你是生病了沒辦法控制才會弄髒，又不是故意的，對吧？你不要我幫忙，你自己來的話弄不乾淨，另一條褲子也會髒的。咱們是親姊弟，又沒有關係。」

聽到會弄髒另外一條褲子，南澤抗拒得沒有那麼厲害了。南溪抓住機會飛快幫他擦乾淨換了褲子。

小傢伙紅著臉，眼睛裡還含了一泡淚，心裡應該是非常不好受。

南溪揉了揉他的頭又捏了捏他的臉，然後認真問道：「小澤，要是受傷的是我，動不了的是我，那你會丟下我，不管我嗎？」

「當然不會！」南澤下意識回答道。

從他出生起就是姊姊在照顧他。阿爹去世的時候，他才三歲。姊姊一個人要照顧果園還要照顧他，吃喝拉撒都要管。這麼好的姊姊，他怎麼可能會丟下呢？

「那不就對了，咱倆是親姊弟，不要想那麼多。對了，小澤，一會兒我想去縣裡一趟，我把你送到盧嬸家裡好不好？我應該要下午才能回來。」

南澤連忙搖頭，他不想去外面，只想待在家裡。

看出了他的抗拒，南溪也沒強求。「那好吧，你待在家裡，我跟盧嬸說一聲，中午給你做點吃的。」

這下南澤聽話了，乖乖讓姊姊揹到院子裡。

「阿姊，妳去縣裡做什麼？」

「買點糧，順便熟悉路。我現在都不記得了，總要去走走，不然一出門就要迷路。」

家裡的粳米確實沒有多少了，南澤不疑有他。家裡的錢和地契都在姊姊手上，他也不會過問，反正姊姊會安排好。

姊弟倆簡單地吃了早飯，天也大亮了。南溪這才拿著舅舅送來的蔬菜，去敲了隔壁盧嬸的門。

為何不去麻煩另外一邊的珍嫂呢？其實還是聽弟弟說了那一家子的狀況。珍嫂是外村嫁進來的，在村裡沒什麼親戚。家裡兩個女兒、兩個兒子年紀都還小，加上公婆身體不是很好，一家子重擔已經夠辛苦了。

南溪想著做飯的話，盧嬸嬸應該可以的。

隔壁的門很快開了。一聽南溪的來意，盧氏一口答應下來，反正她也不怎麼出門。

「溪丫頭，妳放心去，我幫妳照顧小澤。」

盧氏答應做飯的事，卻怎麼樣也不肯收南溪拿的菜。南溪只好又帶回家。

算了，現在家裡條件實在不好，送東西給人家，對方也不會收。還是等以後好些了，再買點好東西送他們吧！

南溪綁好頭髮，簡單地收拾了下灶間，又抱了菜過去給弟弟，讓他慢慢摘，然後便帶著家裡僅有的一百文錢離開了。

她運氣還不錯，找到村口的時候，騾車就差最後一個人便走了。交了兩文錢，她坐上了車尾巴。

南溪一家在村子裡算挺有名的，大家一看到她上車，便七嘴八舌開始問她失憶的事，雖然話有點多，但沒啥惡意。

南溪一邊回答，一邊看著周圍的路，仔細記了下來。

小半個時辰後，騾車停在縣裡一處地方。東興村的騾車都在這邊停靠，想回家的時候，到這邊來找車就行。

南溪記下位置跟著村裡人走了一段路，很快就看到一家糧鋪。她在外頭看了一會兒，又聽了幾句，才挎著籃子慢悠悠走進去。

「姑娘想買點什麼？小店新糧、陳糧都有，種類齊全。」

「我自己先看看。」

她剛剛在外頭看了，糧食的價錢都有木牌子插在裡頭，一目了然。

麥子六文錢一斤，大米八文，糯米七文……

嗯……這價錢貴嗎？

大意了，出來前應該問盧嬸嬸糧價的。

南溪正要去舀點糯米看看，突然胳膊一緊，回頭就見是同村的一個大娘拉著她。

「溪丫頭，妳怎麼一個人跑這兒來了？妳弟弟正找妳呢！」

弟弟？不是在家嗎？

她就愣神的工夫，大娘已經拉著她出了門。

「大娘？」

「傻丫頭，那裡頭的糧食那麼貴，妳真要買啊？妳舅舅不是自己有漁船嗎？讓他從對面幫妳帶呀！那邊的糧食便宜，一過海就得漲，縣裡這些糧食至少漲了兩、三文。一斤加的錢，都夠再買一斤了。要是有人能帶，還是買對面的。」

「謝謝大娘提醒，我都忘了這事。」

大娘又和她講了些容易坑錢的地方這才和她分開。結果她一走，南溪又重新回到糧鋪裡。

沒法子，家裡沒有做酒麴需要的東西。等舅舅下次來，還不知道是什麼時候，貴也只能認了。

南溪買了兩斤大麥和一斤乾豌豆，花了十八文錢，心裡有些小痛。想了想又去藥鋪裡買了兩味藥材，瞬間花掉了四十文。

藥材是真貴啊，就那麼一點點，錢就去了小半。剩下四十二文，南溪沒怎麼敢花了。在街上轉了幾圈後，終於看到一家鋪子外掛著個「酒」字。

她剛走到門口就有夥計笑容滿面地迎上來。「姑娘是要買酒吧，請進！」

南溪深吸了一口氣，跟著夥計進了店裡。

這裡……好香啊……

整間店裡都瀰漫著一股濃烈的香氣，她從來沒有聞過，但瞬間就喜歡上了這香味。

酒香居然這麼好聞……

南溪心裡微微有些激動。

「姑娘是想買什麼酒呢？」

「你們店裡有什麼酒？」

夥計一聽，立刻殷勤地介紹起店裡各種好酒。「這是米酒，酸甜可口適合姑娘們喝，也不容易醉。」

南溪看了眼酒缸上的價錢。

八文錢一斤。

和旁邊的那些酒比起來可真便宜。

南溪回想起酒譜裡的講解，頓時明白了。米酒出酒高，一斤糧食大概能出一、兩斤的酒水。而且做法簡單並不麻煩，尋常人在家就能做了，賣太貴肯定也賣不出去。

她跟著夥計一路看過去，有二十文一斤的，也有三十文一斤。最後走到一個小缸前，南溪眼睛都直了。

酒缸上明明白白貼著價錢。

一兩銀子一斤！

「姑娘您瞧，這是我們店裡的招牌『三春酒』。用最新鮮的糧食加上獨門酒麴精心釀造，埋到地下經歷了三個春秋才能挖出來。這是店裡賣得最好的一款酒了，您要不要嚐嚐？」夥計絲毫不在意南溪的衣著簡樸，介紹得非常熱情。

南溪有些頂不住這樣的熱情，抓著自己的小籃子險些被誘惑去嚐一口。但是荷包裡的四十二文錢，讓她迅速冷靜下來。

「我想起還有東西沒買，等下再來……」丟下一句話，她拔腿就走。

夥計無語。「……」

南溪走得十分乾脆，她可不是抹不開面子的人。兜裡就剩那麼點錢，人還是要有自知之明。

她從酒鋪出來後，沿著街道又轉了幾條街，發現縣裡頭也就五、六條街比較熱鬧，有不少商鋪，遠一點的差不多都是住戶宅子。和她想像的大場面完全不一樣。

不過也可以理解，姥姥待的是城，自己待的是縣，還是有差別的。

南溪轉了一個多時辰又看了兩家酒館，當然只是看，都不敢嚐。她發現縣裡酒水的價格浮動真大，有便宜二十文一斤的，也有貴的要好幾兩銀子。

不知道自己照著酒譜做出來的那些酒，比他們這些酒如何？

一想到這兒她就激動起來，也不逛街了，挎著籃子就往回走，找自己村的騾車。

回去的路上看到路邊有賣罐子的小販，她想了想，花四文錢買了兩個兩斤裝的罐子。家裡雖然也有好幾個罐子，但都挺大的，而且幾乎都裝了東西。

要是自己的酒麴能成功製作出來，正好存放在這兩個小罐子。

南溪摸摸籃子裡的罐子，忍不住嘆了口氣。但願自己能順順利利把酒麴做出來才是，不然，真要上山做苦力了。

對了！差點給忘了！

山上還有橙子沒摘完……

這幾日被興奮沖昏了頭，她把這事給忘了。不知道耽擱幾日，那些橙子現在怎麼樣了？

南溪惦記著山上的橙子，一回家放下東西，和弟弟說了一聲就想上山。

雖說島上果子賣不了什麼錢，但積少成多好歹也有些。就算不賣，拿回來自家吃也可以嘛！

「小澤，我去找春芽帶我上山，把咱家的橙子都摘了。」

南澤不太樂意，他的腿就是在山上摔斷的，姊姊身體又不好，他實在不放心。

「阿姊，要不然那些橙子就讓村裡人去摘了吧，也不收什麼錢，肯定有人願意去的。」

「嗯？不收錢？這怎麼可以。」

原身辛辛苦苦照顧了好久呢。

不過弟弟這話倒是給了南溪一點啟發，或許可以一人少收點錢，讓他們自己去摘。這樣村民們摘回去不管是吃是賣，他們沒有虧錢，自己也多少有點補貼。

「你老老實實在家裡，我先去認路，上山看看再說。」

說實話，南溪對山上的果子們沒抱太大希望，畢竟弟弟自己都說了原身不會照料果樹，人又小，施肥、澆水都跟不上。照料得不好，最後結出來的果子估計也不會太好。

不過她還是得親眼去看看果子，嚐過再說。

南澤拗不過她，只能反覆叮囑姊姊一定要注意腳下。

「知道啦！你乖一點，有事叫隔壁的嬸嬸幫忙，我一會兒就回來了。」

南溪去堆放雜物的屋子裡找了個背簍，試了下正好合適，應該就是原身經常用的。

她正準備走，突然又聽到弟弟叫她。

「阿姊，妳帶了鑰匙沒有？」

……鑰匙是什麼？

一看她的表情就是不知道了。南澤無奈地從自己脖子上取下一條繩子，上面墜著兩個鐵疙瘩。

「阿姊，妳先拿我這個去吧。」

南溪愣了愣，這就是鑰匙嗎？她下意識地摸了摸脖子，這裡也有條麻繩串著兩個鐵疙瘩。之前發現的時候還以為是條項鍊，她也沒太在意。沙漠裡很多人脖子上都會掛些奇奇怪怪的東西，她都習慣了。

「小澤，是這個嗎？」

「是，就它，可以開門的。一會兒妳要是不會用就讓春芽姊教妳。」

南溪點點頭，這才揹著背簍出門了。下午的太陽有些曬，她像是沒感受到一樣，走得十分帶勁。

春芽家離得不遠，南溪到的時候，正好遇上春芽洗衣裳回來。聽到她的來意，春芽二話不說便放下衣裳出門給她帶路。

東興村附近有兩座山，還都挺高的。南家果園在比較矮的那座山上。春芽以前跟著南溪一起去過很多次，路都很熟。

「想來妳都不記得了。這山上有好幾家果園，你們家相鄰的兩家都被余叔叔買下來了，聽說還買了山頭那片地，不知道是想幹什麼。他最近還有找妳嗎？」

南溪爬山累得滿臉都是汗，一邊抹一邊氣喘吁吁地回答道：「剛來找過一次，我沒答應。」

「那他肯定還會繼續找妳。南溪，其實我還是想勸妳賣掉的，這樣妳和阿澤都會輕鬆很多。」

這話完全是下意識就說出口了，春芽說完才想起南溪現在已經記不得她，在她眼裡自己只是陌生的朋友，根本沒啥資格開口。

唉……不知道為什麼，明明還是那個人，感覺就是不一樣，有時候想想還挺難過的。好多年的姊妹情，居然就忘了。

「我考慮考慮。」

南溪話沒說白也沒想那麼多，反正賣是不可能賣的。不過春芽的話給了她不少有用的信息。

那個余叔叔買了那麼大片地方肯定是要幹什麼大事，他那麼執著於自家那片果園，她得找時候去探探底才是。

兩個人說著話，爬了快半個時辰才到了南家果園外。

南溪看著果園的院牆和大門，這才有種真真切切自家曾經富過的感覺。

這麼些年了，院牆依舊牢固氣派。

她拿出鑰匙，看了看門上的大鐵疙瘩，很快就找到了鑰匙孔，一次就打開了門。裡面和她想像的差不多，雜草叢生，樹木長得一點都不精神。

只有門口的那幾棵長得最好，這個時節它們已經掛了果，一顆顆青皮果子長得十分不錯。

「春芽，這是什麼樹啊？」

「這是妳最寶貝的芒果樹呀！我都聽妳說好多回了。這是妳和妳爹一起種的，旁邊那棵小的是羅叔叔和阿澤一起種的。妳家果園裡，每年也就這芒果長得最好，百吃不厭。」

春芽還挺羨慕的。她家裡沒有果園，地也很少，家門口倒是有幾棵椰子樹。到季節了，想吃芒果就得花錢去買，便宜是便宜，但吃起來就是沒南家這兩棵樹結的果子好吃。皮薄肉厚核還小，汁水豐沛，還非常香甜。

村裡的芒果賣出去大概都是兩文錢一斤，南溪家的可以賣到四文錢，公認的好果。

可惜產量不高，而且只有這兩棵結的果子好，所以一年也就能賣個七、八百文，是南溪家裡一整年唯一一筆大的進帳。

聽完春芽的介紹，南溪看著兩棵芒果樹彷彿看著一筐銅錢。瞧瞧這些花開得多漂亮，再兩個月就能賣錢了！

「走，咱們到裡面看看。」

南溪不捨地摸了摸芒果樹，揹著背簍往裡走。沒走多遠就看到已經掛果的橙樹。她數了下，一共有七棵橙子樹，每棵都掛著不少黃澄澄的果子。

只是……這些橙子也太小了吧？

家裡有一顆村人送的橙子，比她手還大。眼前樹上掛的果子，縮了好幾圈，顏色看著也沒那麼明亮。

「春芽，妳說這些橙子，能賣錢嗎？」

「……還是能的。」

其實島上水果賣到那些果物稀少的城裡去，再差的果子也能賣上幾文錢。尤其是橙子這種好存放不容易爛的。但他們沒能力走那麼遠，所以都是賣到縣裡收果子的人手裡。

「這些大概三斤一文錢吧。別的不說，妳家果子還是挺甜的。」

南溪無言。「……」

三斤一文，居然連一文錢一斤都賣不到。

「我嚐嚐。」

南溪還沒吃家裡那顆橙子，也不知橙子是什麼味道，只知道酒譜裡的橙子酒清香宜人。

這些橙子若是好吃，她想留下來自己釀果酒算了。酒水好歹也能賣個十文、二十文，可比三斤一文好。

南溪踮著腳，摘了兩顆橙子下來，自己和春芽一人一顆。她見春芽直接用大拇指戳著中間一下掰開，自己也學著用力掰開。

橙黃的果汁淅淅瀝瀝滴了不少在地上，南溪趕緊用嘴接住。

唔……真甜！

南溪有些被驚喜到了。

橙子的味道比她想像的更香，比椰子更濃也更甜。個子小小，肉卻不差，吃完還有些意猶未盡。

這會兒她也不嫌棄橙子們個子小了，高高興興地爬上樹摘了起來。

「春芽，妳要是有事忙就先回去，我都記得路。」

「沒事，我跟妳一起摘吧！就裝一個背簍，要不了多久。」

春芽爬樹比南溪俐落多了，摘果子也有經驗。兩個人忙活兩刻鐘就摘滿一背簍。摘的時候痛快，揹起來就很難受了。尤其是剛剛爬上山累得不行，腿現在都還疼著。南溪硬著頭皮揹起那簍沈甸甸的橙子。下山的時候腿直抖，好幾次要不是春芽拉著，她都得摔下去。磨磨蹭蹭下山，時間花得比上山還長。

兩人一到山下，春芽便和她分開了，約好明日一起去趕海。南溪一口答應下來，不要錢的吃食當然要去撿。

她一邊想著趕海，一邊想著橙子該怎麼做成酒，還惦記著回家要做酒麴。亂七八糟地想了一番，肩上的疼痛感越來越重，只能時不時就停下來休息。

之前原身一個人每天上山下山照顧果園，還得自己摘果子揹下山去賣，可真厲害。

第四章

南溪抓著兩根肩帶疼得直冒冷汗，好不容易回到家，剛把背簍放桌上，就聽到弟弟詫異問道：「阿姊，妳力氣變大了嗎？以前不都只揹半簍？」

「今天也不知怎的，感覺力氣很大，不知不覺就揹多了。」

南溪一邊輕鬆回答，一邊轉頭齜牙咧嘴地揉肩。這兩條肩帶真的太勒了，彷彿要壓進肉裡一樣。下回她得找點乾草或者沒用的布綁在上面墊著才行。

「對了，小澤，咱家園子裡的橙子一年大概能出多少斤，你知道嗎？」

「知道，阿姊說過很多次了。一年大概四百來斤，只能賺很少的錢。」

南澤大概每年都會聽姊姊抱怨一、兩次，再怎麼悉心照顧，產量就是上不去。隔壁果園的橙子樹一棵每年要出八、九十斤的大果，自家一棵樹偶爾連六十斤都沒有，個子還是小小的。

阿姊請教過村裡的老人該怎麼種果樹，但學到的都是很皮毛的東西。唯一知道擔糞上山澆樹這一樣，她又很難做到。

獨自爬上山就挺累的了，再挑東西，大人做起來都累，更何況是姊姊？而且，家裡也沒有那麼大的糞池去澆山上的地，施肥就這麼耽誤了。

南澤看著桌上的橙子習以為常，轉頭想起一事，提醒道：「阿姊，珍嫂家的小娃挺喜歡吃橙子的，妳每次摘了果會送點過去，一會兒還是送幾個過去吧？」

「好，我一會兒去送。」

南溪還記得姊弟倆都沒人管的時候，是珍嫂送來吃食，橙子是該送。

她打水洗了把臉，回來一路汗水流進眼裡，刺得生疼。用冰冰涼涼的水洗一把臉，這才舒坦了些。可肩膀還是一樣疼，甚至疼得更厲害。感覺有些不太妙，這情況明天說不定手都要抬不起來了。

唉……就這體力，七棵樹全摘完得去掉半條小命吧？

南溪不想硬挺上去，她很珍惜自己現在的小命。於是送橙子的時候，順便問了珍嫂村裡雇人採果的價錢。

「雇人？那可不便宜。」

珍嫂將橙子拿出來，然後裝了自家剛摘的菠菜葉給南溪。

「村裡果園雇人採果都是按斤數算，不管什麼果子，都是十斤一文錢。」

南溪迅速在心裡算了算，四百來斤要是請人的話，家底都要掏空了，請不起，請不起。

「怎麼，妳想雇人上山摘橙子？」

「嗯……有想過，但是雇不起。」

「溪丫頭，妳也不用這麼急，橙子還能在樹上掛一個月左右呢，慢慢摘了揹下來就是。價錢便宜點就便宜點，身體重要。」

南溪一聽這話詫異極了。「啥？還能再便宜？」

比三斤一文這麼低的價錢還便宜，那得便宜成什麼樣？

「現在估計還是那個價。我是說妳慢慢摘的話。畢竟還有一個月，芒果、鳳梨、山竹等等水果就要成熟了，橙子沒那麼好賣。」

原來是這樣……

南溪了然，她沒在珍嫂家多留，道完謝便回家了。

橙子還能在樹上留挺長時間，這個消息真是讓她鬆了一口氣。其實在知道家裡橙子只能賣三斤一文的時候，她幾乎已經放棄了賣橙子的想法。現在知道不急著摘，心裡更放鬆了。

眼下最重要的是把酒麴做出來，只要酒麴能成功，她就立刻將果園長租出去，改造倉庫，然後開始製酒。

「阿姊？」

「啊？怎麼了？」

「我剛剛問妳呢，怎麼買了大麥和豆子？」

南澤十分不解，現成的粳米那麼便宜，姊姊不買，為什麼要買貴一些的大麥和豆子，而且麥子還得磨成粉才好煮。

「這兩樣我有用處。」

南溪莫名有些心虛。主要是製酒麴和釀酒這事，她不知道該怎麼和弟弟解釋。兩人從小一起長大的，自己來的時候又說失憶，現在突然會了一門手藝，他會不會心生懷疑？該好好想個說法才是。

這一晚南溪失眠了，翻來覆去想著該怎麼解釋自己手藝的來源。越想越沒頭緒，倒是肚子餓了。

家裡現在吃的有不少，不過南溪捨不得吃，而且離天亮也不遠了，所以乾脆直接打水喝。清涼的井水拂去不少心頭的煩躁，她正準備轉身回屋，突然聽到弟弟在屋子裡問了一句。

「是阿姊嗎？」

南溪下意識要應一聲，不過還沒開口，腦中便靈光一閃有了主意。於是南溪一句話不說，又稍微弄出了點動靜才回自己房間。

聽到姊姊的房門「吱呀」一聲關上了，南澤才重新躺下去。

姊姊應該是出來喝水吧，可能關上門聲音小，沒聽到自己叫她。

姊弟倆很快都睡著了。

第二天，南溪一起床便先去吵醒弟弟。

「小澤，我房間的水碗是你端進去給我的嗎？」

南澤一臉茫然。

「什麼水碗？」

「就是我一起床就看到桌上有兩個水碗，昨晚我明明沒有拿碗進去。」

南澤聽到這兒，瞬間想起昨晚聽到的動靜，他心一緊，神情也有些慌了。昨晚在院子裡的人若不是阿姊，那會是誰？阿姊的房間闖進了陌生人？

這可是了不得的大事！

「阿姊，我這腿哪能送什麼水進去。昨晚我聽到了院子裡有打水的聲音，我還以為是妳。阿姊，妳沒事吧？身上有沒有受傷？」

作戲的南溪被弟弟感動得稀裡糊塗，沒想到弟弟第一反應關心的不是家裡的錢財而是她的安全。有那麼瞬間她都想坦白了，但理智很快趕走了那點兒心思。

「我沒事……就是奇怪。昨天有人在咱家院裡打水？好奇怪啊，我的裙襬也濕了一塊。」

南澤低頭一瞧，姊姊的深藍色裙襬非常明顯暗了一塊。不是剛濕的，像是沾了水又還沒乾透的樣子。

難道是姊姊打的水？

「阿姊，妳莫不是在夢遊？阿爹說村尾的茂叔叔，年輕的時候就會夢遊，半夜總是會跑到別人家裡。」

南溪無語。「……」

他這個夢遊可能跟自己不太一樣。

「阿姊，妳昨晚有作什麼夢嗎？」

來了來了，問到重點了！

南溪假裝想了想，突然有些開心道：「我夢到阿娘了，她說要教我做什麼東西，然後我就去打了水。」

南澤一臉羨慕。「阿姊，阿娘又去妳夢裡了！她說什麼啦？」

看來原身以前這樣哄過弟弟？

「阿娘以前也有來我夢裡嗎？我都不記得了。」

說到這個，南澤頓時興奮起來。

「阿娘入過好幾次夢呢，可惜我太小，阿娘說不能進我的夢，等我長大到姊姊妳這樣就能夢見她了。對了，阿姊快說呀，阿娘又說什麼了？」

南溪有些心酸，為弟弟，也為原身。從小沒了娘的娃，對娘一點印象都沒有。平時看著村裡其他有娘的孩子，心裡肯定會難受的。

原身也許真的夢到了，也許是編的，就為了讓弟弟感覺到娘還在，也很疼他。

等他長大了……

長大應該就會明白。現在才八歲，還能糊弄一下。

「阿娘說咱們太辛苦了，要教我手藝，但是不能說是她教的。」

八歲的南澤深信不疑。阿娘還是那麼疼他和姊姊。

「阿姊，那妳學會了嗎？要我幫忙嗎？」

真是沒想到弟弟居然這麼容易就信了。

南溪大鬆一口氣，笑著答道：「當然需要你幫忙了，不過我暫時還沒學會，只能試著做一做。小澤，咱家有磨盤嗎？」

「咱家沒有，不過隔壁盧嬸嬸家有，以前她還賣豆腐呢，天不亮，家裡的磨盤就開始響。不過自從大涼哥被關之後，她就沒再磨過豆子了。」

「大涼哥被關？」南溪好奇了下。

「我也不太清楚，妳都不許我問，說是不好的事情。」

南澤說不明白，南溪也就不再問了，那什麼大涼哥跟自家也沒關係。今日能把手藝在弟弟面前過個明路，晚上她就能睡個踏實覺了。

「走，咱們去吃雞蛋。」

姊弟倆就著熱水一人吃了一顆雞蛋。然後南溪便帶著昨天買回來的大麥和豆子去了隔壁盧嬸嬸家。

聽到她是要借石磨，盧氏沒有拒絕，還要幫著打水清洗。

「盧嬸嬸，妳別動，放下，讓我來！」

哪有讓一個眼睛不好的長輩幫忙自己幹活的道理。

南溪搶過水桶開始自己打水擦。

盧氏坐在一旁，眼睛裡模模糊糊的一個影子在磨盤邊忙活著，彷彿又回到以前和兒子一起做豆腐的時候。兒子也總是不讓自己幹活，自己一個人磨豆子做豆腐。

眼淚不知不覺冒了出來，她趕緊低頭抓起袖口拭去。

南溪背對著她，什麼也沒發現。石磨外面的凹槽擦乾淨後，要等它乾了才能磨粉。好在天熱，一刻鐘後已經乾得差不多了。

籃子裡的大麥和豆子她都已經按照酒譜裡的比例混好，石磨一乾，她就倒進去準備開始磨。

可是昨日傷了肩，雙手一用力便疼得厲害。推一下沒動，推兩下也沒動，第三下才勉勉強強開始動起來。這就很尷尬了。

沒想到石磨挺重的，好幾斤的大麥和豆子全推完，她的手還能用嗎？

「溪丫頭，我來幫妳推吧？」

南溪咬咬牙，雖然她很想說不用，但她推起來手是真疼。於是她非常不要臉地推翻了自己不讓長輩幫忙幹活的前言，十分開心地應了一聲。

「好的、好的！」

兩個人推磨速度那是相當快，南溪感覺自己輕鬆多了，沒一會兒就磨好了粉。

這些粉磨好還得再篩一遍，就為了這個篩子，南溪又是好一頓折騰。家裡的篩子太大，她便剪了櫃子裡的布做二次篩。

南澤都看呆了。那可是阿爹過世時用剩下的白布，姊姊居然一點都不忌諱。

「阿姊，這些粉到底有什麼用呢？」

南溪一邊小心翼翼地倒著水，一邊回答道：「阿娘說可以拿來做酒麴，我先試試。要是能成，咱家的橙子就能做酒了。」

南澤還不太懂酒麴這東西，但他聽過酒，知道那是比糧食還貴的東西。

隔壁村子就有個小酒坊，村裡很多人都在那兒買酒。以前他和冬子他們跑去玩的時候看過一眼，人家那地方可大了。家裡就這麼點地方，姊姊能做出酒來嗎？

其實南溪自己也沒有把握，尤其是在和水後。

這個酒譜中的和水十之三份，她真是一點兒都拿不準。姥姥教的雖然多，可沙漠裡沒有水練習，她腦子根本沒有大概的量。

眼前的大麥、豆子粉和完水被她分成了三塊胚，一塊水好像加多了，一塊好像又少了，另外一塊感覺差不多。沒法子，先做出來看看，下次她再下手，心裡就有底了。

這三塊麴胚壓實後，被她放進灶房對面的那間空屋子裡。石頭屋子很涼快，外頭太陽再大，裡面溫度也不會高。

酒譜裡的那些溫度要求一條條看得她頭疼，眼下她也沒法子更具體地掌握溫度，全憑感覺了。

她很快找來乾草鋪了厚厚一層，然後放上麴胚，三塊間隔離得遠一點，接著又蓋上厚厚一層乾草。三塊都放好後，南溪出來直接關上門，連門縫都塞上草，等著屋子裡自然升溫。

酒譜上說，一天之後就會長出霉斑，她等明日這時再進去瞧瞧。

這第一步總算是走出去了。

南溪心情大好，剝了顆橙子，和弟弟一人一半。

「小澤，下午我跟春芽他們去趕海，你跟我一起去吧？」

南澤一口橙子差點嗆到，一邊咳一邊拒絕了姊姊的好意。
「阿姊，我不想出去，在家挺好的。」
才八歲的孩子，哪有喜歡天天關在家裡的，無非是不想給姊姊添麻煩，也不想被村裡人用那種憐憫的目光瞧著。
南溪嘆了一聲沒有強求。
弟弟天天關在家裡肯定不行的，但是帶他出去，自己這身子又揹不了多遠，要是有什麼工具就好了……
她想起昨天上山時看到的幾個小推車。山下到大道還是有一段距離，騾車都進不去，大概只能靠那個小推車把果子運過去。
小澤才八歲，和那三、四筐水果比起來肯定要輕多了。自己是不是能想辦法弄一個回來，以後好帶他出去呢？
南溪將這件事記在心上，打算有機會便去問問價錢，看看哪裡能搞到。
吃完橙子，姊弟倆開始一起洗衣裳。
南溪給弟弟拿了個盆子也打了水，讓他搓洗自己換下來的髒衣服。這讓南澤很是開心，搓衣裳都搓得十分帶勁。
羅全一進門便看到兩個外甥安安靜靜地坐在水井邊搓洗著衣裳，心裡酸酸的很不是滋味。

「小溪，小澤。」

「舅舅？」

南溪有些疑惑，不是說舅舅都是一個月來一次嗎？前兩天才剛來過呢！

「這是你舅母讓我拿來的肉。」

羅全將背簍放到桌上，拿出挺大一塊肉來，還有一個布袋看著像是糧食。此外，還有幾個白白胖胖的大蘿蔔。

南澤嚥了下口水。

豬肉啊，家裡好長時間沒有吃過了……

南溪擦了下手，起身走過去。「舅舅，這些真是舅母給我們的？」肉可是很貴的，平時連拿些菜過來，舅母都會不樂意，怎麼會讓舅舅拿這麼大塊肉？

羅全點點頭，非常肯定道：「是真的，她一大早就出去挑最新鮮的肉呢！你們身體都不好，得多吃葷腥。」

這回他還真沒撒謊，的確是他媳婦讓他拿來的肉。小澤畢竟也是她的外甥，癱瘓這麼嚴重的事，哪裡還能斤斤計較吵起來。

不過，花了這些錢又連續耽誤兩天捕魚，兒子的彩禮錢又要多攢一陣子。羅全不怎麼在意，錢麼，努力掙總會有的。孩子這麼小，再出問題，麻煩就大了。

姊弟倆看著舅舅說得一點不帶心虛的樣子，這才相信是舅母讓他拿肉過來的。怎麼一向小氣的人，突然變大方了呢……

這肉感覺吃得不是很踏實，南溪有些猶豫。

「舅舅，我和小澤吃不了什麼肉，而且趕海有魚有蝦也是肉啊！我們不缺肉吃的，你還是拿回去吧。」

「拿來的東西就是你們的，別說那些我不愛聽的。來，把肉抹點鹽放起來，這幾日就吃了。」

南溪說不過他，只好接過肉拿去放到灶間，回來的時候看到桌上的橙子皮，頓時想起家裡還有不少橙子，連忙轉身進去抱了一堆放到舅舅的背簍裡。

「舅舅，這都是自家樹上的橙子，沒花錢的，你可不許拿出來。」

羅全眉頭一皺，嗓門也高了不少。「妳弟弟才摔傷，妳怎麼又去山上了？橙子熟了，等妳表哥來了再一起摘嘛！」說著他又忍不住嘆氣。

往年果子成熟的時候，他都會讓兩個兒子過來幫忙，可這丫頭不知怎的就是那麼倔，總是提前自己就摘了大半的果子，好像不願意麻煩他似的。

他也知道多半是自己媳婦說了什麼不中聽的話被丫頭聽見了。半大的孩子沒了雙親本就敏感，自己這外甥女脾氣又倔，這幾年兩家始終沒能親近起來。

真是對不住小妹啊……

「山上還有多少橙子？一會兒我去幫妳摘。」

南溪搖搖頭拒絕了。

「橙子還能掛一陣子，不著急呢！我留著有用。」

羅全只當她是和自己客氣，不想麻煩他。於是嘴上答應，沒一會兒就趁南溪做午飯的時候偷偷跟南澤要鑰匙，準備悄悄去摘了。

「舅舅，不能摘。阿姊說要留著做酒。」

南澤親近舅舅，話也不防著，一句便露了底。

「做酒？你姊啥時候會做酒？」

「阿娘在夢裡教的！」說完，南澤才想起姊姊叮囑過不讓說是阿娘教的，立刻轉頭心虛地看了看阿姊。

羅全無語。「……」

聽著怎地那麼荒謬呢？

小妹會託夢的話，那怎麼從來不入自己的夢？難道是怪他沒有照看好兩個外甥？

他有些不太信，又有些信了。因為羅家祖上確實是釀酒的，聽說當時生意還很紅火。百年前分支後，祖上也開過酒坊，可惜家中出了個賭徒，不光輸了酒坊，連酒譜都拿去賭沒了，大好的家業瞬間沒落。到爺爺這輩，就只有村子裡那一點地和一艘小漁船。

羅全看著正在淘洗蛤蜊的外甥女，總覺得這話是她編來哄小澤的。想了想，乾脆過去問了下。

「小溪，小澤說妳會釀酒？」

南溪手一抖，心裡慌得厲害，眼皮子倒是撐住了沒亂眨。

「還不會呢，只是在試著做酒麴。夢裡斷斷續續的，可能是我聽錯了。」

連酒麴都還沒做出來，羅全心裡有些失望，不過還是鼓勵她。「那妳好好做，咱們羅家祖上就是釀酒的，興許妳有那個天賦。」

祖上就是釀酒的！

南溪心頭一跳，這倒是個好理由，就算自己以後賣酒也不怕人懷疑什麼了。

「不過以後在外頭別說是妳娘教的，鬼神雖然讓人敬畏，但有的人也會忌諱。」

「好，我明白。」

南溪瞪了弟弟一眼，這傢伙的嘴也太不牢靠了。

南澤心虛地轉過頭，不敢再看她。

羅全還是頭一次看到外甥女有這麼靈動的一面，心中甚慰。轉身便捋了袖子幫忙做飯。

他知道南溪失憶，肯定記不得怎麼做肉，便切了肉教她。

「這些白的是肥肉，可以熬油吃。切成這樣直接下鍋裡慢慢熬就行。豬油熬好了放罐子裡能放很久，炒菜、吃麵放一點，很香。」

南溪學得很認真，對舅舅說的「豬油」好奇極了。

家裡最近吃的要麼是湯，要麼是粥，還沒用過油呢。當然，家裡也沒有這東西。

「這塊是肋骨，燉蘿蔔很香的。我去剁一下，妳把兩邊的鍋都燒起來。」

「好！」

南溪應了一聲，俐落地點火開始熬豬油。燒起來後，又分出柴火到另外一個灶口。

剛坐下沒一會兒，受熱的肥肉開始嗞嗞作響，冒出香味。

坐在灶前的南溪最先聞到，她都快沒心思燒火了。

這就是豬肉的味道嗎？怎可以這麼香！那天吃過的雞肉和這香味一比，感覺就清淡多了，不知道豬肉吃起來味道能不能給她驚喜。

南溪一邊塞柴火，一邊嚥口水，靜靜等待著……

第五章

豬油熬起來還是很快的，不到一刻鐘，鍋裡已經出了淺淺一汪油。

羅全一邊切著蘿蔔，一邊看著鍋裡。他看過媳婦做過幾次熬豬油，記得不用怎麼出手，等鍋裡的肥肉都變成油渣就成了。這些肥肉，媳婦說大概能熬出半斤油來，夠兩個娃吃上挺久的。

又是一刻鐘過去，油鍋裡的肥肉已經變成小小一片焦黃焦黃的，也出了很多油。羅全找了下沒找著笊籬，只好讓南溪先熄了火，自己用筷子一片片將油渣挾出來。

南溪將火撤到另一個灶膛裡，起身在一旁眼巴巴看著。大概是她的眼神太過火熱，羅全實在沒辦法忽視，乾脆拿了筷子遞給她。

「剛出鍋非常燙，小心點。」

這要是換成自家孩子圍灶臺，估計早就讓他媳婦趕走了。不過羅全心疼兩個外甥，倒是盼著姊弟倆多吃些。

南溪聽完，眼都笑得瞇起來了，連忙拿碗過來挾了小半碗油渣。剛出鍋的油渣非常香，她沒忍住先吃了一塊，一邊燙得呼呼吹氣，一邊又震驚於油渣的美味。

太香了！尤其是它還脆脆的，越嚼越香。

南溪忘了弟弟以前可能吃過，只想跟他一起分享。姊弟一人吃著一塊，嘴巴都是油，滿足得不得了。

「小澤，你快嚐嚐！」

本來挺大一堆肉片，最後熬完油後只剩一點點。羅全把油和油渣都放到碗櫃裡，然後將蘿蔔全放到骨頭湯裡。

肋骨肉是少了些，但它便宜，肉也香。媳婦能花錢買點肥肉跟肋骨，他已經很驚喜了，一點也不嫌棄。不過他在家幾乎沒下過廚，所以也不知道這骨頭湯燉得怎麼樣。

兩刻鐘後……

看著狼吞虎嚥的外甥女，羅全咧著嘴十分有成就感。看來他的手藝還是非常不錯嘛！

「慢點吃，小心骨頭。」

姊弟倆「嗯嗯」點頭，吃起來速度卻一點不慢。

南溪其實也想吃相斯文一點，可這肋骨真是太太太好吃了。肉燉得不是很軟爛，但她牙口好，吃起來正合適。肋骨上的肉有種獨特的肉香，連骨頭都很香，她吃完肉還會嘬下骨頭。本來想嚼了吃掉，但中間那截太硬了，只好放棄。湯裡只加了一點鹽卻十分鮮香，蘿蔔帶著肉味一口咬下去，滿滿都是清香的汁水。

這是她人生中第一次吃這樣好吃的東西，而且還是她最愛的湯水類食物。

南溪心中此刻只有一個念頭，一定要多賺錢，以後每頓都吃肋骨燉蘿蔔！

喜孜孜吃完一頓，羅全又準備離開了。現在時間還早，他早些回去，路上還能下網捕點魚。

人都送到門口了，南溪突然想起一事，轉頭跑回房間裡倒出家裡最後的家當，數出三十文錢來。

「舅舅，這三十文錢麻煩您幫我買點大麥和豌豆，還有粳米。下個月來的時候帶來就行。不要多買，我只要三十文的糧。」

羅全接過錢，看著外甥女那認真的樣子就知道不收是不行的。他點點頭答應了，打算過個十來天再來看看。

主要是小的剛癱，大的也才病癒，實在讓人有些不放心。

「舅舅慢走！」

「好，回去吧。記得那個油鍋不要洗，晚上可以炒點菜吃。」

羅全揮揮手，揹著外甥倆硬塞的小半簍橙子，回到自己的漁船上。

說實話，這是他往這邊送東西以來，第一次揹東西回去，心裡莫名有些興奮。

其實以前外甥女也給過，但不像現在這樣強勢，不拿就擋著門不讓走的樣子，真是拿她沒辦法。

兩個娃好像都不怕他了，還有些親近。

羅全心情非常不錯地划著船離開了瓊花島，路上撒了兩網魚，收穫也還不錯，一上岸就賣個精光。想著家裡也有一陣子沒吃肉了，他一出碼頭就去肉鋪秤了塊肥多瘦少的肉回去。

一進門，妻子江雲就看到了那塊肉。

「這是天上掉錢了？怎麼買肉了？」她一邊問，一邊接過肉拿到灶房裡。

羅全樂呵呵跟了進去。「回來的時候，撒了兩次網還不錯，就想著買點肉回來。咱們也有一陣子沒吃了嘛！老大、老二做的事也不輕鬆，吃點葷腥好。」

江雲哼了一聲，唰唰幾刀將肉切成好幾小塊，只留下一小塊炒菜。

「難得你還惦記著兒子，我還以為你心裡只有島上那兩娃呢！」

「瞧妳這話說的，兒子是兒子，外甥是外甥，哪個我都疼。這不是小澤、小溪太可憐了嘛，總是想多看顧些。小澤才八歲就癱了，要是治不好，一輩子都完了。」

江雲皺著眉，刀剁得砰砰響。

「我不管，你一個舅舅送菜、送糧已經可以了。他要治病這事，你不許沾手，那可是個無底洞。老大、老二眼看著就要娶媳婦兒，你想都別想動家裡的錢。」

「雲娘……」

羅全嘆了一聲，老老實實坐下燒火。

「沒想著動家裡的錢，眼下小澤也沒急著要治。島上治不了，得京師裡的名醫才有法子。京師那可太遠了，我都不敢去，何況兩個孩子……」

江雲撇撇嘴沒有說話，轉身放肉時突然看到丈夫帶回來的背簍裡裝了許多橙子。真是稀奇，以前回來都是空空的，這回居然帶了橙子。

「你買的？」

「不是，是小溪塞給我的。她自己揹著背簍上山摘的自家橙子，就摘了一簍分了我半簍，我不收還不讓走。」

聽到這兒，江雲眉頭鬆了些，心裡有些詫異。南溪那丫頭每次見都沈著臉，當家的一年送那麼多東西也沒得個好，逢年過節也不走動。這回居然送了橙子，真是稀奇。

「這麼小的橙子也就你當個寶。」江雲收回眼，沒再繼續說什麼。羅全見她心情還不錯的樣子，試探地開口道：「雲娘，上回我讓妳打聽打聽房子的事……」

「還沒有！」江雲瞪了丈夫一眼。「又想便宜，又想屋子好，哪有那麼容易的事。」

而且，兩孩子來了，這邊就自己一家親戚，平時吃喝用的，還不得時時照顧著？小的癱了，大的到了年紀就快嫁人，他們那個樣子也沒有嫁妝，難道還要她來操持？等大的嫁了人，小的誰照顧？

想了想就是一大堆麻煩。

江雲同情那兩孩子，可再同情也不能自己吃虧去接手，那還過不過日子啦，自家還有兩個孩子呢！

所以丈夫讓她打聽房子的事，她根本就沒去打聽，就算有也要說沒有！

「你就不能踏踏實實地捕你的魚？這個月的魚稅還沒繳呢，你還有心思操心別人。」

想起魚稅，羅全眨巴眨巴眼睛，也不好再說什麼了。房子的事，他打算再去詢問一起捕魚的朋友。

海這邊的兩口子安安靜靜地準備著自家吃食。海那邊的姊弟倆也在準備著晚飯，不過出了一點小意外。

南澤知道要炒菜，所以火燒得挺旺。南溪本來都洗好菜，結果菜盆子沒放穩倒了，沾上泥灰只好又洗一遍。等她洗完再回來時，鍋裡已經在冒煙了，她啥也不懂，照著弟弟說的話，就將菜倒進鍋裡。

「嘩」一聲，鍋邊瞬間冒起火來，嚇得南溪趕緊打水澆上去。誰知水一澆，那火不消反漲，看著很嚇人。

只聽過火上澆油火會旺，沒聽過火上澆水還能助長火勢。南溪一看不妙，趕緊把弟弟挪到院子裡，挪完又跑回自己房間將地契、銅板、衣裳和糧食都帶上，準備逃難。

「小澤，這些衣裳你先抱著，我去拿你的衣服！」

她把自己的衣服往弟弟懷裡一塞，轉頭就跑進弟弟的房間翻他的櫃子。

結果出來一瞧，鍋裡的火沒影兒了。

姊弟倆無語。「……」

南溪揣著全身家當小心翼翼地湊上前看了看鍋裡，放下去好大一盆的青菜已經變成小小一團，有幾片菜上面還是黑黑的。

火沒了。

姊弟倆從來沒有見過這樣的情況，不敢繼續炒菜了，也捨不得丟。兩人就著一股焦味的菜和中午那完美的肋骨燉蘿蔔解決了晚飯。

雖然菜的味道怪怪的，但湯還是非常好喝。

吃完晚飯，天已經差不多黑了。家裡沒有燈，所以只能回房休息。

南溪實在睡不著，她明明還很有精神。要是家裡有燈，她可以拿家裡的舊衣裳練習縫衣裳的技能，或者打點水把灶房好好清理一下。

燈油得儘早買一點，不然一天感覺浪費了好多時光。

但是……

家裡只剩下四文錢了……

「好窮啊。」

四文錢能幹麼？

南溪琢磨一晚上，睡得十分不安穩。第二天一早起來，便先去看了看自己悶在屋子裡的三塊麴胚。

因為門窗都關著又塞了乾草堵著縫隙，所以裡面很悶，還有股淡淡的霉味。昨天她來看的時候，三塊麴胚都沒有霉點，今天再看，其中一塊已經生出了好些小綠點。

她記得，這是加水分量略多的那塊。另外兩塊，其中一塊有些微微變色，不知道是不是要生霉了。

南溪將那塊生了霉點的翻個面，然後繼續關上門，塞上乾草捂著。

晾霉得持續好幾日，不著急。這幾日空閒，她得想法子掙點錢才是。

下午，南溪跟著春芽去趕海，順便朝她打聽了一番。

「掙錢的法子……」

春芽點頭說有。

「賺大錢沒什麼辦法，小錢咱村裡還是有的。妳看那邊礁石，挺多人都在敲海蠣。她們敲回去再把海蠣撬出來，村頭有人收的。濕的十斤一文錢，曬乾的五斤一文。」

聽上去感覺還不錯，可南溪吃過海蠣，知道那殼子裡只有小小一顆肉。殼子那麼重，揹回去沒個百八十斤，撬出來根本賺不到錢。

「這些一般都是上了年紀的阿婆在家一邊帶孫子一邊弄來掙點小錢。像我爹他們在碼頭做工，阿娘也有果園的活兒，他們是不做的。」

她和冬子只要每天出來趕海給家裡添點吃食就行。

南溪覺得自己不太行。自己體力跟不上，在漲潮之前肯定弄不了多少海蠣，費勁再揹回去，撬出來都不知道能不能賣一文錢。

「妳娘在果園是啥活兒？」

「挑水、挑糞上山，妳不行的。」

春芽直言不諱，倒是沒有瞧不起南溪的意思，只是想說明白，省得她白跑一趟。

「那碼頭呢，又有啥工作？」

「碼頭，妳就更不行了。那兒幾乎都是男人。他們負責給來往的船隻卸貨、裝貨，全是重體力活兒。我阿爹一次能扛起一百多斤的貨物，在碼頭只是很普通的那種。」

唉，賺錢好難。

「碼頭是什麼？縣城的名字嗎？」

「當然不是啦！碼頭是個地方。在咱們瓊花島，離對岸最近的臨陽縣，可是咱們島上最熱鬧的地方，那裡有好多好多的新鮮玩意兒，好多好多的商鋪。乘船過去挺近的，兩刻鐘就能到；乘車繞灣得一個時辰；走路那就更久了，來回就得一天。」

春芽說起臨陽縣滿是懷念，她有記憶起一共才去過兩次，印象卻十分深刻，那種繁榮是山平縣所不能比的。

「既然乘船才兩刻鐘，那不是比咱們縣裡還要近，為什麼大家不去臨陽縣買東西呢？」

「因為貴啊！一個人光是去就要五文錢，來回一次得十文，去的人當然少了。」

南溪挑挑眉，心中暗嘆好貴。她現在是個只有四文錢的窮蛋，連單次的路費都拿不出來。

「其實除了撬海蠣，趕海的時候要是運氣好也能賺點錢。前年我們村裡就有人在趕海時撿到了被海浪衝上沙灘的珊瑚，拿到臨陽賣了幾吊錢呢！還有一些比較稀少的魚類，帶有紅膏的青蟹等等，這些都能賣點錢。所以趕海的時候，眼睛要放亮點，找仔細些說不定就有驚喜。」

春芽一邊挖蛤蜊，一邊和南溪講了不少趕海要注意的東西，還有各種能賣錢的海物。

南溪手上動作不停，腦子也沒歇著，學得極為認真。在這個還很陌生的地方，她要學的還有很多。

「阿姊、阿姊！妳看我摸的螺大不大！」

冬子一臉興奮地跑回來，舉著他手裡的螺給春芽看。

南溪瞅了一眼，那螺都快有冬子手大了。

「這麼大！」春芽開心地將海螄螺拿給南溪看。「妳瞧，這樣的螺，去了肉，殼就可以拿去賣錢。等我娘要去縣裡的時候順便帶去賣掉，一個能賣兩文錢左右呢！」

兩文錢！就一個殼！

南溪真是開了眼。

「這東西真的有人買嗎？」

「有啊，縣裡有人收。我阿爹說，咱們北鉞國地方很大很大，有很多城府離海邊很遠，那些人一輩子都沒見過海，很喜歡這些殼。蛤蜊殼其實也能賣，但是得漂亮的。村裡的孩子經常到沙灘上撿。妳趕海的時候注意著些，那種顏色鮮明、形狀漂亮的殼子都可以撿起來。」

春芽將弟弟撿回來的大海螄螺放到簍子裡，回頭誇了下弟弟，又讓他繼續去找海物。

南溪羨慕的不只是一點點。

既羨慕春芽他們剛來就有收穫，又羨慕冬子能跑能跳。聽他們說，小澤之前幾乎每天都要來趕海，要是他的腿沒事，這會兒姊弟倆一起趕海，收穫一定很多。

嗯？北鉞國？
南溪愣了愣，這是個完全陌生的名字。原來自己現在是北鉞國的人……
她心裡說不出的失望。之前總是抱著點期待，若是自己來的這個朝代和上一世相差不遠，等自己有錢了，就可以去沙漠將長輩們的屍骨收走，重新找個好地方埋葬。
現在看來是沒希望了。
南溪一想到這兒心情便十分低落，本來興致勃勃地趕海，也是悻悻地收場。
今日只挖了點蛤蜊回家。
一進門就看到個熟人正在和小澤說話。
「余叔叔？」
「南溪回來啦，我來得可真是時候。」
余陶笑得很是和藹，不過自從知道他想買自家果園後，這笑容怎麼看都帶著心機。
南溪放下簍子，看了眼桌上新拿來的大橙子，心裡飛快地琢磨著租果園的事。
「余叔叔又是來談果園的？」
「正是，丫頭，妳好好考慮考慮。我是真心想買果園。價錢麼，咱們可以好好再商量商量。」
南溪不知道之前是什麼價，不過沒關係，反正她也不是要賣。

「余叔叔，聽說你在山上買了好幾塊地，幾乎整個半山都是你的。你買這麼多地準備種水果？」

「那倒不是……」

至於究竟拿來幹麼，余陶沒有說。

「丫頭，我那山上不久就要開始動工。妳要是實在不願意賣，那我可不買了。」

南溪瞧他說話的樣子還挺認真，看著不像是假的。心裡猶豫了下，提出自己只租不賣的想法。

余陶眉頭都快皺成坨了。

「余叔叔，你也知道果園是我們南家傳了好幾代的東西，園子裡還有我阿爹帶著我們親手種的芒果樹，不是簡簡單單就能賣出去的。」

余陶當然知道，就是因為這個，談了幾個月都沒將南家的果園談下來。山上不久要開始動工，若是少了南家這果園，整體就像是缺了個口，上頭肯定要罵。

偏偏姊弟倆很頑固，就是不肯賣。租的話，太不保險了，等山上建起來，她若是反悔將地收回去，或者賣給別人，那他這總管事也別想幹了，回家吹海風吧。

「余叔叔，你考慮下租的法子。你也知道，我最近很需要錢，你可以租很長時間，只要不把園子裡的芒果樹砍掉，拿去做什麼我都沒意見。」

長租？

余陶有些心動，當然他自己是做不了決定，還得傳信給東家。不過可以問一問能接受的年限是多久。

兩個人討論小半個時辰。南澤在一旁聽得都想睡覺了才停下來。

余陶離開的時候腳步還算輕快，畢竟最讓他頭疼的一戶已經鬆口了。

租又怎麼樣，五、六十年租下來，東家錢早賺回來了。而且還有不少的附加條件，南溪那丫頭也說可以接受。除了沒有地契，一切都很完美。

「阿姊，剛剛余叔叔說山上就要開工了，是要做什麼呢？山上現在熟成的水果也不多，要五月後才是摘果的旺季，他開什麼工？」

「不清楚，他話裡藏得挺嚴實。」

反正不是種水果。可山上那麼大片的地方，不種水果，那幹麼呢？

南溪也被吊起胃口，想著反正很快就要動工了，到時候看看吧。

之後幾日一直沒見余陶上門。南溪也不太擔心，一心惦記著屋子裡已經都長出霉點的麴胚。晾霉晾了好幾日，每天都要給它們翻翻身。感覺溫度不夠，她還找隔壁盧嬸嬸借了爐子在屋子裡生火。

三塊裡應該有一塊差不多算是作廢了，顏色和其他兩塊不一樣，已經有了裂紋。完美的酒麴應該是一整塊的，顏色也不是那種淺棕色。她沒捨得丟，依舊和另外兩塊一起晾著，看看最後出來是什麼樣。

好的酒麴做出來需要半個月左右的時間，這才幾日，後頭還有挺長的時間呢！不知道會不會有驚喜？

南溪十分寶貝地關上門，又給門縫塞上草。剛收拾好就聽到春芽在叫她。

「春芽？趕海不是傍晚嗎？妳怎這麼早就來了？」

「快快快！我帶妳去看。村裡來了個說鳥語的人，嘰哩呱啦的可搞笑了。咱們里正陪著他在海邊轉悠，不知道是來幹麼的。」

「鳥語是什麼語？」南溪一臉懵。

「就是聽不懂的話啦！走嘛、走嘛，去看個熱鬧。」

春芽和南澤打了個招呼，興沖沖地拉著南溪走了。

第六章

兩人一路小跑，很快就在海邊看到了目標。

「妳看，那個穿著錦袍的人，就是說鳥語的那個。」

南溪仔細瞧了瞧，發現那個穿錦袍的男人長得還挺俊俏，大概是她長這麼大看過最好看的人。就是面相略有些陰柔，不是她喜歡的那種男子漢。

「他說的是哪個城的話？舌頭也太翹了。」

遠遠聽到幾句，一句也聽不懂。

「不知道，畢竟咱也沒跟外城人打過交道。不過肯定不是對面城裡的。」

兩人沒再說話，跟著周圍看熱鬧的村民一路跟著。

那個外地人好像對海邊很感興趣，都沒有到村裡別的地方轉轉。看了小半個時辰後就隨里正回了他家。

「這人是來幹麼的？」

「好像是在看地方。里正最近心情不錯，在家裡應該說了啥。跟他婆娘交好的幾家都說村裡要有好事了。」

「村裡有好事，咱們能沾光嗎？哈哈哈……」
「想得美，頂多就是在村裡弄個什麼坊，能沾啥光。」
幾個大娘一邊說笑，一邊轉身回家。南溪也和春芽開始往回走。
春芽還是挺聰明的，走了沒多遠，就拉住南溪的手提醒她。
「余叔叔要是再找妳買園子，妳可千萬別賣。」
「嗯？為啥？」
前兩天上山的時候還勸自己賣掉，今天就改口了？
「妳看啊，今天村裡來的那人穿得多富貴。里正那麼小心陪著，肯定是個大人物。那人只看了海邊，多半是要在海邊弄啥東西。余叔叔消息靈通，當然知道一些，所以才回來一口氣買了好幾塊地，那些地一定能幫他賺大錢。妳留著再看看，說不定比賣給他好。」
南溪聽完，有點品到那個味兒了。
還真是有點巧啊！
不過真要是這樣，那余叔叔的消息也太靈通了吧？據弟弟所說，至少兩個月前他就開始接觸原身想買果園了。
可是山上跟海邊能扯上什麼關係呢？若是和水果有關，那人為什麼不到山上去查看，只是在海邊轉了一圈？

南溪想不明白，不過還是謝了春芽的一番好意提醒。下回等余叔叔來了可以試探試探。

與此同時，居住在臨陽縣的余陶也收到來自海對面東家的回信。儘管只有「可以」兩字，卻也足夠他興奮了。

長租下南家的果園，山上的路便不用繞道，可以省下太多的麻煩。而且整體做完也會十分美觀，東家一定喜歡。總管事的位置又穩當不少了。

余陶飛快讓店裡的帳房擬寫兩張契約，條件都相同，只是價錢略有浮動，然後便風風火火去乘船了。

南溪還不知道回家又有驚喜。這會兒正是退潮的時候，她當然要跟著一起去。眼下家裡沒有多餘的錢財，舅舅送來的菜也是吃一點少一點，趕海所得是姊弟倆的食物來源。

「春芽，我聽盧嬸嬸說海蠣比蛤蜊更滋補人。我去那邊撬點，就不跟妳去前面啦！」

「好，那我走了，一會兒來找妳。自己小心點啊，別被礁石上的海蠣殼刮傷。」

南溪朝她揮揮手，帶著自己的簍子小跑步去了礁石區。海水還在一點一點後退，礁石上的海蠣也越露越多。在這裡千萬不能摔跤，不然鋒利的海蠣殼會毫不留情刮破皮膚，倒楣一點，劃到臉上就慘了。

南溪穿著草鞋小心地穿過礁石，找了塊海蠣比較多也比較大的地方。因為要裝海蠣，所以她帶了罐子出來，只做個一、兩頓吃，費不了多少功夫。

她拿著準備好的鎬頭，看準一塊海蠣便敲下去。尖尖的鎬頭敲破海蠣殼，再使勁一撬，殼便掉了，直接刮下海蠣到罐子裡就行。

一開始手生弄得慢，多敲幾個就有手感了。南溪一直都是幹活的好手，一個人默默敲著海蠣，兩刻鐘便敲了半罐子。

面前的大海蠣幾乎都被撬開，她轉頭又換了一塊石頭，正準備動手，突然聽到「啪嗒」一聲。

有動靜……

南溪舉著鎬頭四下看了看，發現聲音是從前面礁石堆裡傳出來的。跑過去一看，發現礁石堆裡有個水坑困著兩條魚，退潮的時候，牠們沒能從礁石裡穿出去，被留在了這裡。

兩條活魚！

今日運氣真是不錯，晚上吃一條，明天再吃一條。省了好多糧食，真好。

南溪上次撿回去的魚，由弟弟指導做魚湯，那肉嫩得實在令她驚喜。如果要她心裡排個順序的話，魚肉可以排到第三，比雞肉更得她歡心。

不過她不認識這魚，魚鰭和魚腹金燦燦的，還挺漂亮的。等下拿給春芽看，要是賣不了什麼錢，就拿回去吃了。

為了避免這兩條魚在自己回去前死掉，南溪將海蠣倒到一旁，用罐子去海邊舀不少海水到坑裡。

水一多，兩條魚便自在多了，不用爭搶坑裡的水，悠哉地游著絲毫不知危險。

「好好待著，一會兒我再來帶你們回家。」

她把海蠣重新抓回罐子裡，轉頭在附近翻起石頭。弟弟昨日無意間說了他最喜歡吃的是螃蟹，做姊姊的當然要滿足他。他現在因為腿的事心情很難舒展，吃喜歡的東西，說不定能讓他開心些。

春芽教過她抓螃蟹的法子，她也知道螃蟹有鉗子會傷人，所以十分小心。一連翻了幾個石頭，螃蟹沒找到，倒是翻出不少小魚。這點魚，塞牙縫都不夠，南溪直接扔回海裡，看都不看一眼。

又找了一盞茶的工夫，才在石頭下翻出一隻石頭蟹來。石頭蟹個頭比青蟹要小，跑得快，石頭一動就躥了出去。南溪動作更快，一腳踩在螃蟹背上讓牠動彈不得。

抓螃蟹也沒有那麼難嘛！腳一踩住，直接按著牠的背，抓起來丟進簍子裡就行。照著這個法子，她又抓了好幾隻。

今天她沒打算去挖蛤蜊，那東西殼重還沒多少肉，吃起來一點也不過癮。

「南溪姊！妳海蠣弄完了沒有？我們那邊東西好多。阿姊讓我來叫妳。」

「弄好了！」

南溪打開簍子，看著大半簍的螃蟹覺得差不多了，轉頭準備跟冬子一起去找他姊。

「等一下，我這裡還有兩條魚呢！」

簍子裝不了，罐子又太小。讓冬子在這兒看著，自己回去拿桶？好像有點不太好。

「哇！這是黃花魚！南溪姊運氣真好！」

「黃花魚？」

南溪回憶了下，好像沒聽春芽說過。

「對啊，這魚很貴。我們趕海很少碰到，要出海捕魚走遠些才能捕到一點。這兩條這麼大，一定能賣不少錢。南溪姊，妳等著，我去找阿姊把桶借妳。」

冬子說完拔腿就跑，很快就帶回了水桶，還把他姊也帶過來了。

春芽看到水坑裡的魚，臉上露出羨慕的神色。

「這麼大得有兩、三斤左右吧！南溪，妳運氣真好。」

冬子拿著水桶去打水，兩人蹲在坑邊守著魚，一個講一個聽。南溪這才知道，原來黃花魚除了肉味道鮮美之外，魚鰾還能做藥用，所以才貴。

「這魚是越大越貴，兩、三斤的話，一條大概能賣上百文。具體多少價錢，我不清楚，村裡的漁民會更懂一些。反正妳拿回去好好養著，可以拿到臨陽去賣，價錢會更高一點，不過要小心被宰。」

上百文！

坑裡有兩條呢！

南溪兩眼發光，恨不得將魚撈起來親兩口。能為家裡賺錢的魚，真是太可愛了。

「那我先把魚拿回去，一會兒我再還桶子。」

見春芽沒有意見，南溪很快提著水桶回到家，小心地將魚換到自家水桶裡。

南澤經常趕海，當然知道這是什麼好東西，高興得臉都紅了。

「小澤，你好好看著魚，我把桶還了就回來。」

南溪渾身有勁，提著木桶一路小跑送到春芽手裡。這時離潮水上漲的時辰還早，其實還可以繼續找海物。但她急著回去處理黃花魚，哪還有心情在這兒慢慢找吃的。

雖然家裡有海水可以養著魚，但她實在怕出意外把魚給養死，所以儘早賣掉才是正理，死魚可賣不了活魚的價格。

剛剛春芽說得沒錯，賣黃花魚去臨陽肯定能賣得更高。只是她所有家當才四文錢，還缺一文錢湊齊路費。

南溪想了想，珍嫂嫂的婆婆不太喜歡自家上門，還是不要去找不自在了。她決定找隔壁盧嬸嬸借上一文，有這黃花魚在，也不怕還不上。

人才剛出門，遠遠地就瞧著兩人朝自家來了，南溪心裡略有些煩躁。他們來了，去臨陽的計劃也要泡湯。

來的人當然是余陶，為表鄭重，他還帶了帳房一起，等簽了契約，就能直接蓋章付錢。

「溪丫頭，這是要去哪兒？」

「不去哪兒，就是準備去隔壁借點東西。余叔叔，這位是？」

「這是我們樓裡的帳房，陳先生。」

南溪問了聲好，將人引進院子裡。

兩人一進去就瞧見水桶裡的黃花魚，立刻圍上去，一時都忘了來這兒的目的。

「這麼大的黃花魚！丫頭，妳抓的？」

「算是吧！趕海遇上的，正準備去臨陽賣掉呢。」

剛說完這話，余陶和那陳先生便異口同聲道：「別去了，賣給我！」

南溪瞬間興奮起來，看看這個又看看那個，心裡只有一個聲音。

宰他們！

送上門的買賣豈有不做的道理？

「余叔叔，這魚我左右都是要賣的，若是你們能現在買走，那我當然省事了。不過價錢低了，我可不賣，你也知道我窮。」

南溪話說得直白，余陶一聽就笑了。

「丫頭，妳看我和老陳像是缺這錢的人嗎？」說完，他就抬手碰了碰身旁的人。「老陳，咱倆一人一條如何？」

「可以，不過我得先挑。」

老陳做了帳房多年，兩個兒子也有體面活，他手裡是不缺錢的。他是想買魚回去給寶貝孫子吃，花多少錢都捨得。

「南姑娘，妳打算賣多少錢一斤？」

南溪沈默。「……」

糟了，剛剛只聽春芽說可以賣上百文，卻沒去村裡打聽過具體的價錢。現在自己得說多少才合適呢？

她下意識地轉頭看向弟弟，只見弟弟悄悄朝她豎了四根手指頭。

四十文一斤？

若是有兩、三斤的話確實可以賣到上百文，不過南溪沒說這個價。眼前這兩人一看就不缺錢，就不用給他們省了。

「五十文一斤！」

南溪直接一斤漲了十文錢。原以為兩人可能會討價還價，誰知兩人居然想都沒想就答應了。

因為她沒去過臨陽，不知道前陣子海上才沈了一艘大漁船，本是黃花魚最多的季節瞬間減產不少。最近市場上的黃花魚既少見又貴。若是有貨，幾乎都是五十文左右一斤，和她開的價差不多。而且這魚還如此鮮活，值這個價。

兩人當即要將魚過秤，趕緊分好魚再談正事。南溪在弟弟的提醒下，從屋子裡翻了個秤出來，想必是以前家裡秤水果用的。

「我要這條大點的。」

老陳說著就想去抓魚，余陶趕緊一把抓住他。

「這魚又不會在秤上乖乖待著，一會兒跳下來摔死了怎麼辦？」

「那怎麼秤？」

「簡單。」

余陶有法子，直接去拿了水盆，將桶裡自己那條魚撈進盆裡，又倒了半桶水，然後直接在桶上繫了繩子勾起來秤。秤完後，把魚撈到水盆裡，減掉水和桶的重量就行。

最後那條大的秤出來有三斤四兩，小的兩斤八兩，算是非常有分量的魚了。

南溪心中默默算了下，一條一百七十文，一條一百四，一共三百一十文！

「我這條一百七十文，南姑娘我再加三文錢，妳將這桶也賣給我如何？」

老陳說著便已經開始掏錢了。余陶被他一提醒，趕緊也加上三文錢要買一個桶。

本來看在這兩位是大客戶的分上，南溪沒打算收桶錢的。但他們這麼上道，錢都掏出來了，哪有不收的道理。

「可以、可以，我再去找個桶！」

兩個桶，兩條魚。擔心水少了，南溪還特地跑去海邊接了水回來添上。

余陶二人痛痛快快地付了錢，這才說到正事上。

因為之前他和南溪已經商量過很多細節，所以這次直接將契約拿了出來。

「溪丫頭，我記得妳識字，妳先看看，有什麼問題我們再商量。」

南溪坐到弟弟身邊和他一起看契約，才看一行字便皺起眉頭。

「同意租予路長明，路長明是誰？」

「哦，路長明便是我們東家。妳現在忘了，不過阿澤應該聽說過路家。」

南澤瞪大眼，愕然問道：「是那個瓊花島最富的路家嗎？」

「沒錯，就是那個路家。整個瓊花島都有他的產業，租給他，你們放心，絕對不會亂來，也知根知底。」

南溪看弟弟那眼神便知道這話不假。之前只說租也沒問清楚租給誰，是她大意了。眼下契約都拿來了，看看再說。

姊弟倆接著往下看。年限是之前說好的三十年，這個沒有問題。不許動的芒果樹也有添在契約裡，還有路家保證不會在果園裡做任何會讓土質變差的事情。姊弟倆每年依舊可以上山照顧芒果樹，採摘芒果。今年五月前山上所有成熟的果子，也會採收完送到南家等等。

兩人看得很仔細，務必不讓自家吃一點虧。

看到最後的租金時，姊弟倆幾乎是同時屏住呼吸，睜大了眼。

一年五兩銀子，三十年就是一百五十兩！

這也太多了吧！

南溪有向盧嬸嬸她們打聽過，山上的果園最大的報價也才二百兩左右。自家這可是租，果園也不是很大，值這個價？

東興村算是挺偏僻的一個小漁村，沒什麼出眾的水果，山地也不值錢，村裡的地更不值錢。南溪一開始就沒抱太大希望，只以為能得租金幾十兩就算很多了。

萬萬沒想到……

姊弟倆好一會兒都沒回過神來。

余陶和老陳一時有些看不明白這是什麼反應，難不成是嫌少？

溪丫頭有那麼精？再說了，上頭的公告還沒發下來，她應該不可能知道才是。

「余叔叔，這個價錢我不滿意。」

南溪忍痛將契約推過去，說起自己上午和春芽出去看熱鬧。她沒說太多，只是簡單說了幾句，便看到兩人面上都有些不自在。

「我聽好幾個阿婆都在說，村裡最近要有好事。想來余叔叔這麼想買我家的果園，也是聽到了什麼消息吧？山上的地可不止這個價。」

余陶和老陳對視一眼，都知道消息肯定是走漏了。雖然不知道南溪到底知道多少，但五兩銀子顯然是不可能了。好在該買的地都已經買了，就差南家這一塊。

既然話都已經說到這分兒上，余陶也只好認了。他推了推老陳，讓他拿出另外一份契約遞給姊弟倆。

這張契約條件和先前那張幾乎是一樣的，只是價錢變了。五兩銀子一年變成了十兩銀子一年，直接翻倍，但有附加條件，這三十年裡南家若是要賣果園，必須優先賣給路家。

南溪一顆心怦怦直跳，別看她表面上抿著唇像是在思考，其實心裡高興得不知道跳了多少回。

這可是三百兩銀子！她從來沒有見到過的銀子！

一兩銀子能兌一千文錢，她能買好多糧食，能吃好多肉，再也不用擔心自己和弟弟的口糧了。

「小澤，你說呢？」
她低頭詢問弟弟的意見。
南澤心裡還是不捨，但他沒表現出來，直接將決定權交給姊姊。「我聽妳的。」
一租就是三十年呢！
南溪考慮了又考慮，到底是沒抗住銀子的誘惑，摁了兩手印。
三百兩銀子拿到手，可以帶弟弟去大些的府城看看腿，實在太有必要。
余陶接過契約和老陳一看，兩人都鬆了一口氣。這事總算是辦好了。
既然契約已經簽好，那接下來便該付錢了。老陳從懷裡直接拿出三張銀票放到桌上。
沒見過世面的南溪不知道這是錢，看著還有些嫌棄。直到身邊弟弟拽著她，讓她收錢才反應過來。
「這就是銀子？」
姥姥不是說銀子都是胖胖的、沈甸甸的嗎？
「這是銀票。三百兩銀子帶過來幾十斤非常扎眼，還是銀票收著更方便些。這個可以直接在路家錢莊兌成銀子，山平縣和臨陽都有錢莊。」
余陶耐心解釋了一番，剛辦成大事的他心情非常不錯。見姊弟倆收了銀票，他便準備和老陳帶著魚回臨陽。

余陶走到門口，突然聽到南溪問：「余叔叔，咱們契約都簽了，能不能告訴我村裡要發生什麼好事？」

門口的二人一愣，沒想到她會追問這個。老陳用眼神示意不要說，余陶倒是覺得沒關係。反正那些人都來村裡看地方了，這消息也瞞不了多久。不過他也沒說太多，只留下「海禁」兩字便走了。

「海禁？那是什麼？」

南澤還小，也不明白。

「這余叔叔，說話也不說完整，這不是吊胃口嗎？」

南溪嘟囔幾句，回過頭又開始興奮地和弟弟看自家那張契約。摸著懷裡輕飄飄的銀票，她瞬間底氣十足。

「小澤，明日我帶你去對岸的南黎府，看看你的病。」

苗大夫說過，要治好小澤得去京師才有名醫能治好，但他也說了，那是好些年前聽說過的病例。這麼些年，說不定有其他的大夫醫術變精湛了。苗大夫大半輩子都沒出過島，外面的消息哪裡能知道得那麼清楚。

南溪還是想帶弟弟去南黎府找大夫。至於瓊花島上，就算了。苗大夫對這兒還是很了解，說沒有那應該是真沒有。

「阿姊，不要花……」

「冤枉錢」還沒說出來，就被南溪一眼瞪了回去。

「我是你姊，你得聽我的。」

南澤桌子下的手驟然抓緊，再也說不出拒絕的話來。他也抱著點微弱的希望，希望自己真的能夠治好。

要是自己的腿能恢復，那姊姊就能減輕不少負擔……

姊弟倆有了共識，南溪便立刻去隔壁盧嬸嬸家。聽弟弟說，盧嬸嬸早年不光在山平縣裡賣豆腐，還在臨陽縣賣過，她對臨陽應該會有些了解。自己要帶弟弟去南黎府肯定要先到臨陽，打聽清楚些，心裡也有底一點。

這一晚，姊弟倆都洗了個澡，翻出自己最好的衣裳準備明天穿。

南澤還有一身比較新的棉布衣裳。南溪幾乎每件衣裳都有補丁。

穿著這樣的衣裳去臨陽縣和南黎府，肯定會被很多人笑話。不過南溪不甚在意，這衣裳可比她在沙漠穿得好多了。

不得不說，原身是真疼弟弟，南溪佩服她，但自己做不到那麼無私。

畢竟她自己也是寶貝！

第二天一早，南溪就起床去翻了翻房間裡的麴胚，因為今日出門肯定要很晚才能回來，只能提前翻了。

去臨陽的船沒這麼早來，姊弟倆吃完早飯不用那麼趕時間，吃完飯還能把家裡收拾下。眼看著天色差不多了，她才揹起弟弟鎖上門。

這回出門，南溪幾乎將所有家當都帶在身上，只留下兩百文錢藏在灶膛裡。

「阿姊，要不銀票也放兩張在家吧？」

「不行，放家裡丟了怎麼辦？」

再說了，他們是去看病的，寧願多帶錢也不要少帶。萬一不夠那又要再跑一趟，豈不是要多花一次路費？

南溪揹著弟弟沿著小路一直走到村裡臨時的停靠點上。盧嬸嬸說去臨陽的小船，上午、下午各有兩趟，看到船隻後便要招手呼喊船家，不然人家會直接划走。

兩人沒等多久便看到一條小船，喊了兩聲，船便划過來了。繳上十文錢，姊弟才能進船艙裡坐下。

第一趟船，人還挺多，嗡嗡嗡的說話聲就沒停過。南溪和南澤坐在角落裡，默默聽著這些人說話，倒是聽到不少有用的消息，比如說山平縣最大的官要換了，賦稅要減了，黃花魚漲價等等。

南溪最關心賦稅，可惜只聽人們說要減稅了，也沒具體的數字。

兩刻鐘後，小船晃悠悠地進了臨陽縣的碼頭，所有人都上了岸。

碼頭比小船高很多，上去只能靠一塊窄窄的木板。那船家是個好心人，看到揹著弟弟的南溪有些站不穩，乾脆自己抱著南澤幫她送上去。

「謝謝大叔！」

南溪心裡暖暖的。世上還是好人多呀！

「阿姊，妳看那兒，好大的船！」

南澤被這裡的繁華晃花了眼，都忘了自己的病。看著碼頭周圍的房屋、船隻，整個人都發愣了。

南溪順著弟弟所指的方向看過去，一眼就看到那艘船上大大的「路」字，肯定是那首富路家的船吧，真是大得出奇。船長六、七丈，兩層樓那麼高，和它一比，自己剛剛乘坐的那條小船，簡直就是小弟中的小弟。

有生之年不知道能不能上去瞧一瞧？南溪還挺好奇裡面的構造。

姊弟倆看了一會兒，然後才想起自己的正事。他們得找船去南黎府。

這裡就是碼頭，倒是省了不少事。南溪拿一文錢買了兩個饅頭，就從老闆那兒打聽到怎麼去。

去南黎府的船，有官船也有私船。官船比較貴而且會慢一點，但是安全性高，因為上面有衙役坐鎮；私船便宜而且快，但自己就得看好錢袋等物，若是丟了，到岸就下船，人家也不會攔著。

南溪果斷選擇坐官船。

一人四十文，讓她心疼不已。

難怪島上糧食貴。瓊花島因為土地不適宜種糧，產量很低，所以島上人大部分糧食都是從外面買進來。瞧瞧這船費這麼貴，再想想糧食也就不奇怪了。

南溪揹著弟弟往船艙走，突然聽到後頭的人被收了六十文。回頭一看，原來那人還挑了一擔品相極好的果子。

貨物也要收錢的……

「阿姊，那兒有兩個位子！」南澤輕輕拍了拍姊姊。

南溪趕緊過去占好位子。這一路幾乎都在船上，她揹著弟弟都沒怎麼覺得累。

姊弟倆剛坐下，旁邊的一對母女倆便往角落裡移了下，和她隔開一段距離。

南溪將自己和弟弟上上下下打量一遍，除了自己衣裳上有兩塊補丁，其他應該沒有什麼不妥吧。

這是嫌棄自己？

本來還想跟鄰座問南黎府的事，現在人家這樣也就沒有說話的必要了。
姊弟倆心情不太美妙，好一會兒都沒有再說話。
一刻鐘後，船上幾乎都坐滿了。外頭一聲哨響，南溪便感覺船開始慢慢搖晃起來。出碼頭了。
南溪最喜歡這條船上的窗，幾乎大半個船身都是窗，這樣不光能看外面的風景，還能吹吹海風，散散熱。
方才自己從小漁村坐的那條船就沒有窗，七、八個人擠在裡面又悶又臭可難受了。
南溪學著其他人的樣子頂開窗戶。看著波瀾壯闊的大海，心情瞬間美麗起來。
一陣陣海風從窗外吹進來，涼爽中又隱隱約約有那麼一絲臭味。
這裡的海風是臭的嗎？
自家小漁村的海風有時候也有味道，不過是那種海物的鹹腥味，不是這種臭的。
她沒想那麼多，還以為挺正常。直到船艙裡有人抱怨了幾聲。
「誰這麼缺德，帶這麼臭的東西上船。」
「對啊，好臭……」
南溪心下一動，眼角餘光看到角落裡的母女倆又縮了縮。
「阿姊……」

「噓……」

姊弟倆保持沈默，但心裡隱隱都猜到了一點。不管是在小漁村還是在沙漠裡，身上自帶臭味的人都有那麼幾個。男人還好，女人若是有這毛病，那就難受了。

那母女倆不知是誰有這毛病，瞧著都恨不得鑽到船下去。南溪眼尖，看到了小姑娘眼裡的淚花。怪可憐的。

她覺得味道還能忍受，也不想去抱怨什麼。畢竟誰又想有這毛病呢？本來人家就已經夠難受的了。只是她不說，船裡人的抱怨聲卻是越來越大且越來越多，眾人懷疑的目光都落到姊弟倆和母女倆身上。

誰叫他們看起來最窮呢。

乘船去對面的人，一般都是家境不錯，少有貧困的人會上船。所以南溪幾人便格外顯眼。

南溪接收到那些不善中帶著嫌棄的眼神，十分無語。正想解釋的時候，突然聽到弟弟開口說臭味是他身上的。

「對不起大家，因為我前些日子從山上摔下來，傷得有些嚴重，傷口弄了很多藥有些臭，實在對不起。」

眾人一聽，瞬間想到姊弟倆剛進來時，確實是姊姊揹著弟弟，沒讓他下地走過。看來所言不虛。

這兩孩子這麼小，受傷也沒有大人陪，一看還很窮，所有人都沒再說什麼了。

幾個熱情的乘客還和南溪說起南黎府的幾位好大夫。

「我知道秦氏醫館有個治療跌打損傷的非常厲害，看病也便宜。」

「對對對，那個秦氏醫館很不錯。不過還有個孫大夫，百草堂的，最近幾年才來南黎，最擅長用針。妳弟弟這情況最好找他先看看。」

南溪嫌弟弟擋著礙事，乾脆和他換了位子，仔細聽鄰座幾人說話並記下有用的信息。

南澤坐在裡面，離母女倆很近。小姑娘應該是偷偷用袖子擦了不少淚，眼角都擦紅了。

「謝謝你……」

「沒關係的。」

南澤只是剛剛看到她偷偷哭的樣子，想起了以前的姊姊。那時候阿爹剛過世，村裡有不少閒話說他和姊姊剋親。姊姊也總是那樣偷偷地哭。

他看著心裡難受，便出口認了。反正一下船，誰也不認識誰，有什麼關係。

因著不用擔心臭味被人厭惡，小姑娘彷彿輕鬆許多。她主動朝南澤坐近了些和他說話。

姊弟倆在船上總算沒那麼無聊了。

大半個時辰後，船在對岸碼頭停靠，所有人都下了船。

南澤趴在姊姊肩上小聲道：「阿姊，小玲和她阿娘也是去醫館看病的，咱們能一起嗎？」

「應該不好吧。醫館和醫館也不都相同。有的擅長頭疼腦熱，有的擅長跌打損傷。咱們跟她不是一類病。」

她不知道母女倆應該去看哪一類，反正不會是跌打損傷。

南澤知道姊姊說得有理，只好放棄這個念頭。

姊弟倆和母女倆道別後，直接花二十文錢在碼頭租了個板車，前往百草堂。

這是船上人給她的建議。

因為她自己揹，不認路要走很久。去醫館外，一般還要排隊看診。去晚了，人家吃午飯，就得拖到下午。等看完診，可能就搭不上回去的船。

兩個人外頭住一晚，花銷很大的。

南溪咬咬牙，花了二十文。一刻鐘後就到百草堂外，頓時感覺這錢花得值了。

「小澤，餓了沒？吃個饅頭墊一墊肚子吧。」

「阿姊，我不餓。」

早上吃了兩顆雞蛋，還喝了一顆椰子的汁水，他肚子還很飽。

「真不餓？」

南溪一口咬下小半個饅頭，有些疑惑。為什麼她餓得這麼快，剛剛在船上就想吃饅頭了。

「阿姊，妳吃吧。等下咱們看完大夫再說。」

姊弟倆一邊好奇地打量著這個陌生的地方，一邊原地恢復精神。

百草堂應該挺有名氣的，在這裡排隊等候看診的人很多。南溪排在尾巴，不過一盞茶的工夫，身後又多了幾人。

等輪到她的時候，已經是兩刻鐘後了。

百草堂的小藥僮上來就問他們打算看哪位大夫。

「我們百草堂今日坐診的一共有三位，許大夫、孫大夫和陳大夫。」

「孫大夫是擅長金針的那個嗎？」

小藥僮點頭，南溪果斷選了孫大夫。然後便有另外的藥僮過來領著兩人進去。

一見到那位孫大夫，姊弟倆心裡都有些失望。因為孫大夫看上去真的好年輕。在他們的心裡，年紀越大，行醫經驗才越多，醫術也會更好。

眼前這個孫大夫瞧著連而立之年都沒有，醫術能精湛到哪裡去？

不過再失望，來都來了，總是要先看看的。

南溪將弟弟放到凳子上，簡單說明他從山上摔下來後身體出現的毛病。

孫大夫聽完連眉頭都沒皺一下，只讓南澤伸手給他診脈。屋子裡安靜到都能聽到呼吸聲，好一會兒才聽到他問：「腰下無知覺這半個月，可有日日按摩？」

南溪一臉懵，回答沒有。

孫大夫的眉頭頓時皺了，直接拉上南澤的褲腿捏捏這裡，掐掐那裡。

「來得有點晚了。」

姊弟倆心剛沈下去，又聽孫大夫道：「不過還有得救。」

不等姊弟倆狂喜，他又潑了盆涼水。

「只是今日沒法下針，你們得回去好好按摩，將下半身的肌肉恢復到最好的狀態才能來我這裡用針。我先開幾服藥，回去煮出水來，浸泡下半身。一日一次，等半月後再來。」

說完，他看了看姊弟倆的衣著，下筆有些猶豫。

一看他們就沒錢，開便宜的藥沒什麼效用，開貴的又太讓人為難了。

南溪試探地問道：「孫大夫，我弟弟的這個癱瘓，您能治好是嗎？」

「話不能說那麼滿。小孩子恢復能力很不錯的，我只能說他痊癒的機會很大，可是要花的錢也很多，僅浸浴的一帖藥材就要十兩銀子，你們……」

「沒事！孫大夫，你儘管開！」

十五天也就是一百五十兩，她有！

孫大夫見她一副有錢的樣子便也不糾結。寫了最適合南澤的藥方，讓他們去藥房抓藥。另外，按摩的手法直接和外面的藥僮學就可以了。

南溪將藥方當寶貝一樣看了又看，然後才交給弟弟。自己揹著他出去找藥僮。

大夫的話無疑是很振奮人心，儘管沒有說一定可以治好，但姊弟都有了很大的希望。至少這個孫大夫不會像島上那些大夫一樣，只會搖頭說再也治不好了。

「小澤，大夫的話，你都聽見了吧？回去好好配合用藥，好好吃飯。心情要保持愉悅，若是整天悶悶不樂，對病情有害無益。」

「阿姊，我聽話！」

畢竟還是個孩子，大夫說什麼便信什麼，何況這是南黎府的大夫。

姊弟倆精神氣瞬間大變樣，先找藥僮學習按摩腿上肌肉的手法。

南溪學得認真，務必保證每個穴位都按摩到位。孫大夫說了，若是再晚幾日來，那時腿上的肌肉便會開始萎縮，就算沒知覺的毛病治好了，也再難恢復。腿會永遠是那個樣子，細細小小，再也無法長高了。

想了想她便是一身冷汗，若是真那樣了，弟弟該有多痛苦。明明腿能動，卻只能永遠和小孩子一樣。

「姑娘，令弟的腿已經開始有點萎縮了，一定要回去多按摩。一日兩次、三次都可以。」

「好的、好的，謝謝！」

南溪重新揹上弟弟，轉頭去抓藥。

藥僮一見藥方，很詫異地打量了下兩人的衣著，有些懷疑這兩人有錢付嗎？

「姑娘，這藥方很貴，大夫有和妳說嗎？」

南溪點頭說知曉，然後拿出兩張一百兩的銀票給他。

真人不露相啊！看穿著就像揭不開鍋的樣子，居然輕輕鬆鬆拿出了二百兩。

藥僮忙收了銀票，並找錢給她。因為是半個月的藥量，抓出來的藥有些多，他還贈送了一個籃子讓她提著。

南溪不識藥，不過百草堂好歹是間大藥堂，那麼出名，應該不會騙自己。

第七章

姊弟倆高高興興地走出百草堂。

可惜外頭沒有碼頭那種板車，只能靠腳走到碼頭。南溪看著天色還早，倒也不是很急，揹著弟弟走一會兒，歇一會兒。

南澤趴在姊姊背上安安靜靜沒有說話，只是時不時伸手用袖子幫姊姊擦汗。

他一定要快點好起來，做姊姊的依靠……

南溪不知弟弟的想法，走了大半個時辰後，總算又看到來時的碼頭。這會兒正是吃飯的時候，碼頭邊全是賣吃食的。

吃完兩個饅頭沒多久的南溪聞著那陣陣香味，止不住地嚥口水。

這裡的吃食好香啊！看招牌上寫的，全是她沒吃過的東西。

包子、餛飩、蔥餅、羊湯等等。

南澤看出姊姊想吃的樣子，連忙拽了拽她，道：「阿姊，我有些餓了，咱們去吃點東西吧。」

「好！你想吃啥？」

「吃餛飩吧！我好久沒吃了。」

實際上，他很想喝羊湯，但羊肉一聽就知道很貴，南澤還是捨不得。

南溪沒想那麼多，聽到弟弟想吃餛飩，立刻揹著他坐過去。

「大娘，兩碗餛飩多少錢？」

「小碗三文，大碗六文，姑娘要哪種？」

這個價錢出乎南溪的意料，真是好貴啊。

她的意思都寫在臉上，老闆娘笑著解釋道：「姑娘，這餛飩都是包了肉，肯定要貴一點。」

有肉啊，難怪了。

南溪看看旁邊幾桌，有小碗和大碗的。她覺得小碗也挺不錯的，便要了兩小碗餛飩。

老闆娘做得很快，應該是提前就包好了，有客人來便直接扔進沸水裡煮就行。

兩小碗餛飩，一碗有十顆，皮被煮得很透，都能看見裡頭的肉餡。湯水清澈見底，漂著幾顆蔥花，瞧著很有食慾。

就是個頭有點小，全吃了都沒一個饅頭頂飽。

南溪還沒嚐夠味兒呢，就沒了。喝完湯，才感覺肚子有些飽。

不過這頓飯吃得還是挺值得的，那老闆娘見姊弟要等船，主動借了張小板凳給他倆。有了這張小板凳，南澤便不用坐在地上。

南溪收了人家的好意也不閒著，見老闆兩口子忙不過來的時候便幫忙收碗、擦桌子，順便還能和老闆打聽下南黎府的事。

一晃半個時辰過去，太陽越發烈了。不過老闆支了棚子，餛飩攤是曬不著的。

「阿姊，妳瞧，是小鈴她們。」

南溪一瞧，那母女倆正坐在碼頭附近的石墩上，離她和弟弟不是很遠。

看來她們也是在等回去的那趟船，還挺有緣的。

不過回去的船，大概還有兩刻鐘才會允許上船，她們就這樣曬兩刻鐘？

南溪細想下便明白了。周圍能遮蔭的地方不少，坐的人當然也不少。身上有異味，哪好往人堆去呢。

唉……家家有本難唸的經啊！

南溪挺同情她們，不過也僅僅是同情而已。南澤就比較心軟，他拉了拉姊姊的袖子，問能不能送點水給小鈴。

「小澤……」

有心想說幾句不中聽的道理，可是一看到弟弟期待的眼神，她就說不出來了。

行吧，小澤現在年歲還小，善良有愛心都是很好的特質，繼續保持吧。

反正她是沒有這樣的好心腸。

她讓弟弟去和老闆娘開口要一碗水，然後自己幫他送過去。

小鈴母女倆先驚後喜，說實話今日母女倆是第一次到府城來，沒什麼準備，只帶了一點乾糧。大半日曬著太陽走下來早就喉嚨冒煙，看到海水都想喝兩口了。

「謝謝妳，南姑娘！」

「謝謝南姊姊！」

「不用謝我，水是我弟弟找老闆娘要來的，我只是幫他送。妳們趕緊喝，我還得把碗還回去。」

母女倆點點頭，趕緊一人一口將碗裡的水喝光，然後把碗給了南溪。

這時離上船的時辰也就一刻鐘左右，碼頭的人漸漸多了一些。大家都擠在一塊兒想著早些上船占個好位子。

南溪沒湊熱鬧，她揹著弟弟肯定擠不過人家，萬一摔到海裡怎麼辦？

這個想法還沒堅持一盞茶工夫，在看到碼頭的人越來越多時，她坐不住了。匆匆和老闆娘道別，揹著弟弟也擠了過去。

誰知道回去的人比來城裡的人還多，一艘船都不知道能不能裝下，再不積極點，一會兒回不了家就麻煩了。

南溪體格小，揹著弟弟，還要護著裝藥的籃子，身上的銀錢也要時時注意，著實有些狼狽。

她習慣了什麼都自己做，沒想著找人幫忙。在一堆人擠擠攘攘的推動中艱難地上了船。站在甲板上就已經能看到裡頭密密麻麻的人頭。南溪暗嘆了一聲，這會兒進去應該沒啥位子了。

沒想到一進去就聽到小鈴母女倆叫她。

「南姑娘，這裡！」小鈴她娘拍拍自己占的位子，一個勁兒朝姊弟倆招手。

南溪實在找不出理由拒絕，揹著弟弟坐到她們身邊。

「謝謝……」

「這有啥，順道的事。南姑娘你們也幫過我們呀！」

四個人坐在角落裡，淹沒在人群中。這回船上多了好些雞鴨，臭味不比體味小，小鈴身上的味道也就沒那麼明顯了。

南溪注意到母女倆也提了藥，不知是不是看完大夫有了好消息，兩人的心情比來時好多了，還能和她說笑幾句。

回去的路是很沈悶的，有人說話自然是好事。正好南溪還不是特別了解瓊花島，乾脆麻煩小鈴她娘講給自己聽。

說了一路，南溪不光知道許多瓊花島的事，還了解了小鈴家的情況。她家就在自己隔壁村，家裡阿爹是個啞巴，但力氣很大，一直在碼頭幹活。她的體味是最近兩年突然才有的，因為這件事，村裡好些小夥伴都不和她玩了。

她們看了好幾個瓊花島的大夫，也吃了許多藥，就是沒什麼效果，所以才狠狠心花錢到南黎府看病。好在結果是好的，大夫的意思是就算不能徹底根除，也能大大減少味道。和之前那些結果比起來，確實是很好的消息了。

「幸好小鈴才七歲，早早治好以後，才不用擔心相看人家。」

南溪一愣，下意識就想說什麼。好在腦子比嘴快，攔住了。

她想說，治病難道就是為了嫁人嗎？

不過這跟自己又有啥關係，多嘴只會惹得大家都不痛快，所以乾脆閉嘴不言了。

小鈴專心和南澤說著話，沒聽到她娘和南溪的對話。她彷彿和南澤很聊得來，下船時居然已經和南澤約好了，等下一起坐小船回村。

南溪看著時間還早，本來想在臨陽逛一逛。不過一想到還得回去翻酒麴，然後給弟弟找泡澡桶，事情也不少，所以只能暫時放棄逛臨陽的想法。

折騰了大半日後，總算又踏上村裡的土地。

「小澤哥哥，我有空會到村裡來找你玩的！」

「好！」南澤應得十分乾脆。

小船都划出老遠，南澤還在揮手，看得出他很不捨。

南溪有點愧疚，她要忙的事太多了，都沒能抽出時間好好陪伴弟弟。這小傢伙別看平時那麼懂事，可以自己乖乖在家待上一整天，但他還是想有人陪著一起玩。

姥姥說得對，有得必有失。想要掙錢，肯定不能方方面面都顧及到。

眼下賺錢治病重要，老弟你自己堅強吧……

今日出門一趟收穫巨大，最重要的是家裡有了希望。只要病能治好，其他的也就不算事了。

南溪回到村子後打聽了下，買了一個村民家的浴桶。這東西不常見，村子裡洗澡大多是把門一關，水一沖就完了。浴桶是那戶人家給老人生前用的。

大家都知道南溪家裡的情況，所以浴桶一共就收了十文錢。有了這桶，南澤就方便泡藥浴。

一大桶的藥水要熬要兌要倒，還要給弟弟擦身子穿衣。弄完又要做飯看麴胚，南溪忙得團團轉。

好不容易到了平時休息的時間，卻還不能睡。

小屋裡點了燈，南溪正在給弟弟按摩他的腿，這是必須要做的事情。她一邊按，一邊打哈欠，手軟了也不敢停。

白日折騰一天，她是真累了，但該做的還是要做。南澤催了她好幾遍，都沒能說動她。按摩了兩刻鐘後，南溪才回到自己房間。撲到床上去睡的時候，她還在想，雖然自己不是個貼心的姊姊，但一定是非常稱職的。

好不容易才有的家人，她會照顧好的。

這一晚，南溪久違地夢見了姥姥，聽她誇讚自己能幹聰明，心情十分不錯。第二天一早起來又是精神滿滿了。

她第一時間去看屋子裡的麴胚，感覺溫度好像有些低了，忙又加柴火到爐子裡。這是最後兩日，對屋子裡的溫度要求很高，不然沒辦法祛除麴胚裡多餘的水分。

等麴胚做好，她就要試著弄米酒，測試自己這酒麴的效果怎麼樣。

酒譜上的好些果酒，都是水果加上米酒來泡，而米酒的好壞對後續出來的果酒品質影響很大，所以好的酒麴是非常重要的。

南溪把麴胚當寶貝一樣，把乾草又重新塞回去，然後去廚房開始做早飯。

天天吃煮雞蛋，今天她想換個吃法，嚐嚐她從來沒吃過的煎蛋。舅舅來探訪的時候說了好些豬油的吃法，煎雞蛋一聽就很香。正好家裡的油罐子是滿的，拿豬油煎一點試試。

廚房裡很快響起一陣痛叫。

南澤被嚇了一跳，喊了兩聲都準備往外爬了，才聽到姊姊回答。

「沒事。就是被油燙了下。」

南溪聲音聽起來還算平穩，其實手上被燙得有些嚴重。她實在沒想到雞蛋也是會爆的，濺起來的油花直接落到她手背上，燙得她一縮手，又被滾燙的鍋緣燙了一次。

沒一會兒手上就起了幾個亮晶晶的水疱，除非一直放在水裡，不然就是火辣辣的疼。

真是倒楣啊，今天她不準備出門了。

「阿姊，我覺得……」

「嗯？」

「我覺得，以後還是我來做飯吧。」

他怎麼看都覺得姊姊手上的水疱礙眼。

「行啊，等你病好了就你做飯，我享清閒。」

南溪不是開玩笑，是真的這麼想。灶臺的活兒真不適合她，她還是比較喜歡吃現成的。

「南溪，妳在家嗎？」一道陌生的聲音響起。

是誰呢？

南溪一口吃掉煎蛋，應了一聲後過去開門。

門外的人有些眼熟，但她想不起來在哪兒見過。那婦人一見她就笑了，也沒準備進門，就在門口和她說話。

「今天咱們村裡每戶人家都得派一個到南邊那片沙灘上，里正有事要和大家說。一個時辰後開始，記得不要遲到。」

「好的，好的。」

一聽里正，南溪頓時記起來，這是那天和春芽看熱鬧，在沙灘邊遇到的同村人。

南溪謝過她之後，那婦人又離開去通知別的人了。

「阿姊，里正是要說什麼事呢？」

「應該是好事，跟余叔叔說的那個有關吧。一會兒我去瞧瞧，你在家把這豆子剝出來，咱們中午吃。」

南溪給弟弟找了個活兒，省得他閒著胡思亂想。

半個時辰後，她琢磨著差不多了，重新梳了下頭髮就出門去隔壁。

每戶人家都要派一個人，盧嬸嬸肯定也要去。她眼睛不好，自己和她一起也能順手幫個忙。

兩個人慢慢走到沙灘邊的時候，已經聚集很多人了。一家一個的話，南溪數了下，算上自己和盧嬸嬸，已經來了八十幾戶，村子裡人還是不少的。

「你們知道里正要說啥不？」

「我聽到一點點消息，說是要建什麼東西。」

「建啥？作坊嗎？難不成是余陶？我知道他在山上買了好幾塊地。」

「這就不清楚了，等等看里正怎麼說吧。」

村民們嗡嗡嗡的小話說個不停，之後陸陸續續又來了二十幾人，眼見日頭高了，里正才慢悠悠地走過來。

他一來，周圍便安靜了。

「想必你們之前就很疑惑，前兩天來咱們村的那個人是誰。我現在就可以告訴你們，那是一個寮國人，就是咱們東面海對岸的寮國。他到咱們這裡來，是為了看看咱們村的地形和環境。」

異國人！

村民們忍不住又嘰嘰喳喳地討論起來。

「里正，他來看地形和環境是準備在咱們這兒幹啥呢？」

里正面上難掩喜色，大聲道：「他倒不是幹啥，只是他滿意了，朝廷就會在咱們這兒建造碼頭了！」

「碼頭?!是臨陽那樣的碼頭？」

「里正你說真的嗎？」

「建的是啥碼頭？連接寮國的？不是有海禁嗎？」

一群人七嘴八舌，里正都不知道先回答哪個問題好。

「安靜、安靜！聽我說！」

里正摸摸鬍子，聲音裡是說不出的豪情壯志。

「就是臨陽那樣的大碼頭！我們東興村被選上了！海禁也馬上要解禁了！」

「哇！」

「天啊！」

「我不是在作夢吧！」

這個消息太讓人激動了，連盧氏那樣寧靜的人都激動得手抖。

只有南溪，感覺就還好的樣子。大概是之前就從余陶那兒知道了一星半點，沒有太意外。

「先別急著樂，我還有事要通知你們。上面雖然定了我們東興，但真正要把碼頭建起來還得大半年。最近會有很多陌生人來村裡，自己看好屋子和孩子，儘量不要和那些人起衝突。有些能照顧的地方便順手幫一下。另外，最重要的……」

里正神情一變，頓時嚴肅不少。

「最近可能會有人到村裡以高價收購房屋地契。山上我不管，山下所有的地，沒有村裡同意，一寸都不許賣！若是有不聽話賣掉的人，即刻全家從村裡除名，以後村裡的紅利一絲都不許沾。而且，永遠不許購買或者租賃村裡的房屋做買賣。」

里正話音剛落，沒人反駁，倒是有許多村民問有什麼紅利。

「這還想不到嗎？看看臨陽碼頭附近有多少商戶，咱們這裡的碼頭一建起來，周圍的地不得租出去嗎？一年的租金自然是作為紅利發給你們。」

里正背著手，又叮囑了好些話，這才放村民離開。

南溪扶著盧氏慢慢往回走，一路上沒忍住問道：「盧嬸嬸，我們這兒離臨陽也遠，為什麼那些異國人不用現成的碼頭，要在咱們這兒建呢？」

「這個啊，很簡單。因為寮國到臨陽的那條水道有很多暗礁，容易出事。必須在我們這兒換上小船才行。咱們村裡建碼頭是好事，以後村裡人賺錢的法子就多了，生活也會越來越好。溪丫頭，妳可千萬別把地賣了。」

「嗯！我知道，不會賣的。」

村裡都要下金蛋了，她傻了才賣。

南溪回頭將這事和弟弟一說，南澤很快就反應過來。

「難怪余叔叔買了山上那些地，他可真是奸商。」

「他不是，那個叫路長明的才是。」

余陶也就是個給路長明跑腿的人。

透過這幾日的了解，她知道路家是瓊花島的首富，也是山平縣人。不過現在全家都搬到南黎府，聽說是因為路家小少爺懼怕颱風，不願意住在島上。

路家去了南黎後，買賣依舊做得風生水起，衣食住行都有自己的產業，甚至一度差點將南黎首富擠下來，可見他們家有多厲害。

這些有錢人消息可真是靈通，差點就讓他把地給忽悠走了。

不知道他們是打算在山上做什麼，真是好奇啊……

南溪剛念叨幾句，下午就看到余陶現身。不過他沒進門坐，而是直接讓人把橙子幫她搬進屋就走。

契約當時有說，五月前的水果都會摘下送到她家，動作還挺快。這可比她自己慢慢爬上山摘要輕鬆得多。

南溪好奇地跑出去看了眼，只看到一群人扛著工具上山，暫時還看不出來是做什麼的。先瞧著吧。

自從里正宣布村裡要建碼頭的事後，村裡開始熱鬧起來。有來走親戚打聽消息的，也有套話買地的，還有像余陶那樣帶人來幹活的。

除了趕海找點海物回來吃，南溪一般不出去。她的麴胚已經進入最後的階段，溫度一定要保持好，不能出差錯。

在持續高溫下，那三塊胚裡最後一點水分也沒了。成品便是三塊硬邦邦的灰白色塊。之前顏色有些不一樣的那塊，現在去掉水分後，居然和另外兩塊差不多了。南溪有些摸不準能不能用，乾脆一起留著準備試驗。

酒麴已經好了，她準備先用粳米試做米酒，看看酒麴的功效。等她試驗完，證明酒麴有用後，再換糯米做。

米酒嘛，還是糯米做的更甜。

「小澤，我去山上看看咱家的芒果樹，一會兒就回來。要是春芽來了，你讓她在家等我一會兒，晚點我去找她。」

「好。」

「我不在家時，要是有陌生人敲門不要應，聽到沒？」

「知道。」

南溪交代了一大堆，見弟弟都乖乖應了，心裡稍稍有些安心，這才出門。

山上已經動工了幾日，也不知道自家果園現在是什麼樣子。儘管有著契約約束，可沒實地看一看，她還是有些不放心。而且山上的樹也該澆水了。

「溪丫頭，妳也上山？」山下一個挑著擔的婦人問她。

南溪認得她，是那個趕車大爺家的兒媳婦，為人挺熱情的。

「是的，我準備上山給我家的芒果樹澆水。姚嬸嬸，妳是在給哪家果園幹活？」

「余陶唄，他不是在山上買了好幾片地嘛，現在正在整修。也不知是要幹麼，山頂那片樹林砍了一小半，地也整平了。妳上去吧，我得繼續挑土去。」

兩人閒話幾句便分開了。南溪被勾起好奇心，到自家果園也沒停，而是一鼓作氣爬到山頂上。

來這裡快半個月了，她還從來沒有爬到山頂過。一上山，整個視野瞬間變得無比寬闊。在這裡可以將整個村子看得清清楚楚，繞去另一側還能遠遠地看到臨陽，大海也看得更遠。景色簡直絕了。

南溪感覺光是站在這兒，心靈都淨化不少。正陶醉，就聽到有人趕她。

「怎麼到山頂來了，這兒是私人地方，小丫頭趕緊下山去。」趕她的人是個凶巴巴的大鬍子。

南溪還沒看到自己想看的東西哪裡肯走，她毫不猶豫地將余陶拉出來做擋箭牌。

「我是來找余陶叔叔的。」

聽到「余陶」兩字，那大鬍子的態度頓時好了許多。

「總管事不在，妳要找他得明日再來。」

說完，大鬍子又開始趕她走了，不過這回話說得略客氣些，只說不方便外人瞧。

南溪無奈，只好下山去看自己的芒果樹。山上正在挖土，挖的地盤還不小，看著像是要蓋房子。

難不成……那路家是要在這裡蓋別院？

聽弟弟說瓊花島上每年有好幾場颱風，吹得人連門窗也不敢開，山頂蓋屋子可行？這些有錢人真會折騰啊！

南溪感慨了下，先去給芒果樹澆水。如今已是四月，再過二十來天芒果就該熟了。要是自己運氣好，酒麴真的能用，那正好可以拿來泡芒果酒，想到就讓人激動。

春芽說南家的芒果品質都非常不錯，想必泡出來的酒也會更好。

心頭火熱的南溪，一下山就去找隔壁盧嬸嬸，借了一點粳米回家。

因為是要拿粳米試酒麴，所以她準備六斤全都泡進木盆裡。泡上十二個時辰，粳米再拿出來時輕輕一捻就碎了，這時直接上鍋蒸熟。

「阿姊，咱們真的能做出酒來嗎？」

南溪也不知道，成敗全在酒麴上。不過面對弟弟，當然要十分有信心嘛！

「放心啦，肯定能做出來的。小澤，你那火別太大，中火就行。」

她一邊交代，一邊開始準備做米酒的各種工具。

家裡的盆和桶還是太少，也太小了。現在才幾斤米勉強夠用，以後若是多了就不行。不知道村裡有沒有木匠？要是能直接在村裡訂，就省下她往縣城裡跑。

還有各種陶罐……

南溪想著想著便走神了。

「阿姊？阿姊！粳米應該已經蒸熟啦。」

「哦！好的，好的！」

南溪回過神，一把揭開鍋蓋挑起一點粳米嚐了嚐，確實已經熟了。

「小澤，火不用熄，我先端走粳米。再加點火，咱們熬粥中午吃。」

現在還有點早，煮好粥放到中午，正好吃溫涼的。大熱天吃燙飯，她是吃不慣的。

「阿姊，妳小心點，別燙到了。」

「放心吧，這才幾斤。」

想當初她可是能揹一整簍橙子的人。

南溪將蒸籠端到外頭石桌上，把鍋裡的水加上後，才將蒸好的粳米翻一翻。剛蒸熟太燙是不能放酒麴的，具體什麼原因，她也不清楚，反正酒譜是這樣記載。她一直等到粳米涼到和身體差不多的溫度，才開始加酒麴和水。

她分成四份。其中三份自然是加她剛做好的三塊酒麴。第四份加的是三塊酒麴刮下來的混合粉末，這個完全是出於好奇，想看看混合在一起能做出什麼來。

這六斤粳米放一起看挺多的，分開就那麼一小坨。家裡的罐子正好夠裝。用來裝粳米的罐子都已經提前用滾水煮過，現在裡面非常乾燥。南溪依次裝好，在粳米中間挖了個小坑，然後才將罐子都封起來。

若是冬天，得放到灶間或者爐子旁發酵，不過瓊花島上這天氣，隨便放院子裡兩、三日就行了。

「阿姊，這樣就行了？」

南澤覺得有些太簡單了，做酒怎麼可能如此簡單。

「這是最簡單的米酒，當然簡單啦！等做好了，還要和別種東西再做其他酒。放心吧，姊姊我心裡有數。對了，小澤，咱們村裡有善於竹編的人嗎？還有家裡需要一些大點的陶罐，村裡能訂嗎？」

「陶罐不清楚，但是竹編手藝，咱村裡有很多啊！春芽姊她爹就是。不過她爹幾乎都在碼頭做粗活，妳得先去問問才行。」

南溪點點頭，吃完飯就跑去春芽家。正好春芽她娘也在，能拿主意。

「溪丫頭，妳想做點什麼就說一聲，明日春芽她爹回來我讓他做。」

「那敢情好！」

南溪心裡盤算了下，決定暫時做五個大簸箕，知道春芽她爹還會木工後，乾脆又訂了兩個木盆、兩個水桶，還有一個類似浴桶可以罩在鍋上的圈桶。

訂了一堆東西，春芽她娘笑得眼都瞇起來了。

「溪丫頭，這些妳是自己出材料呢，還是我們來準備？妳自己出的話會便宜一點，一共差不多四十五文；我們出的話，價錢就得九十五了。」

南溪搖搖頭，她對這些一竅不通，還是讓懂行的來吧。

「桃花嬸，材料就麻煩你們幫我準備吧。九十五文錢，要先交訂金嗎？」

「不用、不用，交啥訂金，都是這麼熟的人。」

儘管很好奇窮得都快揭不開鍋的南家，為什麼會有閒錢來做這些，桃花嬸還是很識趣地沒有多問，也不管那些簸箕、水桶要拿來幹麼。

這讓南溪鬆了一口氣，畢竟她酒麴都沒試驗成功，現在就說釀酒，那不是吹牛嗎？還是先保密吧！等她酒麴成功了，再把自己外家祖上是做酒的事傳出去，這樣做酒來賣也就不會顯得那麼突兀。

南溪心中自有盤算，訂完東西又乘車去了一趟山平縣，包車帶回十幾個陶罐。

第八章

陶罐們只能在牆根下曬太陽，一排望過去，還以為是家裡做了不少鹹菜。

羅全來的時候嚇了一跳。

「這是怎麼回事？上次來的時候還沒有的。」

「舅舅，這是買來準備做酒用的。」

這兩娃還真打算弄？酒是那麼好做的嗎？真要那麼容易，那人人都去做酒了。

他沒當回事，也不認為南溪憑那虛無縹緲的鬼神之說就能學會釀酒。

「你們啊，眼下重要的還是把身體養好，別去折騰那些沒有用的東西。」

羅全將自己背簍裡的魚提出來，還有上次南溪讓他帶的幾袋糧食。

「喏，小溪要的大麥和豆子。以後別去縣裡買糧，太貴了。我直接從對面帶過來，便宜十幾文呢！」

不過幾日不見，羅全的話像是說不完一樣。好一會兒南溪才插了個話，說出弟弟的病有希望治好了。

「好好好！真好！」

羅全一聽大喜，高興地在院子裡轉了好幾圈。

「等等！妳說，妳一個人帶著小澤去南黎府？」

南溪下意識地捂住耳朵，莫名有些心虛。

「胡鬧！」

南黎府那麼遠，中間還得換船，一個從沒出過遠門的小丫頭揹著半大的小子出去求醫，想想便知道有多難了。

羅全憋著一股氣，又不好朝外甥發洩，只來來回回地說著「胡鬧」。

「就不能等我來了，讓我陪你們去？你們兩個才多大，出門萬一遇上壞人怎麼辦？」

南溪吐吐舌頭，心虛但不後悔。

「不對，你們哪裡來的銀錢看病？」

姊弟倆互相瞄了眼對方，南澤不怕挨罵，他先開了口。

「我和姊姊把山上的果園長租出去了，租了三十年。」

羅全無語。「……」

好傢伙，這姊弟倆可真是幹大事的人物。不聲不響就幹了這麼多的事，顯得他這個舅舅毫無用處。

「舅舅，你別生氣嘛，下回有事一定叫你。」

說是這麼說，南溪卻沒想打算告訴舅舅，弟弟半個月後還要去南黎府的事。倒不是不信任，只是舅舅有自己的家庭，總是將心神耗費在她和弟弟身上不好。

而且真要是不行，她肯定會毫不猶豫地求助。現在嘛，她感覺自己完全可以應付。

南溪見舅舅還在生氣，趕緊又說了個大消息轉移他的注意力。

「舅舅，咱們村的里正前兩日說到海禁要解除了，我們村裡正準備建碼頭呢！」

「啊？海禁要解除了？」

果然，海上討生活的人對此十分關注。羅全仔仔細細詢問了一遍，問完後，整個人呆呆的不知在想什麼。

南溪乘機給弟弟使眼色，拿著趕海的簍子就偷偷溜走了。

「咦？你姊呢？」

「啊，剛剛春芽姊來叫她趕海，已經走了呀！」

南澤面不改色地撒謊，羅全丁點兒都沒看出來。他還在想著解除海禁的事。

解除海禁對漁民來說肯定是有好處的，由於這個消息還沒傳開，好多人都還不知道，自己得早些打算才是。

心裡惦記著這事，做事也不踏實。羅全怕外甥女沒有聽清楚，還特地去隔壁幾家打聽了下，確定是真的便坐不住了。

「小澤，我把魚湯熬在鍋裡，一會兒你姊回來了，讓她舀出來吃。你好好養病，舅舅過幾日再來瞧你們。」

說完，不等南澤回話，羅全揹著背簍一路小跑走了。不知道的人還以為是做了啥虧心事呢。

羅全前腳剛走，小鈴後腳就來了。

因為身上有體味的事，小鈴在村裡沒什麼同伴，所以乾脆跑到東興村來找南澤玩。

這些南溪都不知道，此刻她正在和春芽一起趕海。今天兩人運氣都還不錯，扒到好幾個大螺。因為擔心南溪不會吃螺，春芽正在和她講解如何處理海蠣螺。

「這些海蠣螺可以拿回去直接扔灶膛裡烤熟，然後砸掉殼，吃肉就行。還可以砸了殼，扒肉來炒或者煮湯。螺肉和魚肉、蟹肉的口感很不一樣，非常有嚼勁。一會兒妳回去試試。」

春芽一邊說，一邊多拿幾個螺給南溪。她們最近總是一起趕海，加上南溪性子比以前活潑不少，兩人關係更勝從前，自然不會像以前那麼客氣。

今日冬子沒有來，兩人在海邊轉了一個時辰，簍子就差不多滿了。正準備洗掉泥沙回家的時候，一陣海浪將一坨漂亮又剔透的東西沖到南溪腳下。

「這是什麼？」

南溪沒用手去抓，只是用腳碰了碰。

「別碰！」

春芽的提醒還是晚了點，草鞋並不能護住腳上所有位置，她的腳還是碰到了。

「嘶……有點疼，這東西會螫人！」

南溪縮回腳一看，草鞋露出來的位置，兩、三個地方都被螫出了小紅點。很疼，還有一種火灼感。

「春芽，這是什麼東西？」

「這叫水母，怪我沒跟妳說到這些毒物。妳趕緊過來先用海水洗一洗，然後咱們去找苗大夫。」

春芽面色有些嚴肅，南溪看著也不免有些緊張。

「怎麼了？這水母的毒很強嗎？」

「看個人能扛的程度啦！有的人忍一忍就過去了，有的人躺上十天半月都不見好。快洗！」

她一邊催促，一邊和南溪講到海裡的毒物。

「以後看到水母可千萬別去碰了，還有那種一圈一個顏色的海蛇。咱們這邊普遍是黑白色，偶爾會在沙灘看到，但是一般不會主動傷人。反正妳要是看到，離遠點就行。那東西比水母還毒，咬上一口，誰都救不了。」

南溪瞬間想到自己的上一世，就是被毒蛇咬死的。一聽到蛇，她現在都渾身起雞皮疙瘩，好像還有點癢。起初她還沒在意，直到半路癢得不行，她才覺得不對勁。掀開褲腿一看，大片大片的紅疹，密密麻麻的，嚇死人了。

果真是毒物，反應這麼快。

就這麼一會兒，南溪腳背已經腫起來了，身上也起了大片紅疹。要不是春芽扶著，估計還要耽誤許久才能找到苗大夫家。

苗大夫一眼就看出她是被水母螫了，拿了罐綠色藥膏在她腳背上一塗，清涼的瞬間舒服許多。

「喏，這些藥膏拿回去塗身上的紅疹。切記不要吃海物，吃點清淡的，多喝水。」

南溪乖乖應下，再從苗大夫那兒出來時，被螫過的右腳已經不太能走了。她只能扶著春芽的手一跳一跳地回到家。

「南溪姊！咦？南溪姊，妳腳怎麼了？」小鈴問。

實在是南溪瘸著腿的樣子太過矚目，一進門就讓人注意到了。

南澤神色一慌，仔細看了兩眼，才稍稍有些放下心來。

「阿姊，妳莫不是被水母螫了？」

「哎呀，就小小碰了一下，誰知毒性挺大的。不過苗大夫已經幫我塗過藥了，他說好好上藥，過兩日就會好的。」

南溪轉頭看向小鈴，沒想到她竟然真的跑來村裡找小澤玩。這麼小的一個姑娘跑隔壁村，她娘也放心？

「小鈴來多久了？」

「剛來沒多久。南溪姊，我幫妳放到灶房去吧。」

小鈴去接南溪的簍子，她在家裡幹活習慣了，簍子拿過去，還順手打了水把蛤蜊養著。

春芽見她家裡有客也不多留，說傍晚再來找她。

南溪送了下春芽，一回頭便看到小鈴在刷洗她的簍子，趕緊把她叫過來。

哪有讓客人在自家幹活的。

話說，客人來家裡，是不是得準備東西招待來著？可她想了下，家裡除了橙子還是橙子，拿不出什麼像樣的東西來。

小小的橙子擺在桌上略顯寒酸，南溪親自扒了一個，沒想到小鈴還吃得挺開心的。

「南溪姊，這橙子好甜啊！我們村裡也有不少橙子樹，不過大多都在果園裡。我家門口就幾棵椰子樹，還有一點芭蕉，想吃橙子得去換呢！」

芭蕉？

南溪看了看自己院外的幾棵椰子樹，感覺有點奇怪。為什麼村裡家家戶戶門前都有好幾種水果，自家卻只有椰子樹呢？

酒譜裡沒有提過芭蕉，可能是不能做酒。南溪對所有未知的東西都十分好奇，興致勃勃和小鈴討論起島上的水果來。

什麼芭蕉、橄欖、石榴、甘蔗，說了一大堆，饞得她口水都流出來了。

肚子餓了，準備去做午飯的時候，南溪才想起還有個舅舅。

「小澤，舅舅走啦？」

「對啊，早就走了，他走了小鈴才來的。舅舅說鍋裡已經燉好魚湯了，妳回來就能吃。」

南溪一聽魚湯，眼睛亮了起來。但她很快想起苗大夫說的話，她不能吃海物，那魚湯自然也就沒口福了。

「算了，我吃不了。苗大夫說要忌口。你和小鈴吃吧。」說完，南溪就瘸著腳進灶房，準備舀魚湯。

誰知小鈴一聽喝湯，頭搖得跟撥浪鼓似的。

「南溪姊，阿娘說了去別人家玩可以，但不能吃飯。剛剛我已經沒聽話吃過橙子了，我不能喝魚湯。」

小丫頭非常堅定，任姊弟倆怎麼勸說都沒用。南溪也只好放棄，將魚湯盛起來後，給弟弟舀了碗。

「阿姊，那妳中午吃什麼？」

「我……」南溪也發愁了。

舅舅才剛來過，說實話家裡吃的還挺多的。但是她這個廚藝小白，最近學會的就幾道做海物的吃食，要麼就是菜葉子湯。難道中午吃菜葉子湯？

感覺不是很想吃。

「南溪姊，要不我做點吃的給妳吧？」

「妳？」

一個剛滿八歲的娃，讓她做飯？

「我會的可多呢！蒸蛋、麵片湯、麵疙瘩、烙餅，我都會做。妳不是不能吃海物嗎？我做個蒸蛋？我弟弟最喜歡吃我做的蒸蛋了。」

南溪被她說的話勾起食慾，眼巴巴道：「那妳教我做，我跟妳學。」

「好哇！」

小鈴轉頭俐落地舀水洗了下鍋，加水開始燒。然後向南溪拿了一顆雞蛋。

「嗯……一個雞蛋太少了，蒸兩個吧，分開蒸。」

南溪沒拿弟弟那份，他有魚湯就行了。蒸蛋等自己學會了，明天再做給他吃。

鍋裡的水很快熱起來，只見小鈴在兩個蛋碗裡撒了一些鹽後，飛快地用筷子將雞蛋打散，然後一小瓢熱水加進去。本來只有半碗的雞蛋瞬間變成了一大碗雞蛋花。

小鈴又兌了些涼水到鍋裡，然後直接將蛋碗放進蒸籠，蓋上鍋蓋。

「行啦！大火蒸個一盞茶的工夫就能吃了！南溪姊，妳肯定會喜歡的！」小鈴對自己的廚藝很是自信。

南溪很是期待地問她。「水煮的、油煎的我都吃過，這蒸雞蛋是什麼味道呢？」

小鈴臉上一僵，答不出來。

「我、我沒有吃過蒸雞蛋，不知道是什麼味道。」

她只知道弟弟最愛吃她做的蒸蛋，少一天都不行。應該是很好吃的吧？

南溪皺了皺眉，之前看著小鈴她娘還挺疼她的，為什麼只給兒子蒸蛋吃，不給小鈴？窮不是理由，一家人要麼一起吃，要麼就都別吃，幹麼差別對待。這種行為讓她有些反感。

「妳弟弟每天都吃嗎？」

「對啊，每天都要吃，不吃就要鬧。大伯娘和阿嬤最疼他了，家裡的雞蛋只給他吃。」

南溪這才明白，原來小鈴說的弟弟是她大伯家的孩子。

就說嘛，她娘看著是個疼孩子的人。

可是再疼她，沒分家就還是要聽婆婆的話。自己沒有兒子，說話都直不起腰。她丈夫又在碼頭幹活，鮮少能在家幫忙，所以小鈴母女只能一直被打壓。

在這個時代，這是很普遍的事情。

南溪知道，在自己這個村子裡也有不少這樣的情況。趕海時經常能聽到村裡閒話，春芽也會和她說很多。知道得越多，明白得越多，她就越厭煩談論婚事，抗拒和一個陌生人相看。

她現在十五歲，在沙漠裡是年紀正好的幹活人選，而在這裡就要考慮親事了。從她發熱好起來到現在，已經好幾個人都叫她早點找個好人家嫁掉。

她才不要……

至少也得等她把家傳酒譜裡的所有酒都做出來，弟弟也治好了病，衣食無憂後才會考慮親事。

可能三、五年後？十年後？

誰知道呢！

「南溪姊，雞蛋已經蒸好啦！」

小鈴揭開鍋蓋搧了搧，兩碗黃澄澄的雞蛋羹顯露出來。她已經蒸過很多次，熟練地拿抹布將兩碗端出來。

南溪拿勺子輕輕一戳，那蛋羹便被戳了個洞，感覺軟得不可思議。

「剛出鍋的蛋羹非常燙。南溪姊，妳小心點吃。」

小鈴半點眼神都沒落到蛋上，收拾下灶臺就準備出去。

南溪一把攔住她，將自己沒戳過的那碗推到她面前。

「咱倆一人一碗。」

「不不不！我不能吃的！」

「有什麼不能吃的，妳幹了活兒，難道不該收點報酬嗎？」

南溪知道這小丫頭心裡是怎麼想的，她也挺喜歡這種不愛占便宜的孩子。這碗雞蛋本來就該給她一碗。

「小鈴啊，現在外頭學手藝拜師，都是要準備好多拜師禮。妳教我做吃食，這也是一樣手藝，我總不能白學吧？那人家得說我占妳便宜了。」

「不……」

「妳就不想嚐嚐自己做的蒸蛋是什麼味道？看起來就好好吃的。」

南溪循循善誘。小鈴到底沒忍住誘惑，還是接了那碗雞蛋羹。

見她總算肯吃了，南溪才開始享用自己那碗。

小丫頭真沒撒謊，她做的雞蛋羹是真的好吃。滑滑嫩嫩的口感實在新奇，儘管只有一點鹽做調味，也很美味。

仔細回憶了下，剛剛小鈴蒸蛋的步驟都已經記在腦子裡，想吃就能隨時試一試。南溪喜孜孜地吃完自己的蛋羹，打算明天早上就做這個。

蒸蛋吃完，會有很多蛋羹牢固地黏在碗裡。這回她沒去舔了，弟弟說這樣不好。她直接拿勺子一點一點地刮下來吃掉，一點也沒浪費。

兩個人幾乎同時吃完，對這一餐簡直太滿意了。洗碗的事，被小鈴搶了過去，南溪也就隨她了。

自己這瘸腿，弟弟也動不了，想搶也搶不到。

啊……糟糕！

南溪瞧了瞧自己的腿，想著傍晚要幫弟弟熬藥泡澡，頓時一陣頭疼。

瘸腿跳著提水進去嗎？

她真不是矯情，腳上的傷疼得厲害，踩一下就跟踩在刀尖似的。腳背敷上藥，火灼感是沒了，但裡頭還疼著，甚至已經蔓延到整隻腳。

感覺還挺嚴重的，她當然不敢拿腳去冒險，得趕緊養好才行，家裡總要有個能走的。

所以傍晚弟弟這藥……

南溪正琢磨著該去請珍嫂，還是去找附近的林二哥，就聽到外頭有人叫她和弟弟的名字。

院門並沒有關，那人喊了兩聲便推門走進來。臉上掛著十分溫和的笑容，身上的衣料在陽光下閃著光，很是富貴的樣子。

姊弟倆互相看了下，都是一臉茫然。南溪記憶力很強，最近在村裡轉悠已經認識了大半的村民，但她對這個人沒印象。

「你是？」

「南溪姊，我認識他，他是我們東禹村的人……」

一聽自己被認出來了，男人笑了下，點頭道：「是的，我是隔壁東禹村的人。這次來找南姑娘是為了果園的事。」

果園……

南溪反應過來，自己還沒有把果園賣掉的消息放出去，余陶那邊應該也沒有，所以這人才會找上門來。

「你想買我家的果園？」

「對！」

男人以為自己有希望，笑容更加和藹。

「我知道你們同村也有人想買妳家的果園，不過我出的價錢肯定比他要高。南姑娘，妳弟弟這個情況很需要銀子吧，咱們可以好好商量下。」

「哦？你能出多少？」

南溪還是挺好奇，海禁即將解除後，自家果園能值多少錢。

男人豎起一根指頭。「一百兩！」

聽著那中氣十足的「一百兩」，南溪有些懷疑自己耳朵是不是聽錯了。

這氣勢明明是一千兩嘛！

還以為有多少呢……

「這位老闆，沒誠意就不要來，當我年紀小好糊弄啊。」

「一百兩不少啦！南姑娘，要知道你們山上的果園最大的以前才五十兩，現在……」

「你也說是以前，現在海禁都要解除了。我們東興村不說能趕上臨陽，卻也不會差得太遠。山上那麼大個園子居然才一百兩，哪兒有，你就去買。我們家還有事，就不招待了。」

南溪不想跟他扯嘴皮子，直接攆人走。

「價錢可以再商量嘛！一百二十兩？」

這種人打量著南家只有兩個孩子就想忽悠著來占便宜。

南溪蹦蹦跳跳地將人攆走了，正要關門時，想了想還是把自家果園已經租掉的事說出來。

「我家果園已經租給了余陶三十年，賣是不可能賣的。你若想要，自己去找他租。」說完，南溪便關了門。

最近很忙，都忘了把自己果園已經處理好的消息說出去。這樣不行，等海禁解除的消息一傳開，肯定還會有人打自家的主意。誰叫山上十幾家果園裡，就她家最好欺負，也沒大人幫襯。

南溪琢磨了挺久，等小鈴要回家的時候，她也跟著一起出去。看著小鈴跑出村口後，她直接坐到村口的椰樹林下。

這兒曬不著太陽，還有風吹著，村裡人都很愛在這兒乘涼。當然這兒也是村裡閒話的產生地。南溪一坐下便招來十幾道視線。

一個正編著草鞋的大娘立刻找她搭話，問她腳是怎麼回事。

「溪丫頭，妳都十五了吧？馬上要說親的年紀，腿可別瘸了。」

「唉，你們姊弟倆是不是惹了哪路神仙，要不要去清平山上拜拜，去去晦氣？」

南溪無語。「……」

這些人說話可真不好聽，卻又感受不出什麼惡意，就是讓人聽了不舒坦。

算了，趕緊辦完事走人。

南溪拿出自己在沙漠的演技，表現出一副很是愁苦的樣子。

「多謝大娘們關心，我這腳是被水母螫的，苗大夫說過幾日就會好了。至於我弟弟，他也很快就能治好的。」

「治好？妳莫不是說大話喲，不是都說癱了嗎？好多大夫都說不行呢！」

「那是咱們島上的大夫沒經常出門，人家南黎府的大夫一把脈就說很有希望治好。就是有點兒貴……」

南溪刻意話說一半，果然一群人馬上就追問她要多少錢。

「半個月的費用，二百兩銀子。」

輕飄飄的一句話卻砸得一群人腦袋都懵了片刻。

「二百兩？老天爺，這是搶錢啊！」

「就是，溪丫頭，妳肯定被誆了。再說有那二百兩，妳還不如拿來給自己做嫁妝，或者給妳弟做聘禮，豐厚一點，也是有人肯嫁的。」

「咦？溪丫頭，妳哪來的二百兩銀子？苗大夫那兒的診費，我聽說都還是欠著。難道……妳把果園賣了？」

就等著她們問這個。

南溪暗中掐了自己一把，紅著眼，點點頭又搖搖頭道：「沒有賣，只是長租出去，租了三十年。」

「原來是這樣……我就說嘛，妳怎會突然那麼有錢。」

「溪丫頭啊，大娘是過來人。我勸妳自己手裡頭攢點兒，別全貼妳弟弟身上去，癱瘓哪有那麼容易治。」

一聽這話，南溪「急了」。

「就是可以治！南黎府的大夫都說了可以。不管怎麼樣，我都不會丟下南澤不管。就算所有租金都花掉，我也不會放棄。」

許多人心中都感慨這姑娘是個好的，卻又覺得她很傻。都到了嫁人的年歲，還不為自己考慮考慮。大娘們都好奇三十年的租金是多少，看到南溪那樣子又不好開口問。不過想想賣再多錢有什麼用，還不是全都要貼到她弟弟身上。

藥罐子可是個無底洞，誰能填得上？有這丫頭哭的時候。

眾人說了幾句又開始聊起別的小道消息，南溪也回家去了。

不過半日工夫，南溪家的果園長租給別人三十年這件事就傳遍了村子，一起傳的還有南溪竟然花了上百兩銀子給南澤看病。

家家戶戶免不了要討論幾句。

「你們說她花了二百兩銀子給南澤治病，那還剩多少？」

「還剩啥呀？她家山上那果園頂天能賣三百兩。半個月藥錢就是二百兩，那不到一個月就花光了！」

「嘖嘖嘖……可真能花錢。」

「咱們窮人啊，生不起病呢……」

不管外頭的人怎麼說，南溪此時心情是非常不錯的。

果園已經租出去了，那些想要果園的人就不會再來上門打擾。至於錢麼，她每天都要熬藥，周圍人也知道是為了替弟弟治病。家裡就算剩下一點錢，也不值得有心人冒險來偷。

還有婚事，那就更不用擔心了。

家裡沒錢，還拖著個帶病的弟弟，還是絕對不會丟下的那種，誰家敢把她娶回去？

村子裡傳得越快，家裡也就越清靜，想到就很開心。

第九章

解決了心頭大患，南溪又瘸著腿去尋了住附近的毛阿婆幫忙。

毛阿婆有個眾所周知的毛病，那就是嘴巴大。不光喜歡傳外頭的閒話，連自己家的事，她也往外說。

南溪拿了幾顆橙子給她，讓她幫忙給浴桶裡提水兌藥，她二話不說就應了。

「不就是提幾桶水嘛，哪用得著送橙子。溪丫頭，妳真是見外。」毛阿婆一邊客氣，一邊將橙子塞到碗櫃裡。

兩人很快一起到了南家。南溪特意領著她跟自己一起去取藥包。櫃子一打開，滿滿一櫃子的藥包，隔著老遠都能聞到一股中藥味。

毛阿婆伸著指頭數到十就數不下去了。看來村裡傳得沒錯，這丫頭果真將錢都拿去買藥了。

真是太可惜了，之前她還想將自己的娘家姪兒介紹過來。現在想想還是算了，溪丫頭那麼寶貝她弟弟，肯定不會丟下不管。而且，看看這家牆根下的一排鹹菜罈子，這是打算一年都吃鹹菜嗎？一看就知道家裡很窮。

這樣的條件介紹給娘家，到時候弟妹說不定還得埋怨她。

划不來，划不來……

毛阿婆幫忙提了水便走，急著去和大家分享自己得到的最新消息。

南澤泡在桶裡，臉被水氣熏得通紅。他到這時才知道姊姊出門是去做了什麼。

「小澤，要是有人問你，咱們看大夫抓藥花了多少錢，你就說二百兩。」

「嗯！我記住了！」

他知道「財不露白」這個詞。現在既然沒辦法遮掩，那就說錢都花掉了，這樣他和姊姊會安全很多。

晚上，南溪點著燈籠，清點了下家裡所有錢財。

大筆款項還有一百五十兩，這個要放好。其他的都是銅板，是那賣掉的兩條黃花魚錢。之前來回兩趟船費花了一百文，租車二十文，加上吃的還有回來買的浴桶燈油等等，一共還剩下一百四十四文錢。

這是現在家裡所有的錢了。

南溪盤著腿將一百個銅板串起來和那一百五十兩銀票放一起，只留下零頭放在錢袋裡平時取用。

暫時家裡不會有大的花銷，不過若是酒麴成功，她就會動到這些錢了。

雜物房需要改造，灶間也需要略微改動，還有一些必須添置的東西，都準備起來的話估計是一筆不小的數目。加上弟弟後續的治療，壓力實在不小。

畢竟她就算成功做出酒來，也要放上幾個月才能賣。中間半年的時間，家裡只有芒果樹的收入，感覺心慌慌的。

南溪抱著錢袋琢磨著自己還能做點什麼，法子沒想出來，人倒是先睡著了。

待做了米酒後的第四日，南溪特地晚一天才去開蓋。每個罐子她都做了記號，她先開的是最不看好的那罐。

這罐用的酒麴是那塊水不夠的麴胚，罐子剛打開就有一股嗆鼻的味道出來。

她在酒鋪聞過米酒不是這個味兒，而且也沒有這麼嗆鼻。毫無疑問這塊麴胚失敗了。

南溪將它重新封上放到一邊，繼續去拆另外的罐子。第二個罐子給了她驚喜，一開蓋就聞到一股熟悉的米酒香，和那酒鋪裡的米酒很是相似。這是那塊水分比較多的麴胚做的。

「阿姊，這個好像做成了！我吃過的就是這個香味！」

南澤有些興奮。姊姊竟然真的能做出酒來，太厲害了！

「我去拿碗，咱們嚐嚐。」

南溪也有些激動，這可是她第一次親手製酒，意義非凡呢！

她很快拿著湯勺和碗出來，給自己和弟弟一人舀了一小碗，米渣和酒混在一起，香氣濃郁得讓人胃口大開。

「嗯……香是香，但這米酒味道很淡，淡淡的甜味過後，還有一點點澀口的感覺。」

她有些失望，這樣的酒就算是新手都知道是不達標的。

南澤點點頭道：「味道很像米酒，但沒有我吃過的那麼甜。至於澀口，我好像沒感覺到。」

「沒事，還有兩罐呢，咱們看看第三罐。」

那是南溪寄予厚望的一罐，用的是那塊做出來最接近酒譜的酒麴。

「哇！這罐香氣更濃，聞著都有股香甜的味道。」

這話可不是南澤特意哄姊姊的，而是真心話。

南溪自己也聞得出來差別。雖然同是米酒，但剛剛那罐明顯就沒有這罐香。而且這罐聞起來比鎮上酒鋪都香。她感覺這罐子的米酒應該會給她驚喜，連忙舀了一點出來淺嚐一口。

唔……好濃郁的米酒香氣！酒水微甜，過喉後沒有半點澀味，反而回味無窮，連米渣都香甜美味！

這還是粳米製的，若是換成糯米，甜度還更高，想到都要流口水了。

南溪給弟弟也嚐了一點，然後便當作寶貝一樣將它重新封上。

「阿姊，米酒已經做出來了。接下來是不是就要做橙子酒了？」

「是，也不是。」

南溪將米酒放到灶間石臺上，回來繼續拆第四個罐子。

「既然米酒成功了，那說明酒麴是成功的。接下來當然是先製些酒麴備用，然後買點糯米回來製作新的米酒。粳米還是差點意思。」

酒譜上說糯米製的米酒會更香甜，她可期待極了。現在的米酒已經很好喝了，再香甜些，會是什麼味兒？用糯米米酒泡出來的橙子酒又會是什麼味道，真是迫不及待想嘗試。

南溪手一用力，揭開了第四罐。這是三塊酒麴混合在一起做，她當時想著混合在一起看看會不會有什麼奇蹟。結果罐子剛打開，她又蓋了回去。

只有一點點的酒味還有更明顯的酸味，像是東西腐臭的味道。看來三塊合起來是行不通的。那兩塊酒麴都可以放棄了。

南溪只留下第二罐和第三罐，另外兩罐都準備倒掉。雖然很心疼那些粳米，但總不能自己吃掉吧。

好在這回有經驗了，下一回製作麴胚，她就知道該和多少水。

第一種酒麴成功，短時間內她不打算做第二種酒麴，現在首先得把糯米米酒做出來，然後把家裡的橙子都處理掉。好幾百斤就這麼放著，雖然短時間內不會壞，但弟弟說了，放得越久，橙子裡的水分就會越少。到時候都成乾橙子了，泡出的酒哪裡會好喝？

所以等這些橙子弄完，她才會試著去做點別的。

「小澤，你在家待著，我去鎮上一趟。」

南溪回房把家裡的銅板都帶上，直接去村裡雇了輛騾車。先前去鎮上買陶罐的時候，她就打聽好賣酒缸的地方，今天就去買回來。

不說多大，至少能裝得下家裡的幾百斤橙子。還要買些糖回家，聽說這可是貴東西，她也不知道具體價錢，先把那一百文帶上看看。

一共一百四十四文錢，去鎮上走一趟。買了兩口大缸、一口小缸，去了六十四文錢，剩下的八十文錢全買了糖，居然才買不到兩斤！

這裡的糖售價一兩五文錢，不是一斤，是一兩，貴得嚇人。

但這東西是必需品，不光這次要買，下次還得多帶點錢到鎮上買，想到此她就心疼得厲害。

「溪丫頭，買好了吧，咱們回去？」

「好，回去吧。」

南溪答得有氣無力。攥著空空的錢袋，坐在車轅上想，是不是島上的東西都這麼貴？要不下次等舅舅來了找他打聽打聽，順便託他買點糯米過來。

正想著事情呢，手上一疼，只見一個黑影扯著她的錢袋就跑了。那人生怕扯不掉，使了好大勁兒，繩子刮得她生疼。

她沒打算去追，那錢袋本就很破舊了，該換新的，而且裡面空空如也。她還有腳傷呢，搶就搶吧，她兜裡比臉都乾淨。

哼……

回去的路上，南溪忍不住詢問趕車的大叔。

「趙大叔，臨陽的糖價是多少，您知道嗎？」

「糖啊，那可不便宜。都是按兩賣的，一兩少說也得五、六文錢吧。」

「那南黎府會便宜一些嗎？」

趙大叔笑了一聲，搖頭道：「怎麼可能，外面的糖只會比咱們瓊花島上貴。丫頭，妳生病好多東西都忘了。這糖啊，多是用甜菜和甘蔗做的。北方盛產甜菜，而咱們島上則是盛產甘蔗。等秋冬的時候，咱們村裡的甘蔗一捆一捆地往外送呢！島上甘蔗多，糖價也就比外面便宜些了。」

「原來是這樣……」

她只能繼續在島上買糖。

橙子酒目前還不知道會泡多少出來，但需要的量絕對不會少於五十斤糖，這成本一下子就上去了。

家裡就剩下一百五十兩銀子，大筆款項還是要給弟弟看病的。接下來要撐好幾個月，她得仔細琢磨琢磨才是。

南溪帶著一大堆東西回家，趙大叔知道她家沒大人，還好心幫她把缸子都搬到院子裡去。

院子裡沒有看到南澤，南溪叫了幾聲也沒聽到他回應，正著急時，突然看到石桌上用黑色的炭塊寫了幾個字。

今天冬子他們在海邊趕海烤魚吃，帶他一起去了。

南溪算了算，退潮的時間應該才開始沒多久，弟弟才剛走一會兒。她把家裡稍微收拾一下，就帶著簍子去海邊接他，順便打算弄點海貨回來做晚飯。

雖然她和弟弟年紀都不大，但兩人的胃口其實一點也不比大人小。以前都是因為窮才省著吃，現在姊弟倆以養好身體為主，吃飽是最基本的。所以每次弄回去的一點海物，總是不到一日就吃完了。

今日還是打算撬點海蠣回去，盧嬸嬸教了她一道新鮮吃法。

南溪到海邊後沒先去找弟弟，主要是想讓他好好跟小夥伴們玩。平時自己沒在家的時候，聽說有好幾個他的小夥伴到家裡看他、陪他。看得出來弟弟很想和他們一起出去。

「溪丫頭，來撬海蠣啊？」

「嗯！」

「聽說妳上回撿了兩條黃花魚，今天運氣怎麼樣？」

村裡的消息還是十分靈通的。

南溪笑了笑，答道：「我才剛來，海蠣都沒撬幾下呢。」

幾個村民離她不遠，都是來撬海蠣的。因為最近南溪家的消息傳得比較多，她們也忍不住好奇心，時不時便會問上幾句。

南溪也不嫌煩，回答的都是她願意讓人知道的。正說著話呢，腳下石頭一動，跑出一個大傢伙。這個她認識，是青蟹！

儘管現在還不是青蟹最肥美的季節，但牠個頭大，看上去都有南溪兩個巴掌大了。

這時還管什麼海蠣，她想都沒想就追上去。因為在礁石區裡，跑起來不是很方便，加上石頭方便牠藏身，追了好一會兒，她才將那隻大青蟹弄到手。

看著大，提在手裡也沈，少說也有一斤多。真真正正的大傢伙。要知道海邊的螃蟹，普遍都是五兩到八兩左右，一斤就算是大個頭了，這個還要更重。

弟弟喜歡吃這個，一會兒找到他，讓他烤了和小夥伴吃，一定很開心。

南溪扯了兩根乾草將螃蟹捆上，塞進簍子也不往回走，直接往前去找別的海物。

今天運氣真是不錯，沒走多遠又在礁石坑裡發現了一條八爪魚。

可這八爪魚……

牠好滑，好軟，好黏糊……

南溪起了一身雞皮疙瘩，被那幾條軟腳一碰，彷彿碰到蛇一樣。感覺全身都沒力氣，實在伸不出手。她只好找來一根木棍，直接挑著牠，將牠趕到簍子裡。

春芽說這傢伙味道很不錯，她還沒吃過，晚上回去就煮了。

她一個人沿著海邊仔細找著海物，隔著大片椰子林之後，就是南澤和他的小夥伴們野炊的地方。

冬子和幾個朋友正在沿著退潮的海水找各種吃的。南澤坐在沙灘上負責生火、看火，身邊還有個小夥伴打下手。

這個叫阿毛的小男孩，小他一歲，以前總跟在他屁股後玩，兩人感情還算不錯。

「阿毛，要不你也去找吃的東西吧，這裡我一個人能行的。」

「沒事，找吃的有冬子哥他們就行了，我在這兒陪陪你。」

阿毛拿著根木棍劃拉了幾下，突然有些不好意思地轉頭問南澤。「阿澤哥，你覺得我大哥怎麼樣？」

南澤一愣，阿毛的大哥，那個在鎮上唸書的童生阿才？

「你大哥挺好的啊！才十九歲就是童生了，以後肯定能考上秀才。你問這個做什麼？」

「嘿嘿，你也覺得挺好的，是吧？他們都說我大哥厲害，你說，要是我大哥把南溪姊娶回家，咱們是不是就成一家人了？」

阿毛嘻嘻哈哈地說出讓人瞠目結舌的話來。

南澤臉頓時黑了，直接一棍子敲過去。

「胡說八道什麼呢？你大哥跟我姊有啥關係，幹麼嫁到你家。以後別在外頭胡說這些。」

阿毛家雖然不是很富，但家裡有個童生，在全村是很有面子的事。誰知道以後人家會不會考上秀才呢？

大家都有些高看阿毛一家。剛剛他說的這話要是傳出去，別人不會說阿才什麼，只會嘲笑阿姊。

「你哪來的念頭？」

大概是南澤的臉色實在難看，阿毛莫名緊張起來。結結巴巴道：「我、我大哥，他……他之前說過，他有些中意南溪姊……」

南澤在心裡「呸」一聲。

還有些中意，是中意自家的果園吧。

不怪他往這方面想，實在是自從家裡出事，根本就沒見過那個叫阿才的人。他若真心喜歡阿姊，哪怕顧及著名聲，也不會這樣連個人影都不見。可見不是真心的，只是隨口說說而已。

而且那個阿才很瘦弱，一點男子氣概都沒有，如何能保護姊姊？他倒是想得美。

「以後不要在外頭說這話了，讓人聽到不好。」

阿毛點點頭，想起大哥也是這麼囑咐。今日也是看到阿澤出來太過開心，才和他說起這事。

兩人轉頭說起別的，很快將這事忘到一邊。

小半個時辰後，南溪挎著滿滿當當的簍子找到這裡，十分大方地將自己找來的大青蟹和八爪魚拿出來。

「哇！南溪姊，妳運氣真好！」

「好大、好大！」

七、八個娃看著地上的大傢伙眼都直了。就算他們從小在海邊趕海，這麼大的青蟹也是不常見的。

冬子提起大青蟹還給南溪道：「南溪姊，這個青蟹個頭大，能賣不少錢的。妳拿去里正家問一問，他應該會要。咱們吃這個八爪魚就好了。」

孩子們都很懂事，知道南家現在家境不好，都說不吃那個青蟹，讓她拿去賣。

南溪也沒堅持，收了大青蟹後，又把自己撿來的海蠣螺拿了幾個出來一起烤。

在海邊野炊是非常愜意的事，直接就地挖坑、堆幾塊石頭，就可以生火烤東西吃。在南溪來之前，冬子他們就已經找了不少的海蠣螺、螃蟹和蛤蜊。

蛤蜊和螃蟹都是直接放在火邊的石頭上烤。八爪魚則是被他們用石頭砸斷腿，用樹枝串起來在火上烤。這群娃還帶了調料，聞起來很香，不知道是什麼東西。

南溪蹲在一旁轉著自己手裡的八爪魚，被那香味勾得肚子咕嚕直叫。

「阿姊，我這個烤好了，給妳吃。」

南澤是個熟手，知道什麼時候該轉，什麼時候該離火更近些。他手裡的八爪魚也是最快烤好的。

南溪沒有客氣，直接把自己那串給了他，然後咬了一大口弟弟給的八爪魚。

撒上香料的八爪魚被炭火烤得焦焦的，香味絕了。口感更是奇特，她從來沒有吃過這麼有嚼勁的肉。

春芽說得果真不錯，八爪魚的味道真是好吃！

南澤看著姊姊吃得那般香甜，心裡十分滿足。轉頭一看，阿毛也在盯著姊姊看，立刻拿起棍子戳了戳他。

「不許看！」

阿毛無語。「……」

他只是饞了，想吃八爪魚而已……

一場野炊，孩子們吃得很盡興，雖然沒有人人吃飽，但心情是非常不錯的。

姊弟倆和朋友們道別後就回了家。

南溪提著那隻大青蟹又出了門。她是打算聽冬子的建議去里正家，不過走在半道上，螃蟹就被人看中買下來了。

買螃蟹的是村裡比較富裕的林家，平時小一點的青蟹都是幾文錢一斤，這種一斤多的，林家出十五文一斤。秤下來，收了他們二十文。

別小瞧這二十文錢，能買好幾斤糧食，省著吃能過十來日呢。

南溪揣著二十個銅板回家，喜孜孜地開始準備縫製新的錢袋。可惜她腦子雖好，針線活卻不怎麼樣。縫個錢袋，南澤在一旁看了都心急。

「阿姊，還是我來吧。」

南澤拿來兩塊舊布，學著姊姊以前縫衣裳時那樣下針倒也有模有樣。因為是做錢袋，他還特地多縫了一圈，這樣銅錢就不會從縫隙掉出去了。

「阿姊，妳看看？」

「可以，小澤真厲害！」

雖然縫的針腳沒有衣服上那麼整齊，但錢袋嘛，又不是掛在外頭，不用講究那麼多。

南溪當下便將二十個銅板放到袋子裡貼身收好了。

「阿姊，妳之前那個錢袋壞了嗎？」

「啊……壞了，然後就扔了。」

南溪不想弟弟擔心便沒有說實話，轉頭開始跟他說起自己在鎮上買東西的事情，免不了又要感嘆一番糖價之貴。

糖這東西，島上的孩子其實不怎麼嘴饞，因為一年中的水果幾乎都是甜的。南澤喝過一次糖水，感覺還沒自家椰子汁好喝。

「啊，對了！我差點忘了！」

南溪望著自家院牆的一處角落，想起早先想買點雞和鴨的想法。以前原身要照顧弟弟和山上果園，所以沒空養那些，現在弟弟幾乎都在家裡能看家，自己在家的時間也多，倒是可以養起來。

別的不說，平時撿幾顆雞蛋吃，也是好的。想吃肉的時候，還能殺隻雞開葷。

她可是一直對弟弟說的椰汁燉雞念念不忘呢。

「小澤，我想養幾隻雞鴨，你覺得怎麼樣？」

「很好啊，以前就想叫妳養了，可是妳一直說沒時間照顧。」

南澤很是支持，南溪便沒有顧慮了。不過眼下還沒法去抓，畢竟她身上就二十文錢，除了這個，最小的面額就是整整五十兩銀票。所以她打算等下次買了糯米，有零錢後再去抓。

這回買糯米就不是幾斤，得是上百斤。去鎮上買，價格貴很多，這些都得等舅舅來了請他幫忙買。上回他走得急，也不知道什麼時候才會來。

唉，隔得遠了就是這點不好，通信太麻煩了。

第十章

羅全這會兒正在和家人商量，他想把家裡的小漁船賣了，拿家裡存的錢去買艘大的，然後讓小兒子和他一起出海捕魚。

海禁一解除，大片的海域都不再對漁民限制，可以走得更遠，捕到更多更值錢的魚，他實在是很心動。

「老二在那個裁縫鋪子當學徒也沒什麼用，學了這麼長時間都不讓他上手，還不如跟我一塊兒出海。」

江雲有些猶豫，畢竟解除海禁的消息只是聽到一點風聲，並沒有確切的公告。而且家裡攢的錢雖然有那麼幾十兩，但若是全拿出來，孩子們的婚事至少得耽擱兩、三年。

老大都快二十了，耽擱那麼久不說親，人家還以為他是有什麼毛病呢！到時候說親哪有什麼合適的姑娘……

她還在猶豫，家裡兩個娃卻表示非常支持。老大羅江甚至還想辭了自己的活，跟著一起去。

「天天就是盯著木頭雕可沒意思了。阿爹，大船能上三個人嗎？我也想去。」

「胡鬧！」羅全白了兒子一眼，直接拒絕了。

小兒子那還是學徒，辭就辭了。大兒子現在一個月有好幾錢呢，就這麼丟了，那多不划算。而且，海上捕魚是有風險的，幾乎沒有哪家會全家一起上。萬一有個啥，家裡也不至於沒人了……

呸呸呸！這個不能想。

反正羅全打定主意，想換大船了。

江雲哪裡拗得過家裡三個，最後也只得應下。羅全當即聯繫人將自家的小船賣了。現在海禁的消息還沒傳開，但也只是沒在平民間傳開，其實那些做買賣的很多人都知道。大點的漁船現在都漲價了，羅全花光家裡存銀，還借了妻子娘家十兩外債，才買到了船。

別看江雲一直反對，可真正領回了船，她也是愛不釋手。在船上摸來摸去喜歡不已。

「瞧瞧這船艙真大。可以存放好多魚，還能睡兩、三個人。還有這門窗一看就很結實，遇上風雨也不怕了。好好好，真好！」

「那當然好了，我可是看了好幾家船行才買下來的。雖然是二手貨，但原主人都沒怎麼用過，還是新的呢。」

羅全帶上一家人試著在海上轉了一圈。小兒子羅雲適應得非常良好，後半程都是他在划。不過他下網的技術還不行，得再多練練。

買好船後，父子倆試著在海上捕了兩天魚，主要是訓練羅雲的下網技術。感覺還不錯，換了大船後，漁獲翻倍，比以前一天掙的錢多了不少。

趁著妻子高興，羅全又說了要去看看兩個外甥。這回江雲沒說什麼，卻也沒讓他帶東西。父子倆只好沿路自己撈點魚帶去島上。

他們去的時間也是巧，正好遇上官衙派人到東興村搭建碼頭。那聲勢可不小，村裡大大小小都去看熱鬧了。

羅全的心也徹底踏實下來。碼頭已經開始建了，可見解除海禁那是板上釘釘的事。他這船啊，買得可真及時，再晚一點又不知要漲多少。

「走了、走了，小澤腿不方便，肯定沒在這兒看熱鬧。咱們先去他家裡看看。」羅全攆著兒子一起去南家。

他猜的其實並不怎麼準確，因為南溪已經揹著弟弟去看過熱鬧了，這會兒剛回家，在看自己新做的那些酒麴。

南溪還在小屋子裡，就聽到弟弟叫「舅舅」和「二表哥」。

「小澤，腿有沒有好些？你姊呢？」

「阿姊在那邊小屋裡呢！我腿還是那樣。不過天天泡藥加上阿姊按摩，現在看上去有血色多了。」

南澤還記得自己之前的腿，泛著青白，一點血色都沒有，自己看著都心慌。

「舅舅，二表哥。」

南溪拉好門，又熟練地塞上乾草，這才有空來招待客人。其實也沒啥好招待的，也就是兩碗水。

羅全把魚遞給她，然後和姊弟倆說起自家換船的事。

「等海禁徹底解除了，我和你二表哥可能會常經過瓊花島去捕魚，以後也能多些時間來看看你們。」這也是他換大船的一點原因。

南溪聽得眼都亮了。舅舅換大船了！她也好想跟船出海去看看……

可是家裡還有一堆事，她也就興奮那麼一小會兒，轉頭就和舅舅說起買糯米的事。一斤糯米在島上要賣八文錢，對岸卻只有四、五文的樣子，實在便宜太多了。

南溪將五十兩銀票交給舅舅，直接讓他買上一百斤糯米，然後再買一百五十斤的蜀黍。

家裡不可能只做果酒，她會將酒譜裡的酒一一做出來，現在就要開始準備起來。

羅全拿著外甥女這五十兩銀票，只覺得沈甸甸的。五十兩呢，自家攢了那麼些年都沒有五十兩，這丫頭就這麼隨便交給自己，也不怕自己吞了。

「丫頭，妳買那麼多蜀黍和糯米，打定是要做酒的買賣了？妳可得想好了。」

南溪堅定地點點頭，突然想到自己做好的那罐米酒。

「你們等下，我拿點酒給你們嚐嚐。」

弟弟是說好喝，但她覺得還是有必要聽聽舅舅和二表哥的意見。他們年歲大，肯定喝過不少酒，更能嚐出味道來。

「喏，這就是我自己釀的米酒。舅舅，二表哥，你們試試。」

南溪給他倆一人倒了大半碗，而且是特地濾過的，米渣少，酒水多，聞著就很香。

羅全端起碗著實有些意外，沒想到才過這麼短的時日，南溪就已經把米酒做出來了。

「聞著不比外頭的米酒差。」說完，羅全直接喝了一大口，眼都瞪大了。

外甥女這手藝做的米酒，比他太爺爺做的還好喝呢！老羅家做酒的天賦居然讓這小丫頭給繼承了，真是叫人驚訝，又忍不住替她高興。

「好酒！」

「二表哥，你覺得呢？」南溪期待地看向羅雲。

羅雲直接將喝得乾乾淨淨的碗給她看。「表妹手藝真是不錯，都可以直接拿去賣了！」

一聽這話，南溪頓時樂了。她看得出來舅舅和表哥說的都是真心話，自己做的米酒是真的還可以。這樣她就放心了，說明酒麴是沒有問題的。

羅全父子倆沒在南家待很久，因為還打算下午回去撒兩網，所以幫著南溪將酒缸清洗過後就離開了。

臨走前，他和南溪約好了第二天送糯米過來，與送南澤去南黎府複診的時間。

治病這上頭，他這個當舅舅的拿不出錢來，出點力卻是應該的。之前是不知道，現在知道外甥半個月後就要複診，那必須陪著去。

南溪沒推託，痛快答應下來。有大人在一起自然是好的，身上帶著那麼多錢，其實她也心虛。

第二天剛吃過午飯，羅全父子倆便挑著糧食來了。除了那二百五十斤糧食，還有已經換成零錢的五十兩銀子。

才剛放下擔子，羅全便著急地讓兒子關上大門，把錢拿出來交給南溪。

「這些糯米要做酒，我想著不能用陳的便挑了新糧，貴一點，五文錢一斤。蜀黍很便宜，就三文，按妳說的買了一百五十斤。本來一共要九百五十文，但咱們買得多，講講價錢減掉了十文。喏，這裡是四十九兩六十文，妳可得收好了。」

四個略大的銀錠還有九顆小碎銀，加上六十個銅板都裹在一張乾淨的棉布裡，外頭還套了個錢袋，可見舅舅是多小心。

南溪接過錢，數出五十文錢給他。

「舅舅你可別說你不收啊，你這一趟幫我省了好幾百文呢。你要不收，以後我都不好找你開口了。」

而且耽誤這一趟，他們上午的捕魚收穫也沒有，怎麼算都吃虧。幸好這糧不需要天天運，不然還真是麻煩。

羅全想了下，皺著眉頭把錢收下了。他不收，以後外甥女再找別人運糧食，那得虧多少錢。

「小溪，這些糧食，妳真打算全做成酒？」

「當然啦，酒缸這些我都買回來了。」

南溪是鐵了心要把酒鋪子開起來。羅全也不知道外甥女能做到哪一步，先看看吧，若是失敗了，這些糧食也可以當飯吃。

父子倆沒待多久，現在時候還早，到海上還能多下幾網魚。

他們一走，南溪便開始泡糯米了。

因為家中鍋就那麼大，分批反覆蒸起來，一天也蒸不了多少。所以她沒泡太多，把家裡幾個大盆都泡上，一共泡了五十斤左右。

做糯米酒暫時還用不上兩個大酒缸，南溪先把那個小一點的仔仔細細用燒滾的水洗過後，放到她隔壁的小房間裡。

聽弟弟說那個房間以前是準備給他睡的。不過阿娘過世後，他就一直跟阿爹或者姊姊睡，那個房間都沒怎麼修整過。

正好省得南溪去收拾，簡單掃一下就行。這間屋子暫時徵用一下，拿來存放酒缸。

看著姊姊跑進跑出地忙活，南澤心裡就跟火燒似的。他想快點好起來，想快點幫忙姊姊。

晚上泡完澡，按摩的時候，南澤忍不住問道：「阿姊，妳說我這腿……真的還能站起來嗎？」

南溪愣了下，表情很是輕鬆道：「上次那孫大夫說的話，你不也聽到了嗎？我覺得肯定可以的。你還這麼小，恢復起來也快。還有幾天就複診了，到時候還要扎針，你怕不怕？」

「不怕！」

他可是小男子漢，怎麼會怕針呢。

南溪一打岔，南澤情緒頓時好了許多。不過這樣也很是讓人擔心，她怕萬一複診的結果沒那麼好，會讓弟弟崩潰。

希望阿爹、阿娘、祖宗先輩們，能保佑弟弟治好病，重新再站起來。

姊弟倆這一晚都睡得不是很踏實，第二天起來都帶著兩個黑眼圈。

南溪第一時間去看了下自己泡的糯米。泡了一晚上的糯米會更容易蒸熟，能省下許多時間。

今日得大忙一場，所以早上她便將家裡最後幾顆蛋全煮了。早飯、中飯都是吃這個，將就一下。

南澤沒有意見，乖乖坐在灶前吃著雞蛋喝著水。別的他幫不了忙，燒燒火還是可以的。吃完雞蛋，姊弟倆就開始幹活了。做糯米米酒和之前做粳米米酒差不多，都是要先把米給蒸熟。五十斤糯米分成五鍋去蒸，南溪端起來也不甚費力。

只是天熱，又是在灶間，熱上加熱肯定是很難受。燒火的人就更難受了，灶前又悶又熱還不能出去透氣，小傢伙臉紅紅的，滿頭汗卻是一點怨言都沒有。

南溪心疼他，時不時便打點井水擰個帕子替他擦一擦。

一鍋糯米差不多要蒸上三刻鐘，蒸完還得放涼和麴。五鍋蒸完已經過午時了。

南澤暫時能休息，在屋簷下吃雞蛋喝水。

南溪還不能休息，糯米黏性很大，她得將蒸好的糯米用筷子一點一點打散，等涼到合適的溫度就拌上酒麴。全弄好了，還要端到小房間裡去，將它們鋪到小酒缸裡。

五十斤糯米蒸完放進去也就占了一半的酒缸，不過米酒出酒多，現在看著才半缸，等過兩日自己加了水，再發酵，那酒就得一下子的漲。

等著吧。

南溪在糯米中間戳了個坑，然後才將酒缸封起來。

封酒缸也是有講究的，像這樣還需要發酵的米酒不能封死。反正前輩們的經驗就是這麼教的。她直接拿乾淨的舊布，包了大坨乾草堵上。成品酒可以用布和泥來封，等泥乾了，差不多也就不透氣了。

封好酒缸後，南溪坐在地上休息好一會兒。

真是累啊！幾十斤的糯米端來端去，還要一直攪和，兩隻手就沒停過。現在是又痠又脹，等明日估計動一下就得疼。

這才五十斤呢，以後要是做更多酒怎麼辦？

弟弟才八歲，就算病好了，也不能讓他幹這些重活。自己也才十五呢，身體底子本來就弱，真要累出個好歹，那也太不值了。

她想在這座美麗的島上幸福美滿地過上一生，而不是累死累活帶著病痛過一輩子。

這個問題該怎麼解決，她得好好想想。

南溪這回太累了，休息了兩、三日才緩過來。其間給酒缸裡加了一次水，剩下的就不用再管，等著出酒就是。

第四天是她和舅舅約好要送弟弟去南黎府複診的日子。自己人有船就是好，不用等村裡那班過路船。天才亮沒多久，他們便出發了。

「舅舅，你這走的不是我們這邊船走的那條道吧？」

「肯定的，你們村裡的過路船，還要繞彎去接其他村的村民，然後去臨陽。我們是直接去南黎，那不一樣的。」

雖然南黎和舅舅家都在對岸，但舅舅家離城裡還是挺遠的，平時幾乎也沒到城裡去過。羅雲知道今日要進城興奮了好幾日。他其實已經有個中意的姑娘，那姑娘也挺喜歡他的。這次到城裡正好給她買點時興的花戴。

父子倆輪流划，雖然沒有官船那麼快，但路上不用跟人擠位子，也不用擔心錢財安全，實在省心不少。

一下船，羅雲便主動揹起南澤，什麼都不用南溪操心。

當然了，有舅舅和表哥在，南溪便沒租車。四個人走到百草堂的時候，外頭已經排了不少人。

羅全知道兒子想自己去逛一逛，接過外甥便將他攆走了。三個人排隊排了小半個時辰，才輪到他們。

孫大夫對姊弟倆印象還挺深，畢竟穿得那麼樸素，一出手卻是二百兩銀票，藥堂裡的人嘀咕了好幾日。

「我先看看他的腿。」

半個月的藥浴和按摩，看看腿上的肌肉再捏捏手感就知道有沒有盡心了。

「非常不錯，看來這半個月，姊姊沒有懈怠過。」

孫大夫轉身拿出自己的一套寶貝金針，直接讓羅全把南澤放到小榻上趴好。

「丫頭，妳弟弟這情況，至少每月都要過來行一次針，直到雙腿徹底恢復知覺能夠行走。一次行針加上抓藥至少是三十兩，妳得想好了。」

南澤動了動想翻身起來，卻被南溪一把摁下去，然後直接扒了褲子。

「我想好了。孫大夫，你扎吧！」

孫大夫拿著針，乾咳了兩下，好心替南澤將褲子提上去了些。

「他這個病，行針，扎腰就行了。」

挺細的一根針，輕輕就扎進南澤的後腰。

「要是有感覺到疼可別忍著，我扎半天，你要是一點感覺都沒有，那這針扎了也沒什麼用。」

聽到這話，南澤哪裡還敢忍著，連忙說有感覺。

「有一點痠疼，像是有什麼東西在扯著肉一樣，針扎得越深越疼。」

他也不明白為什麼自己掐那麼多次，腰上都沒有感覺，被針一扎就又有了，反正聽大夫的話說出來準沒錯。

孫大夫聽完心裡有數了，又連續下了幾根針。看得出來南澤是真疼得厲害，金針露出來的部位一直顫個不停。

「行了，簾子掛上，讓他先躺一會兒，兩刻鐘後我來取針。」

大夫看診處有隔出一塊地方放了張小榻，周圍有布簾可以掛起來，擋住外面的視線。兩刻鐘說長不長，說短不短，外面還有人在排著隊，總不能裡面閒著不讓看。這樣一擋住，大家都方便了。

診完兩個病人後，孫大夫便過來取針。然後拿筆在南澤的腰上、腿上都點了幾處。

「以後著重按這幾個穴位，一會兒讓藥僮教妳新的按摩手法。加上我開的藥，大概一個月腿上就會有知覺，到時候再來我這兒扎針。」

這算是孫大夫第一次明確地說出來，南澤的腿是能治好的。三個人都高興不已，幾十兩藥錢花出去，都不覺得心疼了。

提著一大包藥從百草堂走出去，南溪心頭都輕鬆不少。

「舅舅，你還要買什麼嗎？」

「我啥也不買，家裡頭都有呢。咱們回船上去？」

「那二表哥呢？」

「不用管他，他買完東西就會到碼頭去，咱們在船上等他就行。」

三個人頂著大太陽一路走到碼頭邊，上船前還得先交錢。趁著舅舅揹著娃騰不出手來，南溪自己交了二十文，這是停船的費用。而且只能停兩個時辰，超過了還得加錢。

這座碼頭大大小小停了上千艘船，一天不知要收多少錢，想想就令人咂舌。

南溪想到自己村子裡即將建起來的碼頭，里正也說了，碼頭的收入每年都會拿出來發紅利，雖然比不上南黎府，但肯定也是很能賺錢。

還有幾個月呀，村裡就要熱鬧起來了。這日子真是越過越有盼頭。

她正喜孜孜地趴在窗邊看著海浪琢磨著以後的生活，突然聽到碼頭一陣喧鬧，鑼聲陣陣，還有不少人都圍過去。

看熱鬧是大多數人的本能，南溪剛一動就看到舅舅擋住艙門不讓她出去。

「太多人了，妳一個姑娘家過去不好。先等等看，那麼多人總會有幾個出來說的。」

羅全也很好奇，不過他不打算過去擠。這麼熱的天，有啥消息反正後面都會知道，沒必要過去。

南溪伸頭看了看，人已經越來越多了，還幾乎都是男人，她一個女孩子過去確實不好。於是只能放棄親自出去打聽的念頭，等著人散些了，再看看是什麼大消息。

沒等人散，外出買東西的羅雲從人群裡擠了出來，一上船就忍不住激動地嚷嚷。「解除海禁的公文發下來了！都貼告示了！」

「果真？」

羅全兩眼放光，他這船買得可真是時候。

「當然是真的，有幾個讀書人唸了好幾遍，太子印鑑都蓋上了，哪還能作假？」

父子倆興奮得臉都紅了，南溪卻是一臉懵。

「舅舅，為什麼這麼大的公文會是太子的印鑑？」

南溪就算再不了解皇室，也知道朝廷裡皇帝才是最大的，太子只能算第二大吧。

「這妳就不清楚了，咱們北鉞能有如今這樣安定富強的生活，全是太子的功勞。皇上久病，朝中大小事務都是太子在處理。」

說起太子，父子倆真是有說不完的話。南溪也順便補了下這個朝代的一些常識。

原來北鉞國早在十年前就是太子監國。當今皇帝只有兩子，都是皇后所出。一母同胞的兄弟，一個文一個武，兄弟倆配合得十分完美。

因著沒有別的庶子，太子地位也早早明確，朝中就沒有那麼多混亂黨爭。這些年在太子的治理下，北鉞國富兵強蒸蒸日上，周圍的小國也都安分了。

「咦？那既然朝中大小事務都是太子在處理，為什麼皇帝不乾脆傳位呢？」

「噓！」羅全差點上去捂嘴。「這話可別在外頭說，這種大事咱們小老百姓可別插嘴。」

傳位一般都是老子要死了才傳給兒子，外甥女剛剛說的這話要是被有心人聽到，等下舉報治你一個詛咒聖上的罪名，幾個腦袋都不夠砍。

南溪對皇權還沒那麼深的理解，敬畏也還不夠，不過舅舅不讓說肯定有他的道理，她也就不提了。

一路平平安安地回了家，羅全父子倆喝了一碗水，都沒坐下歇歇便走了。今天耽擱了一日，得早些回家才是，不然摸黑回家，家裡又要念叨個沒完。

他們一走，南溪便去房間裡將錢都藏了回去。

今日看診行針加抓藥，一共花了三十四兩銀子又五百文錢。

一百兩整的銀票仍在，得好好收藏。剩下的十四兩和幾百文錢，她就不打算藏起來了，直接放外面做日用。

老天還是厚待她和弟弟的，至少家中還有銀錢，弟弟的病也能治好，努力過日子肯定能富裕起來。

「阿姊……」

「怎麼了？」

「我餓了……」

南澤一說餓，南溪這才想起他們僅早上吃了點東西。中午從百草堂出來本來想到碼頭買點吃的，結果看熱鬧一時也忘了，就這麼餓了一路回來。最關鍵的是，她居然讓舅舅和二表哥餓著肚子划船回去了！

實在太不該了……

南溪一邊往灶間走，一邊拍自己腦子罵自己蠢。明知道舅舅和二表哥幹的是體力活，居然不備點吃的。

從這裡到舅舅家得划上大半個時辰，希望他們船上能有點吃的吧……

事實上，船上啥也沒有，只有幾張網和木桶繩子。羅全力氣再大，餓著肚子也是划不出勁兒。羅雲也好不到哪兒去，划船都沒勁，撒網就更不行了。父子倆天快黑了才靠岸，走到家時，天已經徹底黑下來，周圍鄰居早都關上門，連絲燈光都沒露。

江雲在家來來回回轉了幾十圈，桌上的飯菜一點都沒動。羅江正想說自己出去路口看看，就聽到阿爹和弟弟回來的聲音。

「阿娘，阿爹他們回來了！我去拿筷子！」

「哼！」

方才還擔心不已的江雲冷哼一聲，立刻坐下開始吃飯。

「吃你自己的飯，人家走親戚，吃著好菜好肉，哪裡還吃得下家裡的粗茶淡飯。」

一進門就聽到這話，父子倆都尷尬不已。

不過羅雲不怕他娘，立刻跑去灶房，拿了碗筷出來。「阿爹吃飯！」

兩人都飢餓難耐，肚子也是咕嚕叫，一口就喝了大半碗粳米粥。

江雲這下心疼了。

「你說你們這是圖啥？大老遠跑去忙前忙後，連碗飯都沒著落。溪丫頭也是心狠，這麼遠也不拿點東西讓你們墊墊肚子，空著肚子划船回來多遭罪……」

「跟溪丫頭有啥關係，是我和老二急著回來，都沒進屋坐就走了，她哪有時間做飯。」

羅全生怕妻子再說這個，對外甥女生怨，連忙說起南黎府碼頭貼公告一事。

「現在府衙公告都出來了，明兒我就和老二換個地方去撈魚。」

江雲一聽，果真被轉移了注意力，滿心都在想著明日要給丈夫和孩子準備些什麼乾糧。

隔天一早，天還沒亮，江雲拿麥粉蒸了好幾個大饅頭，裹著醃菜和水。船上還有熱水的小爐子，平時他們拉上網也會煮點小魚小蝦，倒不至於太寡淡。

天微亮，父子倆便出了門。

知道解除海禁的漁民不少，跟他們同路的漁船還挺多。不過大多數都是小漁船，沒幾個大的。

漁船晃晃悠悠地過了瓊花島……

第十一章

島上的南溪還不知道，她這會兒正在試著做盧嬸嬸教她的一道美食。

本來家裡沒這項食材，但春芽家來交貨時，順便送了她一碗海蠣，那自然要趕緊吃掉。剛到這個地方的時候，她有次沒聽弟弟的話，將趕海弄回來的海物吃掉，結果放了一晚上，臭得熏人。

「阿姊，咱家雞蛋不是吃完了嗎？妳這是哪來的？」

「當然是買的啊，三文錢兩個，我找珍嫂買了一點。盧嬸嬸說村頭的菜花嬸，家裡有雞仔賣，一會兒我去捉幾隻回來，咱們自己養著，以後就有雞蛋吃了。」

南溪一邊答，一邊將雞蛋敲進碗裡打散。蒸蛋一學會，打雞蛋現在也順手不少。她還切了一點蔥放在裡頭，瞧著還挺好看。

「火別再大了喔，我怕糊鍋。」

她只放了一點點油，盧嬸嬸說只是拿來稍微煎一煎海蠣，用不著那麼多。

洗乾淨的海蠣一下鍋，灶房裡就開始飄散著肉香。豬油的香氣很濃郁，不過很快就被海蠣煎香的氣味壓下去了。

說實話，她不是很愛吃海蠣，黏黏糊糊的還有些腥。但這種用油煎出來的氣味是真香，小小翻了幾次後，她便迫不及待地將蛋液倒下鍋。

黃澄澄的蛋液一入鍋便將海蠣們包圍起來，隨意戳幾下海蠣們就都裹上了蛋液，等蛋液一凝固，原本還散著的海蠣已經變成一整塊。

南溪沒吃過這道菜，不過弟弟說海蠣熟得快，她也就不多煎了，直接鏟出來。

賣相還不錯，金黃的雞蛋裡裹著一顆顆海蠣，上頭還有些許蔥花。最重要的是，味道很不錯！

被蛋液裹起來的海蠣幾乎沒了腥氣，口感也變得綿軟，加上豬油增香，姊弟倆配著粳米粥，一口氣吃得乾乾淨淨。

吃飽喝足後，又得開始忙活了。家裡倒沒啥事，除了一點髒衣服，就是她的麴胚。糯米酒還在發酵中，用不著她操心。

南溪要忙的是山上那幾棵樹。眼看還有大半個月，芒果們就要熟了，澆水得勤快些。島上的芒果其實都很好賣，因為就算不新鮮了，也能製成芒果乾再賣。聽盧嬸嬸說島上的芒果乾風味也是一絕，外地很多商販都喜歡。

南溪揹好自己的背簍和木桶，正準備出門，就發現天邊飄來一大團黑雲。

「阿姊，不要出去了，一會兒肯定要下雨。」

南澤從小在島上生活，對這裡的天氣變化還是很清楚。他堅持沒讓姊姊出門，果然兩刻鐘後便下起雨來。下的還不是小雨，是打在身上都會疼的那種。

姊弟倆趕緊挪到屋簷下躲雨，但這風雨是真不小，躲到屋子裡，雨都還能飄進來。

南溪捨不得關門，即使身上被雨淋濕了，也要站在門口看雨。

沙漠雖然也會下，但沒有這樣的雨。天空黑沈沈的，雨水從屋簷下墜落都能匯成一條小溪，院牆、樹木、土地全都被雨淋得濕透了。迎面吹來的風裡沒有沙，只有冰涼的雨水。

難得這樣空閒地賞景，她還伸手接了一捧雨水品嚐，只是雨水的味道比家裡的井水味道差遠了。

「阿姊，妳衣裳都濕了，趕緊去換身衣裳吧，小心著涼。」

「對對對，我得換衣裳去。」

現在她的身體底子可不好，禁不起折騰。

南溪轉頭就回屋準備換衣裳，才剛解開腰帶，就聽到隔壁傳來很大一聲響動，她連忙又繫了回去。

「小澤，剛剛是盧嬸嬸家的聲音？」

「是盧嬸嬸家。阿姊，妳要去看看？」

南溪點點頭。盧嬸嬸幫她不少，眼睛又有毛病，肯定要上門去看看的。

「灶房門背後有蓑衣。阿姊，妳看完後早點回來把衣裳換了。」

「知道啦！」

明明是個弟弟，有時候卻感覺像個哥哥一樣，四處操心。

南溪小跑進灶間找到蓑衣披上，又戴上斗笠。除了腳上沒法照顧到，身上差不多都裹嚴實了。

這會兒雨還很大，等她跑到隔壁家門口，裙襬、鞋子已經全濕了。

「盧嬸嬸？盧嬸嬸？」

叫兩聲沒應，也不知道是不是雨聲太大沒聽到。南溪推了下門，裡面被門上打不開，她只好又跑回去，扛梯子過來，爬上牆。

還好院牆不是很高，底下的泥土也很濕軟，不然她還真沒勇氣跳下去。

她又叫了兩聲，這下終於聽到裡面房間有了點回應。跑進去一看，茶壺碎了一地，盧嬸也摔在地上，額頭不知在哪兒磕傷了，腫得老高。

「溪丫頭，是妳啊……」

盧氏有些狼狽，髮髻、衣裳都是塵土，加上頭部的傷，看著可憐極了。

「好丫頭，謝謝妳來看我，我沒事的，妳扶我一下到床上就好。」

「頭上都傷成這樣了，還沒事。」

南溪將她扶起來坐到床上，轉頭問她家裡有沒有什麼傷藥。額頭腫成那樣，不上藥肯定不行的。

「家裡倒是有藥，在我兒子房間裡……」

盧氏想到兒子難免又有些傷懷，她剛剛摔倒時還崴了腳，只能給南溪說個大概位置，讓她幫忙取一下。

南溪沒想那麼多，找到房間推開門就進去了。

進門便小小驚訝一回。

盧嬸嬸兒子的這間屋子，算得上是他們家朝向最好房間，屋子收拾得非常乾淨，就算久未住人，也沒有留下灰塵。最讓她吃驚的是滿屋子竹製的家具。

瞧瞧這衣櫃是竹編的，凳子、床也是，還有籃子、筐子、扇子等等，就連窗簾都是竹製的。這一屋子的東西，她看得心動不已，感覺好多東西都是她需要的。

好在她還記得自己的正事，看了兩眼便打開衣櫃找出兩瓶傷藥。

盧氏取了其中一瓶，往額頭和腳上都抹上藥膏，無意間摸到南溪的袖子，才知道她身上都濕了，連忙催她回去換衣裳。

「妳的病才好沒多久呢，趕緊回去吧，千萬別再著涼了。」

為了她這個半腳都入土的人，不值當。

南溪點點頭，她身上確實冷颼颼的，感覺不太妙。
「那行，我先回去換身衣裳。盧嬸嬸，外頭雨還挺大的，妳這腳又受了傷就別走動了。飯先跟著我們吃吧，我送過來給妳。」
盧氏下意識就要拒絕，南家姊弟倆本就不容易，自己這不是給人添麻煩嗎？可不等她拒絕，南溪已經噠噠噠跑出門去。
心裡一時又酸又脹。多好的孩子啊，老天卻不長眼，生出那麼多磨難。
南溪這回走正門，扛著梯子回去的時候身上真是濕透了，換身乾衣裳才舒坦些。
「阿姊，盧嬸嬸沒事吧？」
「沒啥大礙，就是在家不小心摔倒磕到頭了，已經抹了藥。晚點咱們做點吃的送過去。」
南澤點點頭沒有異議，盧嬸嬸從小就對他和姊姊很照顧，她現在受了傷，自家肯定要幫忙。
「對了，阿姊，還是熬點薑湯喝吧，我怕妳著涼。」
「行行行，熬薑湯去。」
南溪自己也不想生病，照著弟弟說的法子，熬了挺大一碗薑湯，喝下去竟還出了一身汗。她也不知怎的，突然想起自己在隔壁看到的那些竹製品，忍不住好奇問弟弟。

「盧嬸嬸的兒子是什麼樣的人啊？」
「大涼哥？」
南澤反應過來，姊姊已經不記得了。
「大涼哥是個很好很好的人，勤勞又聰明，手還特別巧。我會編的東西幾乎都是他教的。以前他還在家做豆腐的時候，總是拿豆花給咱倆吃，趕海有看到漂亮貝殼也會順手撿回來給妳，不過後來那些貝殼都被妳賣了。」
南溪無語。「……」
這不是窮嘛！
聽起來，原身一家和盧嬸嬸兒子關係還挺不錯的。
「其實阿爹以前還有動過心思，想把妳和大涼哥湊一對，只是一問才知道他早就有婚約在身，所以就再沒提過了。」
「啊？」南溪眨巴眨巴眼，小心問道：「那我以前喜歡他嗎？」
「沒有啊，妳不是喜歡讀書人嗎？大涼哥也是把妳當妹妹看，結親只是阿爹自己的想法。」
說到讀書人，南澤又想起了那個阿才，頓時一陣反感。
「阿姊，妳真打算嫁個讀書人？那讀書人有啥好的，肩不能扛，手不能提，天天在家看書，一點家務都不幹，還得從家裡拿錢。也就是個名頭好聽，半點實惠都沒有。」

真正有用的秀才、舉人，小村子裡可是很難供出來一個。他不想姊姊去受那個累。

小傢伙才幾歲啊，就這麼操心她的婚事。

南溪聽完這番話，肚子都笑疼了。「放心吧，我不喜歡讀書人。我喜歡能幹活，身體壯的。我這麼小氣，怎麼可能無私奉獻去供人讀書呢。」

她拍了拍弟弟的腦袋，保證道：「以後找姊夫，一定先讓你過過眼。」

弟弟小歸小，懂的事卻不少。有時候還真不能拿他當個八歲孩子看。

南溪拿著碗直接伸進雨裡洗乾淨，然後轉頭進了灶間開始做吃的。

只是煮粥的工夫，雨又下大了些，南溪稍微等雨小一點後，才送粥去隔壁。從她回家到現在也就離開半個時辰左右，沒想到再過來時，盧嬸嬸竟然有些發熱，都在說胡話了。

這下哪還有心思管吃的，南溪把粥往桌上一放，就去叫她。

「盧嬸嬸？」

「阿涼……阿涼……」

盧氏兩手亂抓，一摸到南溪便緊緊抱著她不放開了。嘴裡喊著兒子的名字，兩眼緊閉，淚卻流個不停。

南溪這個人其實挺冷情的，這會兒瞧著心裡卻也有些難受。她順著盧嬸嬸的話承認自己是阿涼，哄著她鬆了一點手，將她汗濕的衣裳換下。

那個大涼哥也就比自己大三、四歲，盧嬸嬸其實也還挺年輕。可現在她頭上半數都是白的，眼睛也蒼老無神，一眼看過去還以為有五、六十歲。

不知道她兒子究竟是犯了什麼事，還要關上多少年。盧嬸嬸一個人孤苦伶仃的，也很可憐啊。

南溪好人做到底，回家將自己發熱時沒吃完的藥拿到隔壁熬，硬給盧氏灌了大半碗。傍晚的時候，盧氏便退燒了。她的身體底子，還是比南溪要好很多。

盧氏腦子昏昏沈沈的，知道有人在照顧她。本來還以為是兒子回來了，結果一睜眼發現是隔壁的溪丫頭在給她換帕子。

瞧瞧外面的天色都暗了，就知道她忙活了多久。

「溪丫頭，真是對不住……麻煩妳照顧了。」

盧氏靠著床坐起來，頭還有些暈，只能看到南溪大概的身影。

「沒什麼麻煩的，我有需要的時候，您不也總幫忙嗎？盧嬸嬸，妳發熱了知道嗎？生病可不是小事，一個人住著有點什麼不舒服就要早早看大夫，別拖成大病。」

南溪見她醒了，想著也就不用自己餵飯，於是把粥端過來讓她自己吃。盧氏很聽話，哪怕再沒胃口，她也吃得乾乾淨淨。

有句話叫「遠親不如近鄰」，這回她是真真切切地體會到了。

盧氏的病好得很快，第二天又找大夫看了下，除了腳上的傷沒法一下子痊癒，其他都沒什麼問題了。

經此一事，兩家關係更為親近。南溪不在家的時候，盧氏便會時常過來陪南澤說話解悶，拿些吃的、喝的給他。

南溪不知勸過多少回就是拗不過她，沒辦法只好隨她去了。就當多了個親戚常常來往。很多事情小孩子還是需要大人指導的。

瓊花島上的雨一陣又一陣，下完雨後，天又變得炎熱起來。

這幾日空閒，家裡的米酒還沒發酵好，南溪便把院牆角收拾出來，然後去盧嬸嬸家砍了幾片芭蕉葉，搭了個簡單的雞窩出來。

窩搭好了，她才約上盧嬸嬸一起去抓雞。

她雖記住很多村人的臉，關係卻不鹹不淡，不像盧嬸嬸在這裡生活多年，跟很多人都有交情。

今日她們去的是菜花嬸家，她和盧氏關係不錯。一聽兩人的來意便把家裡的雞仔都抱出來。

「難得阿漁來一次，我家最好的雞仔都在這兒了，儘管挑。」

南溪哪會挑雞仔，只是看著每隻都很有精神，就知道菜花嬸說得不假。

「這麼小的雞，怎麼看公母呢？」

她想撿雞蛋吃，肯定是想多買幾隻小母雞。眼前一堆小雞晃得她眼都花了，別說公母，一共有幾隻，她都快數不過來了。

菜花嬸問了她的要求，轉頭便在筐子裡挑出六隻小母雞和四隻小公雞。

「這幾隻勁頭好，帶回去也容易活。養上兩、三個月就能吃雞蛋了。」

一聽還要兩、三個月才能吃上雞蛋，南溪瞬間又盯上菜花嬸家的大母雞。最後乾脆抓了十隻小雞仔和兩隻母雞。已經開始下蛋的母雞比較貴，一隻就要了她近五十文。小雞仔便宜，一共才花五十文。

南溪交了錢，一手提著自家的兩隻大母雞，背上還揹著十隻雞仔，心情是相當舒爽。打了招呼，正準備和盧嬸嬸一起離開，突然聽到院子裡嗷嗷幾聲。

菜花嬸回頭一看就罵出聲來。

「小鱉崽子一天就知道搶食！吃吃吃，吃那麼多也不長個兒，一邊去！」

南溪回頭一看，就見菜花嬸提著一隻小黑狗丟到一旁。離牠不遠處，拴著兩條大狗正在給幾隻小狗崽餵奶。

那隻小黑狗不知是不是被打怕了，丟到一旁也不敢吼叫，只是可憐巴巴地望著正在吃奶的兄弟。

這種眼神，好熟悉啊……

南溪陡然想起自己還在沙漠裡的那段人生。底下的奴隸每日等待主家分發食物時，大家就是這個眼神。

小黑狗彷彿感受到她的視線，轉頭看了她一眼。水汪汪的大眼睛，瞧著就讓人心軟。

不過菜花嬸可沒那麼好的脾氣，她養這些狗是要賣錢的。光吃不長個子，她可不會客氣，轉頭便要踢上一腳，南溪趕緊喊了一聲。

「菜花嬸，這隻小黑狗能賣給我嗎？」

「妳要買？」

菜花嬸頓時笑了。賺錢的事情，能不高興嗎？

「這隻小黑狗，我養上幾個月，能賣兩、三百文錢呢！就算現在還小，那也不便宜。丫頭，妳確定要買？」

盧氏感覺袖子被拉了拉，立刻明白過來。轉頭就拽著菜花嬸到一旁說悄悄話。

有熟人就是方便，菜花嬸也不好喊太高的價錢，最後只喊了四十文，便把小黑狗賣給南溪了。

「菜花嬸，妳人真好，以後有這小傢伙看家，我心裡踏實多了。」

南溪眼神真摯，今日又在這兒花了上百文錢，還把最能吃的狗買走了，菜花嬸心裡也挺樂，笑咪咪地將她們送出門。

小黑狗在盧氏懷裡不安分地扒拉著想跑，可惜小胳膊、小腿抗衡不過大人，一路被她抱到南家。

最驚喜的莫過於南澤了。

「阿姊！這隻小狗？」

「咱家買的，以後看家。」

南溪一看弟弟那高興的樣子，就知道這狗沒買錯，直接提著牠放到弟弟懷裡給他抱。

「阿姊，以前我就好想養隻小狗，可是妳都不讓。」

那時候家裡的口糧供應給兩個人都很勉強了，加隻狗一個月就得多費很多糧，當然是不合適。

南澤也明白，就是有點小遺憾。現在好了，他愛不釋手地抱著小黑狗左看右看，連屁股都扒拉了一遍。

「是隻小公狗吔！」

「你悠著點，小心弄煩了牠，咬傷你。」

「嘿嘿嘿……」

南澤抱著小狗摸了兩遍，嫌牠臭，立馬就要打水幫牠洗澡。南溪也比較喜歡乾淨的小傢伙，連忙幫著打水。

至於盧氏，她已經回去開始翻箱倒櫃找自己的舊衣裳，打算幫姊弟倆做個狗窩出來。小狗太小，還是睡窩裡好。

南家一下添了許多生氣，兩隻大母雞帶著十隻小雞，吱吱吱叫個不停。

小黑狗洗著澡也嗷嗷的沒個消停。折騰好一會兒，洗完澡後才清靜了些。

南溪不知道小奶狗該怎麼餵養，跑去隔壁問了下盧嬸嬸，回來的時候手裡端著小半碗剩麵。

「阿姊，牠這麼小，能吃麵嗎？」

「菜花嬸說牠已經一個多月了，都滿月了，應該可以吃吧。」

反正是沒有奶給牠，姊弟倆試著把麵倒進牠的飯碗裡，再把牠放過去。

聞到食物香氣的小黑狗幾乎是衝到碗裡，整顆頭都要埋進去了，吃得那叫一個香。

姊弟倆覺得自己白擔心了，牠適應得非常不錯。

「既然能吃麵，那粥也肯定能吃，以後咱們做飯多抓半把米就行。」

現在家裡銀錢暫時沒什麼壓力，粥水養一隻狗還是沒問題的。

南澤今日異常開心，他給小黑狗取名叫「豆豆」，晚上更是直接把狗窩搬到他床邊。

平時弟弟裝得跟沒事人一樣，其實心裡還是很需要陪伴的。南溪作為一家之主有太多事要忙，有隻小狗陪陪他也好。

豆豆就這麼在南家安居下來。

第二天一早，南溪就去雞窩餵食，順便看了下，可惜一顆雞蛋都沒有。不知道是不是因為剛換了新家，牠們不適應。

「多吃點，吃飽了好生蛋。要是不下蛋，那就只能把你們拿去燉湯了。」

「咕咕咕咕……」

南溪撒了幾把蜀黍，一回頭就看到豆豆艱難地從弟弟房間門檻爬出來。牠很自覺地跑到自己飯碗邊坐下，一副等吃的模樣。

很好嘛，才來一天就能認準自己的飯碗了。

南溪一個人去灶房熬了點粥，然後弄點豬油將家裡的醃菜切碎，炒一炒，就是極為下飯的小菜。

不過小傢伙有點挑食，只喝了粥，別的都沒吃。

第十二章

今日就是糯米米酒能開封的日子，南溪可沒什麼心思去管豆豆。吃完飯，就抱著碗和勺跑去小房間裡。

因為酒缸沒有封死，米酒的味道早就飄散出來了。聞起來和粳米米酒還是有些許不同。但是弟弟就聞不太出來，大概是自己鼻子比較靈的緣故。

她把酒缸上的封一拆，濃郁的米酒香氣瞬間飄滿整間屋子，連外頭的豆豆都在興奮地往裡爬。南溪直接壓下勺子取了一大碗，然後重新將酒缸封上。

「小澤，來嚐嚐這回的糯米米酒。」

為了看看區別，她特地把之前剩的那罐粳米米酒也拿出來倒了一碗。兩碗放在一起比較，粳米做的顏色略微偏白，糯米做的酒色更清亮些，聞著也是糯米的更香。

南澤剛喝一口，便忍不住讚嘆道：「好甜啊！」

這米酒，南溪可沒放糖，中間也就加了一次水。味道真是出乎意料地完美。

「阿姊，這個拿來兌水喝，肯定也十分不錯。」

糖是很貴的，糖水一般都是家裡來客才會捨得拿出來招待。當然島上居民差不多都是用水果來代替。不過要是走累了，能有一碗這樣酸酸甜甜的酒釀，客人必定很是滿意。

糯米米酒算是非常成功，南溪琢磨了下，便打算開始做橙子酒了。

賣米酒是不行的，島上家家戶戶幾乎都會做，就算能賣出去，頂天也就是個薄利，累死累活不划算，還是做果酒更有奔頭。

家裡的橙子那麼多，做出來放上幾個月，說不定正好趕上碼頭完工呢！

到時候在碼頭租個攤位賣酒，想想就很興奮。

南溪說做就做，轉頭便將橙子撿了兩筐出來，叫上弟弟和盧嬸嬸一起剝。

橙子酒只要肉不要皮，要處理這麼多的橙子，可有得要忙了。

豆豆好奇心很重，看著滿地黃黃的皮，忍不住撲上去啃了幾口。

結果，嘔……

「豆豆這嘴真是饞，什麼都想吃一口。」

「大概是之前在菜花嬸家裡餓狠了。」

一隻小奶狗吃也吃不了多少東西，南溪對牠倒還大方，轉頭就給牠添了半碗粥。

沒了牠搗亂，三個人安安靜靜剝了橙子許久，兩筐大概有五十斤重，剝完去掉皮，差不多就只剩下四十斤。

南溪繼續從屋子裡把橙子往外搬，讓弟弟和盧嬸嬸繼續剝，她則是將剝好的橙子都掰成小瓣，拿去往酒缸裡放。

做酒的酒缸一定要徹底清洗，還要用滾水仔仔細細地洗淨。洗完還得擦乾淨，不能留一絲水分。她買的是兩個大酒缸，能裝一百斤左右，肚圓身不高，剛好到她的腰，用起來還是很方便的。

四十來斤的橙瓣放進去才墊個小半底，三個人埋頭剝了一整天才將那口缸填上大半。不過家裡還有一口大缸等著填，南澤和盧氏都沒閒著，一有空就在剝橙子。南溪沒去剝，她正忙著給缸裡撒糖。

因為糯米酒已經很甜了，家裡的橙子也特別甜，所以她糖放得不是很多。放完糖，加米酒進去，將橙瓣淹沒就可以了。

看著挺輕鬆，其實也好累。因為加進去的米酒不能帶著米渣，只能一點一點濾出來再倒，整整折騰了半日才弄完。

這回酒缸就得封死了，她剪了乾淨的布，裹上乾草，將酒缸堵上後又用濕泥在外頭糊了厚厚一層。等它乾了，再糊上一層，保證什麼髒東西都跑不進去。

所有的事情都做完，剩下的便是讓它靜置幾個月。大概兩個月左右就可以喝了，不過酒譜上說最好放置六個月，這樣酒味才會更香醇。

要做就要做到最好，南溪是打算放它六個月。

「南溪！」

春芽小跑進南家，看到滿地橙子皮愣了愣。

「好幾天都沒見妳去趕海，原來妳在家剝橙子？剝來賣嗎？」

她好像沒聽說村裡有收剝掉皮的橙子。

「沒有啦！就是釀點酒，現在差不多忙完了。」

「釀酒？」

春芽將南溪上上下下打量一遍，彷彿不認識她一樣。

「妳啥時候會釀酒的？怎麼沒聽說過。」

兩人可是從小一起長大的，南溪要是有這手藝，她會不知道？

「哎呀，我阿娘祖上就是釀酒的，只是後來沒落了。我也是最近才發現自己有釀酒的天賦，所以才試試的。」

春芽半信半疑，直到親口嚐了南溪釀的糯米酒，不信也得信了。

她家裡偶爾也會做米酒，但自家的米酒和南溪做的味道差別真是有點大。阿娘做的米酒是偏酸的，南溪做的米酒卻很甜，一點酸也是剛剛好，喝一口回味無窮。

「真是怪了，一樣的糯米，怎會差這麼多？」

南溪嘿嘿一笑，當然是因為她的寶貝酒麴做得好啊！不管做什麼酒，酒麴都是重中之重。她也是運氣好，一開始酒麴便成功了。

「那妳是打算在村裡開個酒鋪嗎？」

「應該是吧。現在村裡在建碼頭了，不出一年，村裡肯定會熱鬧起來，我家這位置也不錯，不賣點東西太可惜了。」

之前不知道村裡要建碼頭，南溪還想著該怎麼將酒弄到縣裡賣。現在好了，大好的機會就在眼前，當然要抓住它。

「不過現在說這些還早呢，橙子酒還得放幾個月，等成功做出來再說吧！對了，妳今天來找我幹麼？」

「哦！差點忘了，我是來叫妳一起去山上撿東西。今天余陶在村裡雇了好些人上山，說是要修條大路出來。聽說要砍掉好多果樹呢，連結了果子的都不要。咱們也去湊個熱鬧，哪怕就拖棵樹回來，那也能燒很久。妳去嗎？」

「確定讓咱們白撿？」南溪蠢蠢欲動。

「當然了，我都問好才來叫妳的。去不去？不去，我可去啦？」

「我去！」

白撿東西，傻子才不去。

南溪和弟弟還有盧嬸嬸打了招呼，轉頭就揹著背簍和春芽一起出門。

山上的果樹非常多，一年又一年已經長得很繁茂了。余陶也沒砍太多，只把圖紙上規劃出來那條大路上的果樹都砍掉。其中有不少的橙子樹、芒果樹都是掛了果子。但他一點兒都不心疼，只一個勁兒地催促工人動作快些。

「余叔叔！」

「喲，溪丫頭？這是要上山？」

「對啊，您這動靜這麼大，我也來撿撿便宜。」

南溪笑臉迎人的樣子，余陶差點就忘了自己在她那兒吃過多少釘子。不過這丫頭也是可憐，當初有那樣的反應也是可以理解。

他難得發個善心，指著一處提醒道：「去那邊撿吧，那邊有一片香瓜，我看結的果子挺好的。」

香瓜！

春芽激動地扯了扯南溪的衣袖，恨不得馬上跑過去。南溪雖然沒吃過，但看著春芽這麼激動，那肯定是好東西了。

「謝謝余叔叔！」

兩人道了謝，立刻朝著余陶指的方向小跑過去。很多村民都在山下盤弄，因為這樣省時省力，能撿回更多的東西，山上倒是沒多少人。

余陶指的那片香瓜地，現在只有一個村民在摘，他的背簍都快裝滿了，看到兩人上來，連忙加快動作，大概是想趕緊摘了回來再摘一背簍。

「看見沒，這樣直接把藤扭斷摘瓜就行。」

春芽一邊摘一邊教，兩人動作也越來越快，不到兩刻鐘，背簍就裝不下了。回去的路上，南溪才想起，問香瓜值不值錢。

「那肯定要比砍掉的果樹值錢。香瓜味道香甜，汁水也多，不說賣出島去，咱們島上自己人也喜歡吃。一斤一文錢，這一背簍好幾十文錢呢！」

幾十文！

南溪聽完頓時腰不痠肩不疼了，趕緊把香瓜揹回家，騰出背簍繼續去摘。可惜只摘兩背簍就沒了，因為先頭那個村民看到春芽和她，便回去叫人一起摘，人一多，幾下就摘沒了。

香瓜沒了，一群人又開始搶被砍掉的果樹。南溪力氣小，只扒拉了幾棵小樹回去，曬一曬也能燒上好幾日。

總的來說，今天白撿了不少便宜，不錯不錯。

南溪圍著家裡那堆胖胖的香瓜轉了轉，挑了個最大的出來切開。

厚實的果肉一切開便冒出陣陣清香，汁水豐沛，已經流了不少。

「好香啊……」

南溪心情很好，幾下掏掉瓜瓤，將它切成小塊端到石桌上。

「春芽說這些瓜都熟了，嚐嚐看。」

盧氏聞到熟悉的味道，笑著伸手拿過一塊。

「好久沒吃到香瓜了，今天倒是沾了妳的光。這是山上吳家的香瓜吧？村裡他家種的香瓜，汁水又多又甜。」

「不知道。反正現在是路家的，藤都清掉了。」

南溪不關心這些，她還是頭一次吃香瓜。汁水多的水果，不管是啥她都愛，一連吃掉兩個，連飯都不用吃了。

第二天，她又跟著春芽跑去拉了些樹回家，然後把新剝出來的橙子都泡上酒。新買回來的酒缸這下都裝滿了。剩下一點橙子，姊弟倆打算留著慢慢吃。

這兩日多虧了盧嬸嬸幫忙，不然橙子還真沒那麼快剝完。南溪想著她腳還沒好，晚上特地多煮了些粥送過去給她。

本以為她煮得挺早，結果一到隔壁就發現盧嬸嬸已經在做吃的了。

瞧著她一瘸一拐打水的樣子，南溪連忙把粥放到桌上去接了她的水桶。

「盧嬸嬸，妳腳還沒好呢！有啥事叫我一聲不就好了，老鄰居了，還跟我客氣。之前不是跟妳說了嗎？晚上我送飯給妳，怎麼又自己開伙了？」

「我……」

盧氏一時不知該怎麼解釋，只好跟在南溪後頭進了灶間。

「咦？怎麼烙了這麼多餅？這天氣放不了幾日吧，您是要賣嗎？」

灶臺的簸箕上放著至少有四、五十張麵餅，看樣子是剛剛出鍋的，聞著還挺香。

盧氏嘆了一聲，說不是賣的，然後拿了兩張餅給南溪，讓她拿回去吃。

「這是我做給阿涼的，準備明天送到縣裡。」

南溪一愣，很快反應過來這些餅是要送到牢裡去。

「可是妳的腳還沒好呢，去縣裡一趟來回可能會加重傷勢。而且……」

而且盧嬸嬸的眼睛還不好，她是真的挺擔心的。

盧氏也知道，但她很堅持。「縣衙那邊有規定，一個月就只能送一次東西進去。這個月不送，就只能等下個月。牢裡伙食差，餅送去好歹能改善改善。而且阿涼沒有收到東西的話肯定會擔心我。我得去。」

「可是妳的傷……」

「沒事的，我明天回來弄點藥，好好養幾日就行。」

南溪抿著唇，看著她瘸腿走路的樣子，心裡瞬間冒出個想法來。

「要不，明日我替妳送去吧。正好我要去縣裡買糖，順路。」
盧氏很是吃驚，張張嘴好一會兒沒說出話來。
縣衙那個地方，尋常老百姓躲都來不及，一般人都不願意靠近。溪丫頭居然要幫自己去送東西？
「丫頭，很多人都怕縣衙。」
「嗯？會把我抓起來嗎？」
盧氏搖頭。「那倒不會，就是外頭有些官差帶著刀，樣子有些凶。」
「這有啥，再凶跟我又沒關係。我又沒犯事，堂堂正正的沒啥好怕的。盧嬸嬸，妳在家養傷吧，我替妳送，反正順路。」
南溪面上沒有半點不情願的樣子，盧氏想了想，最後還是答應了。
自己的傷自己清楚，她的腳這回崴得確實很嚴重，方才只是去打個水，稍微用了點力，腳又開始脹痛起來。家裡藥膏快沒了，要是再嚴重又得花錢拿藥……
為了不花冤枉錢，她只能厚著臉皮麻煩南溪了。
盧氏將餅抱起來交給南溪，又和她說了縣衙地牢的位置，還講了許多和差爺打交道的事。
「喏，這裡是五十文錢，妳收好。要給錢了，他才會幫忙把餅帶進去。」

「五十文錢？就帶個餅？」

南溪驚呆了。

「這裡頭水深著呢！妳別管了，把錢給差爺，讓他把餅帶給東興村俞涼就行。」

「好……」

南溪收了錢，抱著一大包餅，忍不住道：「盧嬸嬸，這裡這麼多餅，放兩日就壞了。大涼哥吃不完吧？」

「不會的。」

盧氏苦笑道：「這裡頭能有兩、三張到阿涼手裡就不錯了。」

南溪無語。「……」

太黑了吧，收了錢還要剋扣人家的餅，真黑！

唉，小老百姓可真難。

南溪帶著餅回到家。第二天一早，和弟弟說了一聲後便出門趕車去縣裡了。

她不光帶了餅，還有自己釀的糯米酒。打算去集市上看看能不能賣出去。帶的不多，也就試一試。

一下車她就找人問路，走了小半個時辰才走到縣衙附近。關犯人的監牢就在縣衙後面，路上冷冷清清半個人都沒有，莫名有點陰森的感覺。

南溪膽子還算大，後背都有些發涼。好不容易看到一個差爺，她一點兒都沒怕，甚至還鬆了一口氣。

「站住！幹什麼的？」

「差爺，我是來給人送東西的。一月一次，今天不是正好可以送東西進去嗎？」

攔路的是個新人，他是知道這個規定，於是簡單盤問了幾句，又檢查了下包裹，便將南溪放進去。

正要給錢的南溪心想，盧嬸嬸不是說不能進去嗎？還是說送東西的差爺在後頭？

莫名其妙的南溪抱著餅順著路走下去，到門口時又被檢查了一遍包裹，然後那差爺啥也沒說就給她放行了。進去走了一截暗道，冷風颼颼吹來幾聲說笑的聲音。一走出去就有好幾個官差看過來，不過他們很快又轉過頭去。

一個瘦弱的小丫頭，沒啥看頭。

這時過來一個人給她帶路。

「進來看誰的？」

「東興村，俞涼。」

「哦，那個傢伙。」

官差好像對俞涼很有印象，不過他沒多說什麼，帶著南溪穿過一間間牢房，一直往裡走。

悶熱還帶著腐朽的氣味，讓人渾身都不舒服。牢房裡安靜極了，彷彿沒人似的。南溪大著膽子轉頭看了下，有些牢房沒有人，有些又關了好幾個。但他們都沒發出一絲聲音，相當詭異。

「喏，就這間。說話快點啊，一刻鐘後自己出來。」

南溪還沒回過神，那個官差便轉身走了。她朝牢裡看過去，黑乎乎的大概有四、五個人，橫七豎八地躺著像是在睡覺。

「大涼哥？」

她試探地喊了一聲，角落裡立刻有人動了動。

「俞涼？」

聽到自己的名字，角落裡的人終於走出來。

他好高，人也好壯，頭髮亂糟糟的依稀能看到一點臉，完全不像只比自己大幾歲的人。

「妳是……」

「我是南溪，你還記得吧？」

「小溪？」

俞涼當然知道，他看著長大的鄰家小妹妹。

「妳怎麼進來的？是不是我阿娘出事了？」
他很著急，抓著牢欄恨不得鑽出去。
「沒有、沒有，你別著急。盧嬸嬸就是腳崴了，所以今天我來替她送東西。」
俞涼才稍稍放下心來。
「小溪妹妹，謝謝妳。」
「客氣啥，我順路嘛。對了，這些都是盧嬸嬸烙的餅。」
她一邊說一邊拆開包袱將餅從縫隙裡塞進去。
「盧嬸嬸說那些官差會扣東西，但這次只是檢查了下。你快收起來。」
四十五個烙餅，塞了俞涼滿滿一懷。牢房裡其他幾個人肚子開始咕嚕作響，看著俞涼直嚥口水。
要知道牢房裡，天天都是餿了的稀粥。餅這東西可太稀罕了。
俞涼抱緊懷裡的餅，鼻子酸酸的，聲音有些嘶啞。
「小溪妹妹，多謝妳替我阿娘來送餅。麻煩妳回去告訴她一聲，我在這裡很好，沒病沒災真的很好，叫她不要擔心我。」
南溪點點頭，看著他胳膊上的幾塊傷疤，默默移開了目光。
牢裡的日子又怎麼會好呢？

「好了，妳快回去吧。這裡味道重，聞多了不好。」

俞涼難得見一次熟人，心裡不捨歸不捨，還是開口趕人了。

南溪也不想在這裡多待，和他道別後，就照著來時的路走出去。

她一走，牢房裡頓時熱鬧起來，鬧哄哄的都要找俞涼要餅。不過俞涼只給了自己交好的幾個人，剩下的放在他睡覺的位置，誰也不敢去動。

重新走出監牢，呼吸著外頭新鮮的空氣，南溪整個人心情都明媚了幾分。出去的時候，她發現第一個路口那兒的官差多了個瘦高個兒，不過出去不用再檢查，她也不擔心什麼，直接走掉了。

「嗯？這丫頭啥時候進去的？」

「就剛剛啊，姊夫，你去撒尿的時候。」

「那錢給我。」

瘦高個兒一伸手，新來的那個頓時懵了。

「什麼錢？」

「屁話，當然是進去探監的錢啊！」

男人踢了一腳小舅子，煩躁地問道：「難道你沒收錢？」

「沒沒沒……」

縣衙的規定裡，沒說探監要收錢啊。

「姊夫……」

「蠢死了你！好好給我記著，只送東西進去，五十文到一百文，進去看人一兩銀子起，衣裳越好收費越高。咱們看牢的兄弟們就這麼點油水可撈，你要再敢白放人進去，乾脆回家去吧！」

「啊……我記住了。」

少年委屈巴巴地揉揉腿，看牢房原來還有這麼多講究……

一無所知的南溪帶著自己的米酒罐去了集市。

今日正好是大日子，很熱鬧，平時空蕩蕩的地方現在也擠滿了攤子。漂亮的頭繩，香甜的糕點，太多她感興趣的東西了。還沒開始推銷酒，她自己就先花了好幾十文錢。

買了必須要用的頭繩，也買了幾副新的碗筷。之前舅舅和二表哥來，家裡都沒多餘的碗筷，實在尷尬。另外她還買了豬肋骨和蘿蔔。

舅舅上次做的蘿蔔燉骨頭太香了，姊弟倆都念念不忘。而且大夫也說了，她和弟弟都得好好養身子，吃點肉應該的。

錢嘩啦啦地花出去，手上的東西也越來越多。等到買完糖，發現荷包只剩下幾文錢時，她才開始心痛起來。得想法子把米酒賣掉回點錢才是。

南溪帶著一堆東西在集市裡轉了一圈，居然一個空地都沒有。轉頭從集市出去，外頭又太清靜，只有一些鋪子有生意。

她先去酒鋪問了問，那小二一聽她是要賣自家的米酒，直接拒絕並很友好地將她請出了門。另外幾家也差不多，就是不收。好在她運氣不錯，在一家小飯館裡找到了商機。

這家生意還不錯，時不時有人要喝上一碗酒。南溪自薦的時候，酒封打開，正好被一客人聞到，他說要兩碗，老闆自然就買下了南溪的米酒。

連罐子帶五斤酒一共賣了三十八文錢。雖然趕不上買糖的款項，卻也抵了今日雜物的零碎錢。

南溪心滿意足地坐上回村的騾車。

賣米酒還是不太行，下次她不嘗試了，還是等果酒做出來再正經做買賣。

她把東西整理了下，回家一放下，便跑到隔壁去找盧嬸嬸回話。

「盧嬸嬸，這五十文錢沒用上，妳自己收好。」

一聽沒用上，盧氏還以為沒能送進去，心中頓時慌了。

「沒有送進去嗎？」

「有，送進去了。我還看到大涼哥了呢。」

話音剛落，南溪便感覺抓在自己胳膊上的手用足了力氣。

「溪丫頭，妳可莫唬我……」

盧氏眼淚都要流下來了，自從兒子被關進去，她已經三年沒有見過人。送東西也只是遠遠在外，連個聲音都聽不見。

南溪忙說沒有，把自己怎麼進去，遇到的檢查都告訴了她。

「我當時錢都要掏出來了，那差爺卻直接放行。我當然不給直接進去了。裡頭人又檢查了包裹，也沒有收錢，也不說幫忙送，還有差爺帶路，然後就見到大涼哥了。」

南溪扶著盧氏坐到凳子上，替她搓了搓冰涼的手安慰道：「大涼哥挺好的，就是身上有些邋遢。牢房裡一起關的人，看著都沒他身板壯，肯定沒人敢欺負他。妳給的那麼多餅，我全都帶進去了，他能吃飽好些日子呢。」

盧氏一邊流淚一邊點頭，想說點什麼，喉嚨像是被堵住一樣說不出話來。好幾年了，終於又確切聽到兒子的消息，溪丫頭親眼瞧過又說得這樣篤定，那肯定是真的，她總算能稍稍放心了。

「丫頭，謝謝妳！」盧氏流著眼淚，拉著南溪不鬆手。

南溪見她哭，心酸酸的，連忙給她擦淚。

「妳這眼睛本來就不好，快別哭了。大涼哥以後出來，妳難道不想看看他嗎？」

「他……」

盧氏不知想到什麼，黯然點點頭，總算不哭了。她把錢收起來，摸索著進了灶間，拿出一碗雞蛋硬塞到南溪懷裡。

「好丫頭，嬸兒這裡沒什麼好東西，就雞蛋幾個。妳拿回去跟小澤吃，好好補一補。」

南溪接過立馬又放回桌上，她哪能要。當初拿了盧嬸嬸的雞蛋，那是真大病一場，家裡又沒有吃的才厚著臉皮收下。現在家裡都不缺吃的，哪能拿一個病人的東西。

「盧嬸嬸，妳要跟我這麼客氣，以後我可不敢找妳幫忙了。」

她說完就跑，也不管盧氏在後頭怎麼叫她。

第十三章

南溪一進家門，就看到弟弟兩眼亮晶晶地問她。

「阿姊，我看到肉了！咱們中午燉肉湯嗎？」

「嗯嗯！就吃舅舅上次做的那個蘿蔔燉肉湯。你去燒火，我去剁骨頭。」

姊弟倆分工明確，開始忙活著做午飯。家家戶戶漸漸都冒起炊煙。

村子裡的人生活普遍不是很富裕，但偶爾都能秤一點肉吃。大概只有阿毛家一年到頭桌上都沒什麼葷腥，就算有，也是他大哥獨享，別人是吃不到的。

讀書是真費錢，紙筆墨書貴得要死，加上學堂束脩，一年就跟無底洞一樣往裡塞錢。

阿毛他娘剛剛從山上幹完活回來，疲累不堪，路過南家時聞到一陣陣肉香，饞得她肚子都疼。

太香了，她多久沒聞過這味道了。

南家現在是真不缺錢啊……

她盯著南家大門看了又看，好一會兒才離開。

這會兒她家的午飯也做好了，是她的大女兒小魚在家煮的。一大鍋稀粥配上一點蝦醬，還有小兒子在海邊摸回來的一點螺。

一家子幾乎頓頓都是這些，家裡人都已經習以為常。

阿毛娘洗了把臉，大口大口喝著粥，肚子是沒那麼餓了，可剛才那濃郁的肉香彷彿還在鼻尖，饞得更厲害了。

「阿毛，你最近有去找小澤玩嗎？」

「啊？沒有啊。他動不了，幾乎都不出門呢。」

「沒事就去陪人家玩，以前不是玩得挺好的嗎？」

阿毛娘像是無意間想起才說上兩句，但她丈夫卻瞬間明白了些什麼，就連一旁的大女兒好像也品出點意思來。不過誰也沒多說什麼，只管埋頭喝粥。

晚上一家子都上了床，兩口子才開始交心談論。

「妳不是說南家是個無底洞，不能沾嗎？怎麼像是改主意了？」

「南澤是有病，不過我瞧著他們家治病還挺寬裕的。聽菜花說，南溪那丫頭在她家買了不少雞，還買了一條狗，今天還從鎮上買了一堆東西回家。要是沒有餘錢，她能這樣捨得花？」

阿毛娘覺得南溪肯定對外說了假話，治病的錢肯定沒那麼多。

「山上她家那果園，我悄悄打聽過了，余陶租下三十年，至少給了二百多兩租金。這麼大一筆錢，你說她捨得全花掉？」

阿毛爹點點頭，覺得自家媳婦分析得很有道理。

「那妳的意思，是想去給阿才提親？」

「阿才大了，也該說親了。現在還沒考上秀才，好人家也說不上，再說，咱們聘禮也給不了多少，怎麼看都還是南家合適。只要訂親了，那溪丫頭不得給未婚夫出點力？阿才考上秀才，風光的可是她。」

至於南澤，等自己兒子考上秀才，花點銀子給他治病那都是小錢。

阿毛娘越想越覺得這門親能結，抓著自家男人開始盤算起最近的黃道吉日來。

第二天一早，阿毛便和姊姊小魚一起到南家去了。

豆豆認生，一看到他們便嗷嗷叫個不停，卻被阿毛一把拎起來。

「南溪姊，這狗也太小了吧，怎麼不弄隻大的？」

「快放下，牠還小呢！」

南澤心疼地將豆豆抱進懷裡，沒好氣地瞪了阿毛一眼。

「從小養著才更親，你懂啥。」

兩個人坐到一起逗狗去了。

小魚尷尬地站在一旁不知道該幹麼。她本來不想來的，可爹娘都讓她過來和南溪搞好關係。

「妳是？」

「南溪姊，妳叫我小魚就成。」

小魚見南溪準備洗衣裳，閒不住的她上前幫忙打水。這種莫名的熱情，讓南溪很是疑惑，不過不等她問，小丫頭便自己告訴她了。

「南溪姊，我阿娘想讓妳和我大哥成親，妳可千萬別答應。」

南溪差點以為自己耳朵壞了。

「妳不信？我真沒騙妳。反正她就是那麼個意思，要不也不會讓我和阿毛今天過來玩。南溪姊，我家很窮的，大哥唸書，家裡連肉都吃不上，哪個姑娘嫁進來都要後悔的。」

都是一個村裡的人，小魚也知道南家的事。她覺得南家姊弟已經很可憐了，要是再和自家結親那就更慘了。阿娘他們不厚道，自己卻沒辦法昧著良心。

「我只能提醒妳一下，信不信看妳。不過妳可別把我提醒妳的事說出去。」

要是被阿娘知道是自己壞了事，肯定會打死她的。

小魚悶頭又提了一桶水上來，南溪終於消化完她說的話。

「放心吧，我不會說的。謝謝妳，小魚。」

南溪還以為自己在村裡宣揚家裡錢都要給弟弟治病後，就沒人打她主意了呢！居然還有不死心的……

今天就算沒有小魚提醒，她也不會答應。讀書人根本就不是她喜歡的那款。別說阿毛他哥還沒考上秀才，就是考上了，她也不會看一眼。

現在家裡她作主，誰又能勉強她呢？

南溪心情絲毫不受影響，洗完衣裳還和小魚一起去山上轉了圈。因為小魚還要回家洗衣裳、做飯，所以下山後兩人便分開了。

路上遇見春芽從海邊回來，南溪隨口問了下阿毛哥哥的情況，誰知一向大剌剌的春芽竟突然有些扭捏起來。

「妳問阿才哥做什麼？」

「我……」

南溪覺得自己不用再問了。春芽這丫頭一副動春心的樣子，肯定是一堆好話，啥也問不出來。

「妳、妳該不會是……看上阿才哥了吧？」春芽倒吸一口涼氣。

姊妹多年，竟然要爭同一個男人？

「瞎想些什麼呢！」

南溪沒好氣地捏了捏春芽的臉，很直白告訴她，自己不喜歡阿才那號人物。

「啊？妳為什麼不喜歡他？」

春芽下意識地開口，說完才反應過來，自己先臉紅了。好像有點無理取鬧的樣子。

「嘖，我要是說他不好聽的話，妳會不會打我？」

南溪才不會講那麼明白。瞧春芽挺喜歡阿才的，自己若是貶低他，說不定兩人得吵起來。

「妳別取笑我了，就問問嘛。阿才哥認識好多好多字，他身上永遠那麼乾淨，以後還會考秀才呢，說不定就能當官了。」

官老爺對小老百姓來說那就是土皇帝，誰不羨慕。

南溪撇撇嘴沒接話。

考不考得上還是另一說呢。

那個阿才先不說學識，他憑啥永遠那麼乾淨，還不是靠家裡的阿娘、小妹操持，又不是他自己出的力。這種男人看看就得了，和他成親，受苦的絕對是他媳婦。

南溪一點都不看好這種男人，她以後要找就得找能和自己一起吃苦、幹活、有擔當的男人。字可以學，品性卻是難以扭轉的。

「妳真不喜歡阿才哥啊？」

「不喜歡。」

聽到南溪的回答，春芽忍不住笑了笑。這樣就好，她可不想和好姊妹喜歡同一個男人。

「對了，妳今天怎麼想問阿才哥了？」

「啊，就是新認識了一個姑娘叫小魚，看她一天挺累的，就想問問那個阿才是個什麼樣的人，為什麼都不幫家裡幹活？」

春芽腳步微頓，乾巴巴地笑道：「阿才哥要唸書嘛，肯定很忙的。」

「唸書這理由不錯。反正我家小澤要是敢這樣，我肯定不伺候。春芽，妳離得遠，看著他覺得哪兒都好，真要是嫁給他了，每天累死累活的都是妳，一年到頭還吃不上肉。小魚說，她從小到大就穿過一次新衣裳，妳想過這樣的日子嗎？」

南溪的靈魂拷問將春芽問住了。

回去的一路，春芽都在想自己要是變成小魚會怎麼樣。因為想得太過專注，都不知道什麼時候和南溪分開，到家被門檻絆了一下才回過神來。

「阿姊，妳走路當心點，隔壁小石頭前幾天剛把門牙磕沒了。」

春芽下意識閉緊嘴巴，走到灶間將簍子放下。

「咦？櫃子裡怎麼有塊肉？」

「阿姊，妳這記性也太差了吧！今天是妳的生辰啊！阿娘特地找人帶回來的，晚上燉肉吃呢！」冬子說著都忍不住嚥了嚥口水，一臉饞相。

春芽看著那塊肉，愣神了好一會兒。雖然自己家日子也不富裕，但逢年過節都能吃上一回肉。生辰時，阿爹、阿娘也會買肉回來吃，新衣裳一年好歹也有兩、三套。阿爹阿娘賺錢辛苦，她要洗衣、做飯也挺累，可弟弟一點兒都不躲懶，什麼都會幫她，有好吃的也總是讓她先吃。和小魚比起來，她真的幸福太多了。

若是自己真嫁給了阿才哥……

春芽一個冷顫，代入小魚的生活，她已經快要窒息了。這種生活絕對不是她想要的，人前風光到底不如生活自在來得痛快。

想明白後，春芽突然發現阿才哥好像也沒有那麼吸引她了。下回看到南溪一定和她說清楚，免得她笑話自己傻。

南溪沒把這事放在心上，自己該說的都說了，已經仁至義盡。至於阿毛娘，只要不湊到自己眼前來，她也不會閒得無聊去提這檔子事。

第二天阿毛又來了，小魚倒是沒看見人。左右他是來找弟弟的，就讓他在自家玩也沒關係。

南溪一個人去山上查看芒果樹，順便偷偷跑上山看了下路家幹活的進度。

現在山下大路還沒通，東西運上山還是比較麻煩。這些天進度不大，不過可以隱隱約約看出是要蓋樓了。

面朝大海蓋樓？風景美是美了，就是不耐風吹吧？

聽弟弟說，颱風一來，好多房屋都會被吹倒。

那麼大的力度這樓能保住嗎？

有些東西就是禁不起念叨，不到三天，村裡便通知颱風要來了。

颱風登島前兩天，島上已有預兆，風開始越來越大，天色也越來越陰沈。家裡的雞窩本就是隨便搭的，被風吹得到處亂飛，小雞們吱吱叫個不停，個個都受驚不小。

南溪只好將家裡的雞都搬到放酒的房間去，還有一些容易被吹跑的架子等等都放到屋子裡。

「颱風還沒上島，風就這麼大了……」

外頭狂風呼嘯，吹得她連門窗都不敢開。出去做個飯，感覺人都要被吹走了，簡直嚇人。

「小澤，我讓盧嬸嬸幫忙做了些餅，再煮點雞蛋，咱們就在屋子裡吃幾餐吧。」

南澤自然點頭稱好，這麼大的風，他也不想姊姊進進出出的。於是南溪頂著風跑去隔壁，和盧氏一起做了十來張餅，然後將她一起帶回自家。

天色漸漸變暗，村子裡的人都鎖緊門窗抵擋即將到來的颱風。

這一晚大概沒有人能睡著。

呼嘯的狂風砸得木窗砰砰作響，雨水瓢潑尋著縫隙便往人家裡鑽，不知多少家遭殃。

南家還好，有間結實的石頭房子。窗臺漏雨，拿個簸箕掛上擋住便眼不見心不煩了。不過風雨是真的很大，吵得人一整晚都睡不著，到天亮都沒消停。

盧氏從小生活在海島上，對颱風已經習以為常，快天亮時還迷迷瞪瞪睡了一覺。

南溪很不適應，眼睛又乾又澀，睏得要命卻怎麼也睡不著。

「砰」一聲，不知是狂風捲了什麼東西砸到院子裡，一開始她也沒當回事。可是沒多久又是接連好幾聲巨響，連房屋都有震動的感覺，那動靜絲毫不比颱風小。

「阿姊，咱們院子該不會塌了吧？」

「啥？院子塌了？」

迷迷糊糊的盧氏瞬間驚醒。

南溪也很擔心，頂著雨水將窗戶打開想看看院子裡的情況，結果一開窗，劈頭蓋臉就是一潑又一潑的雨水颳到她臉上，吹得她眼睛都睜不開。費了好半天的勁兒，才眼淚汪汪地將院子勉強看清楚。

「院牆好好的，沒有倒。灶房也沒異樣，就是進了些水。」

「那咱們剛剛聽到的聲音是啥？」

南澤確定自己沒有聽錯。

盧氏猛然抬頭，臉唰一下就白了。

「難道、難道……是我家……」

姊弟倆互相看了看，一時竟不知該說什麼好。

盧嬸嬸家的房子是非常傳統的泥磚搭的，應該很有些年頭，確實有些破舊。這麼大的颱風侵襲，房子倒了一點都不意外。

南溪眼見盧嬸嬸的手都開始在抖了，趕緊上前扶住她，安慰道：「我和小澤就是聽見個聲，也不確定是不是屋子倒了，妳先別急。」

「我……」

怎麼能不急呢？

她平時就靠著撬海蠣、撿雞蛋賺點銀錢過活，房子就是她的全部，若是塌了，她哪有錢再重新搭建。光是想就一陣絕望。

半個時辰後，外面又是一陣巨響，這回三人聽得真切，還有碗筷摔碎的聲音。

如果不是南家灶房塌了，那必定是盧氏的屋子。

風還在呼呼吹，盧氏的心是冰涼的。

颱風整整颳了兩日，勁頭才漸漸小下來。盧氏坐立不安，一感覺風雨小了，便央著南溪帶她出去。

南溪明白她的心情，找來蓑衣和她穿上後，便扶著她出了門。

狂風驟雨摧殘了幾日，院子裡早已泥濘不堪。大大小小的水坑鋪滿了院子，要不是有條石板路，還真不知該怎麼下腳走。

兩個人互相攙扶著走出南家大門，一眼便看到路邊倒了幾棵樹，再一轉頭就看到已經一塌糊塗的房子。

盧氏眼睛雖然看不清，可方方正正的屋子變成一堆廢墟，她還是能看出來的。當下便受不住刺激，瞬間暈了過去。

幸好南溪眼疾手快扶住，才沒摔在泥裡。她趕緊把盧氏扶回屋躺下，又給她換了身乾淨衣裳。

「唉……」

「阿姊，真的是？」

南溪點點頭，真的是隔壁房子塌了。而且塌的不是一星半點，是全部。一眼望過去都沒個好地。

老天爺可真會給窮人找事，不是病就是災。

盧嬸嬸本就是勉強養活自己，一個月還得拿五十文出來送人。這下房子一塌，她哪有錢修啊……

而且，那座房子還是她和兒子唯一的居所，只看俞涼那間保持乾淨的屋子，就知道那間屋子有多重要。

現在全沒了。

南溪有些怕她想不開。不過俞涼都還沒出來，她應該能撐下去。

以後她該怎麼辦呢？

「阿姊，咱家還有不少錢，要不借盧嬸嬸一些？」

南澤知道一兩銀子在村裡就是很多錢了，何況姊姊那兒還有一張一百兩的。

「阿姊？」

姊姊的默不作聲讓南澤有些意外。他以為自己一提議，姊姊就會欣然同意。

「我……再考慮考慮。」

借錢給人建房子那可不是小數目，她就算不了解這裡蓋房子的行情，也知道蓋房子是很花錢的。

家裡還有一百兩，她是打算留著給弟弟治病，然後改造房屋。看起來多，去一次南黎府就是三十兩，哪裡禁得起花？

小傢伙張口就說借出去，就盧嬸嬸那種條件，短時間是別想人還錢的。那自己沒錢的時候又該去找誰拿呢？

南溪沒那麼大方，一想到要借出去幾兩甚至十幾兩，心裡就一扎一扎地疼。

「等盧嬸嬸醒了再說吧。」

這一等就是大半日，南溪差點坐不住跑去找苗大夫。好在她還是醒了。

「盧嬸嬸……」

盧氏醒來神色倒還好，只是愣了會兒，便掙扎著要下床回去。

「我想回去看看。」

南溪鬆了一口氣，她是真怕應付哭哭啼啼的盧嬸嬸。小心翼翼將人送到隔壁後，就看到她在破屋裡扒拉。

到底是住了幾十年的屋子，就算塌了，盧氏也知道大概位置。扒拉沒多久，就把存放著所有家當的盒子給刨出來了。

這裡頭，可是她的命呢！

此時風雨還不小，盧氏刨出東西後，又和南溪回了南家。

「小溪，妳快幫我看看，這裡頭的東西是不是還好好的？」

盒子有個小鎖頭，鑰匙就掛在盧氏脖子上。她一開，便直接遞給南溪瞧。

裡頭東西很少，只有一張契和三串銅板還有兩張戶牒。地契正是隔壁房屋的，看上去保存得很好，並沒有進水。

南溪檢查了下，盒子裡十分乾爽，確實沒有雨水滲進去。

「一點水都沒有，好好的，盧嬸嬸放心吧！」

聽到她的話，盧氏總算放下心來，可一想到自家塌掉的房屋，她的眉頭又忍不住皺起來。

三百文想重建房屋那是不可能的，何況要留著錢打點監牢外的官差，絕對不能全花掉。

她該怎麼辦……

「盧嬸嬸，等雨小了，我和妳一起去把妳的衣裳、被褥都挖出來吧！妳先和我睡一間屋怎麼樣？」

南溪不想借錢，但別人對她的好，她也會回報。借個床位而已，她倒不怎麼在意。

盧氏心頭一鬆，眼淚差點沒忍住掉下來。能暫時有個落腳的地方，還離家這麼近，實在太好了。

「溪丫頭，謝謝妳……」

「盧嬸嬸，我和小澤可是妳看著長大的。多年老鄰居，就不要這麼客氣吧。屋子塌了，房契還在，以後攢錢再建就是。身體才是第一位，得養好，別把自己鬧病了。」

「好好，我明白。」

先前只是看到房屋塌了太過激動，現在緩過來，盧氏自然明白這些道理。好在颱風來之前，她就到了南家，不然屋子塌掉，她有沒有命在都很難說。現在小命還在，已是不幸中的大幸。

想開的盧氏，心情放鬆許多，只盼著颱風趕快離開，她好回去把衣裳、被褥全弄出來。

兩日後，暴虐的颱風總算離開了瓊花島，島上雖還有一點風雨，但比起之前幾日，簡直微不足道。一點毛毛雨，南溪連蓑衣都沒穿，只戴個斗笠就去隔壁幫忙了。

出錢她肉疼，出力她卻是乾脆。南溪和盧氏一起刨了大半個時辰後，總算刨到她的衣櫃。

知道俞涼是她的念想，南溪好人做到底，乾脆幫著把她兒子的衣物也刨出來。

一開始挺累的，不過後來有不少鄰居一起幫忙便輕鬆許多。

盧氏衣物少，加上被褥小小一堆，她兒子的衣物也不多，兩人加起來還沒南家姊弟倆多。現在全是濕的，得等天晴洗一遍再晾曬。

南溪又往隔壁跑了一趟，把隔壁的糧食也刨回家裡。

當然，泡了好幾日早就不能吃了，她是拿來餵雞的。盧氏自己開的口，不要也是浪費，她便也沒客氣。

受了驚嚇的小雞仔們吃著碎米吱吱叫著，家裡又恢復了熱鬧。

第十四章

天開始放晴，盧氏在家洗著衣裳，南溪則是挎著簍去趕海了。

家裡多了個人，吃的消耗起來也快。海裡頭的東西不要錢，她得趕著退潮的時間多弄點回去。

和她一起的人有春芽，也有小魚。

三個姑娘一邊找著海物，一邊閒聊著村裡頭的事。

「這回颱風來，村裡倒了四家屋，太可怕了。對了，盧嬸嬸家的屋子倒下來，妳家沒受到影響吧？」

「沒有，中間還隔著一條路呢。」

「那還好。」

春芽唏噓了一陣，突然感慨起來。

「盧嬸嬸也太可憐了。年輕的時候沒了丈夫，一個人好不容易把兒子養大，家裡也有個正經營生，卻偏偏遇上那檔子事。好好一個兒子被關進監牢，這輩子都毀了。」

小魚也跟著感慨道：「要是俞大哥沒有被關起來，現在母子倆賣著豆腐，可能連媳婦兒都娶了。」

南溪撿起一個漂亮的貝殼放到簍子裡，轉頭問她們。「俞涼到底為啥被關起來啊？」這個問題她好奇挺久了，可弟弟說不清楚，她也不好去問盧嬸嬸。想問春芽每次又忘了，今天正好問個清楚。

「啊，妳都忘了。」

春芽聲音變小了一點。

「俞大哥有個娃娃親，女方是隔壁村的人。本來到年紀就該成親了，可那邊一拖再拖，聘禮漲了好幾遍，聽說要八兩銀子呢。盧嬸嬸家也是俞大哥長大後，家裡生活才好了些，哪裡拿得出那麼多的聘禮來。兩家鬧得很不好看，後來他們便想退了親事。」

「那退掉了嗎？」

「哪能呢，男方退婚，女方哪會答應，這要是傳出去那姑娘以後嫁人可難了。她家是繼母，就想著拿女兒再多換些銀錢。所以婚不退，最後瞧著俞大哥確實拿不出那麼多，便減了一點，要了五兩銀子。」

小魚也知道這些事，畢竟當初鬧得那麼大。

「我姑父家就住那姑娘家附近，聽說俞大哥前腳借了銀錢過去，她後腳就拿著錢跟人私奔了……」

南溪無語。「……」

「一聽人跑了，俞大哥要退親，還要女方退還聘禮。那邊不想給錢，還一直罵罵咧咧，然後就打了起來。結果那姑娘的爹撞到石頭上，一隻眼瞎了。那邊的人都說是俞大哥推的，要他賠錢，一開口就要五十兩，不然就告官，然後他就自己去縣衙了。」

「啊？自己告自己？」

「也不算吧，就是告官讓大老爺審兩家的對錯。最後判定他不用賠錢，直接抵扣那五兩聘禮。但那邊村民都證實是他推人致殘的，所以又判了五年牢獄，現在應該是第三年了。」

這也太慘了吧……大好的人生就這麼被毀了，五年牢獄再出來，家裡還那麼窮，哪家姑娘願意嫁給他呢？

南溪都忍不住唏噓了。

「現在他家房子又塌了，等他出來連個家都沒有，唉……」

「颱風颳倒的房子，我記得村裡是有補助吧？」

小魚不知道自己有沒有記錯，春芽點點頭說是有那麼回事。

「補也就一點銅板，主要還是自己出的。不過泥磚房嘛，自己弄就很便宜了。俞大哥手挺巧的，到時候可以自己蓋。」

兩人又說起俞涼編東西的手藝，南溪下意識便想到他屋裡那些精巧的竹編。

確實是個心靈手巧的人，就是運道差了點。

知道來龍去脈的南溪，回家看著盧嬸嬸時，便莫名多了幾絲憐愛。

老天不長眼，自己儘量對她好點。

「溪丫頭，剛剛妳出去的時候，里正派人過來送了錢給我。」

「啊？這麼快……」

她們剛剛趕海的時候才說起，沒想到一回家，里正的錢就到了。里正辦事的速度可真夠快的。

「是颱風颳倒屋子的補償嗎？有多少錢？」南溪著實有點好奇。

「給了我二百文呢！喏，這一百文給妳。」

盧氏將早就數出來的一串銅板塞到南溪手裡，在她拒絕之前解釋道：「丫頭，妳讓我跟妳同住一間屋子，給了我一個落腳地，嬸兒心裡高興也很知足。但每日吃的東西，妳得收錢，不然我沒臉吃。」

南家也不富裕，小澤還在看病吃藥，她怎麼可能心安理得吃著姊弟倆的口糧。就算里正今天沒給這錢，她也是要拿錢給南溪。

「這……好吧。」南溪沒怎麼猶豫便收下了。

盧嬸嬸吃得不多，但她不是在這裡住一、兩日而已，看情況估計要住幾個月不止。她不可能一直拿糧食白白給外人吃。現在盧嬸嬸自己說了，她就順勢收下，也免得之後兩人再鬧不愉快。

這一百文錢，她收得心安理得。

中午煮了一大鍋蛤蜊麵片湯，加上一點豬油又香又鮮。

盧氏就這樣暫時在南家住下來。

自從她住到南家，姊弟倆的伙食品質直線上升。儘管她眼睛不好，可多年在灶臺上的經驗也比姊弟倆強。她會做的吃食有好多樣，時不時便會做新鮮吃食給姊弟倆嚐鮮。

她還會縫補衣裳，哪怕閉著眼縫補，都比姊弟倆歪歪扭扭來得好。

南溪正愁沒人教，天天跟在盧氏後頭學，從廚藝女紅，學到村裡的人情往來。這些東西沒有長輩教導是很吃虧的，好在盧嬸嬸都很認真教她。

一轉眼便是一個月過去，島上越發熱了。

天越熱，島上的水果越香，走在路上都能聞到隱隱約約的香甜氣味。

五月，不光芒果熟了，也開始採摘不少水果。今天南溪便準備和春芽一起上山割鳳梨。路家到底沒能將所有山地買下來，山上的果園還是有不少。今天要割的鳳梨便是村裡一戶果農所擁有的。割十斤就能得一文錢，努力爭取賺點錢。

南溪雄赳赳、氣昂昂地上山，剛摘兩顆，便被帶著尖刺的鳳梨葉劃了好幾道紅印。

又疼又癢，還曬。錢不好掙啊……

「南溪，愣著幹麼呢？」

不遠處的春芽一提醒，南溪才回過神來，連忙拿起砍刀又割下一顆鳳梨放到背簍裡。

儘管她已經事先多穿了一套衣裳在外面，可還是被扎得不輕。鳳梨葉子不光有刺，還很硬，行走間就會戳到身上。那滋味，真是不提了。

南溪砍了一上午的鳳梨，腿上、腰間被戳了一個又一個的血印。最後一次揹著鳳梨下山之時，兩股都在發抖，走幾步便要歇上一回。

「不都說鄉間丫頭幹活是把好手嗎？怎麼瞧著這般無用？」

不遠處的說話聲飄進耳朵裡，南溪眉頭一皺，回頭看過去。

嘖，好一個金貴的小少爺。

這麼熱的天，大家最多就是戴個斗笠。可不遠處的那個少年，穿著一身名貴的緞子，坐在兩人抬的轎子上，頭頂還有個遮太陽的罩子，半點陽光都照不到。

舒坦得讓人嫉妒。

人家命好，比不了呢！

南溪淡漠地收回視線，打算再歇息下便動身。這是最後一背簍鳳梨，交上去應該有五十斤左右，加上先前已經交上去的二百五十斤，她可以拿到三十文錢。

這樣很好，有個進項不用吃老本，她的壓力也會少很多。

「喂，那個丫頭！」

南溪知道多半是在叫自己，可她偏偏不聽話，揹上背簍就走。

「喂！」

跟班大概覺得在主子面前失了面子，頗有幾分火氣。幾步追上便去拽南溪的背簍。

揹這簍鳳梨本就吃力，那人一拽，南溪便跟著一起摔倒在地。雖然摔在濕軟的土地上不是很疼，她卻好一陣子都沒能爬起來。

「妳這丫頭，叫妳怎麼不應人呢？」

南溪坐著歇了下，喉嚨裡乾涸得像是要著火，渾身的不舒坦讓她脾氣變得格外暴躁，但她不想罵人，所以沒有理他。

「跟妳說話呢！臭丫頭，妳知不知道我們東家是誰？」

這世上總是有那麼些討厭的人。

從前她是沙漠裡的小奴隸，只能任打任罵。現在她是自由之身，有戶籍的良家百姓。

「給我撿起來。」

男人有些懵，下意識地回頭看了下主子，回過頭頓時又氣焰囂張起來。「一個鄉下丫頭，還想讓我給妳撿東西？」說完，他語氣又放緩了點。「妳跟我過去，我家少爺有話要問妳，答得好有賞。」

「呸！你算什麼東西？」

南溪歇夠了，站起來扠著腰，火力全開。

「狗眼看人低的傢伙，長這麼大不知道人話該怎麼說，是吧？鄉下人怎麼了，吃你家飯，還是喝你家水？看不起鄉下人，你別來我們東興村啊！上來就扯我背簍，我看你這人根本是不懷好意，你是不是想占我便宜？」

「妳……胡說！」

男人萬萬沒想到，剛剛還低眉順眼的丫頭，居然是個不好相與的。眼見她要和自己吵起來，頓時慌了。

南溪正火大，拍了拍身上的泥土，冷哼一聲。

「穿得倒是人模人樣，說話卻比糞坑還臭。欸，你剛剛說你們東家是誰來著？說來我聽聽，看看能不能嚇死我。趕明兒我好好在村裡幫你們宣揚宣揚。」

有些人天生便是欺軟怕硬之徒，方才南溪若是個軟性子的人，這會兒估計就會被拉過去接受他主子的詢問了。

南溪罵人的聲音不小，周圍有不少準備回家吃飯的村民聽到便圍了過來。

比起外村人，大家當然要幫自己村的。

幾個身材魁梧的大叔粗聲粗氣問那小廝想幹麼，是不是欺負南溪了。

那小廝冷汗直冒，頻頻回頭看向自己主子。

路小少爺這才覺得不對勁，他拿著扇子輕輕一敲轎子，轎夫立刻緩緩將轎子放下。

這般金貴的人物走過去，村民一時也啞了聲。對這種大家少爺，底層老百姓完全是出於本能的畏懼。

「少爺……」

路小少爺煩躁地踹了他一腳，嫌棄道：「沒用的東西。」

罵完自己的小廝，他又轉頭去看那個罵人的小姑娘。

嘖，比家裡倒夜香的僕婦穿得還破舊，小臉模樣尚可，就是黑了些，脾氣還不好。

剛剛聽她罵了一長串，像個小炮仗似的。

「姑娘貴姓？」

「幹麼要告訴你！」

南溪白了他一眼，扶起自己的背簍，然後指著那小廝道：「這些是我辛苦從山上揹下來的鳳梨，你家下人上來就拽我。現在灑了一地，我讓他撿起來，不過分吧？」

「不過分，為表歉意，罰他幫姑娘撿起來再揹回去，如何？」

南溪現在累得只想回家喝水吃飯，於是點點頭，答應讓那小廝把鳳梨揹去曬魚場。

小少爺還從來沒見過這樣不給他面子的姑娘，頓覺新鮮。想再多說幾句，卻見她看都不看自己，只關心那背簍鳳梨。

堂堂路家少爺也是要面子的人，最後也沒好意思再張口，只是讓小廝幫忙把鳳梨揹到目的地。

這可苦了那小廝。他是路小少爺奶娘的兒子，一到年紀便跟在少爺身邊，吃香喝辣，沒吃過半點苦。如今幾十斤的鳳梨壓在背上，細小的肩帶幾乎要勒進肉裡，疼得他直哆嗦。

好不容易送到地方了，人家直接拉過背簍去領錢，連個眼神都沒給他。這裡村民挺多的，他就是火大也不好再鬧起來，只能灰溜溜地原路返回。

「少爺……」沒有外人在，小廝才敢委屈巴巴地叫人。

路小少爺坐在轎子上也沒安慰他，好一會兒才開口道：「羅二啊，平時見你在府中一副知禮的模樣，沒想到一出來竟這般猖狂。若是阿爹知道，你猜你會去哪兒？」

羅二頓時出了一身冷汗，跟在後頭走著，半句話都不敢說。

好日子過久了，真是容易忘形。他仗著阿娘是少爺的奶娘，自覺地位比其他奴才都高，平日在府中對著主家便聽話又乖巧，對別的下人則頤指氣使，自然也就更看不上鄉下窮酸的賤民了。

方才聽少爺說那鄉下丫頭幹活沒用，他也是順著主子的話說，沒想到……

受了一番警告，羅二老實不少。再去問話便客氣許多，主僕幾個問到碼頭建立的位置便急匆匆地過去了。

這會兒南溪回到家，一進家門便有在井裡冰鎮過的椰子水喝，還有燒好的熱水洗澡。家裡有人就是好啊！

南溪舒舒服服地洗完澡，換上乾淨衣裳出來時，午飯也已經做好了。

「今天煮了冬瓜蛤蜊湯，還有海蠣煎蛋。溪丫頭餓了吧？快來。」

盧氏端菜，南澤便負責擺碗筷，三個人的生活絲毫沒有尷尬。

「阿姊，今天砍鳳梨累不累啊？下午不用去了吧？」

「我倒是想去，可人家下午不招人了。」

半天三十文，堅持一天就六十，她覺得自己可以的。可惜，下午沒勞務可做。

南溪喜孜孜地又舀了一碗冬瓜吃。她就喜歡這些汁水多的食物。滿滿一口冬瓜咬進嘴裡，汁水順著喉嚨滑下，這種感覺太讓人滿足了。

「盧嬸嬸，妳煮的冬瓜好好吃啊。」

「妳喜歡，我明天再做。」

自己做的吃食被誇讚，盧氏心情當然不錯了。她最近好像經常在笑，有姊弟倆陪著說話，好像也沒有太多時間去想不開心的事。不知道是不是她的錯覺，她感覺自己的眼睛看東西都沒那麼模糊了。

「對了，盧嬸嬸，明天我要帶小澤去扎針，下午才會回來。妳自己在家可別不吃飯啊，該煮的就煮，我回來會看糧食的。」

「好，我會煮的。」

「還有，隔壁的那些土塊，妳等我回來再一起去整理，那邊坑坑窪窪的，很容易摔倒。萬一磕到哪兒，就不好了。」

「好，我聽妳的。」

盧氏這一個月一有空便會過去隔壁收拾破屋。畢竟想要重建，就得把舊屋殘留的泥塊都清理掉。平時她去的時候，南溪若在家也會跟著一起。兩人一個月清理下來，成果還不小，至少灶房那塊地已經清理出來了。

南溪對自己的勞力付出絲毫不吝嗇，只要不動她的錢就行。

「阿姊，妳昨天不是說，明天要去山上摘芒果嗎？」

「嗯？我說過嗎？」

她都忙昏頭了……

「芒果耽擱一天應該沒事，等回來了再去摘也不遲。」

南溪下意識地揉了揉肩膀，暗暗可憐自己的肩膀，又要遭罪了。

從山上揹芒果下來，絕對不會比揹鳳梨輕鬆到哪兒去。

休息一晚上後，身上沒那麼痛了。

姊弟倆早早起床去海邊等著舅舅的船。今日仍舊是羅全和小兒子一起來接他們。

幾個人熟門熟路到了百草堂，今日運氣不錯，都沒什麼人排隊，很快就輪到他們了。

孫大夫上上下下將南澤捏了一遍，又仔細問了他如今腿上的感覺，這才點頭讚嘆道：

「恢復得真是不錯。吃得好，睡得香，於病情十分有益。他這樣子保持下去，可以減掉一次針。」

南溪瞬間激動得兩眼放光。

減掉一次，那就是省了三十兩銀子！

三十兩銀子對小老百姓來說，可不是一筆小數目。有了這筆錢，姊弟倆能舒舒服服過上好些年呢！省一點，連南澤娶媳婦的錢都有了。

這孫大夫真是大好人啊！

「好了，今天這次扎完，再扎兩次就行了。下個月開始要扶著他慢慢走路，就算腿上知覺沒有那麼強烈，也要慢慢行走。走上一個月左右，腿上的力氣就會慢慢恢復。」

南溪記得極為認真，一邊聽一邊點頭。領著藥出門的時候突然反應過來。還要再扎兩次……也就是說還要再花六十兩，加上這次的三十兩，那一百兩就剩下十兩銀子了。算上之前家裡的十九兩，僅剩二十九兩銀子。

也就是說孫大夫若是不減那一次針，自己搞不好還得借錢負債，真是好險。

南溪摸摸懷裡的錢袋，摸到硬邦邦的銀子才踏實不少。

羅雲看了看她，問道：「表妹，妳要是沒什麼要買的東西，咱們就回船上了？」

南溪正準備點頭，突然改了主意。「舅舅，你們先去船上吧。我去買點東西，就回碼頭。」

外甥女一個人在陌生的地方逛街，羅全哪裡放心，便說要跟她一起去，結果被她一句「要買女兒家的東西」給擋回去。

青天白日的又是大道，外甥女也長得不是很漂亮。羅全沒怎麼堅持，便鬆口答應讓她獨自去逛街。

四人分開後，南溪直接打聽了最熱鬧的街市。她從來沒有逛過南黎府城，聽村裡的那些大人說，府城有太多新奇的玩意兒，還有雜耍賣藝等等。今天來得早，也沒有排隊浪費時間，所以她才想著來府城街市上看看。

百草堂那條街雖然挺安靜的，但離鬧市一點也不遠，繞過幾個路口就到了。

南溪穿得太過普通，人也長得不出眾，走在最熱鬧的街市上都沒人多看她兩眼。

「賣糖葫蘆，又大又甜的糖葫蘆！」

「好吃的鳳梨便宜賣，一文錢一塊，香甜開胃不刺舌……」

「漂亮的絹花，比真花還漂亮喲！」

此起彼伏的叫賣聲，琳琅滿目的各種攤子，南溪看得眼花撩亂。

這、這就是府城……真是好熱鬧！

儘管她活了兩世，可從來沒見過這樣繁華的城池。姥姥倒是說過很多次，可她完全想像不出來。

現在真真切切在這裡走著，感覺才更為強烈。

真好啊，她終於不用活在想像裡了。

「姑娘，買個花戴吧？」

心情非常不錯的南溪停下腳步，真停下來看花了。

「姑娘想要什麼樣的花？我這攤子上的花樣很齊全，做得也紮實，買回去能戴很久呢！」

擺攤的大娘很熱情，拿出她賣得最好的幾樣絹花給南溪看。

紅的、粉的、黃的，花花綠綠的顏色倒還鮮豔。可南溪不太喜歡這些豔色的東西，她在攤子上看了看，被一抹綠色吸引過去。

不知道那個算不算絹花，因為沒有花，只有葉子，圓圓的幾片很是可愛。

大娘多會看眼色，立刻放下手裡的絹花，將那支綠色的銅錢草拿過來。

「這是我家大丫頭覺得新鮮做的，我看著漂亮便一起拿來了。銅錢草雖然不起眼，可它名字好聽，戴在身上興許能帶財運呢！」

一個「財」字瞬間戳中了南溪。

「真的有銅錢草這個名字？」

「那當然了，路邊很多的。」

大娘不遺餘力推薦，南溪很快掏錢買了。

五文錢換了這支綠色的銅錢草，插在耳後的髮上，淡淡的綠色不起眼卻又意外好看。這是南溪長這麼大得到的第一件頭飾，戴上它彷彿人都更自信了幾分。

接下來她去街邊賣藝的地方看了一會兒雜耍，給了一文錢賞錢。她小氣歸小氣，也不是一毛不拔，看了那麼精彩的表演，一文錢還是值得給的。

當然，她不知道那端盤子收錢的老頭罵了她好幾聲窮鬼，不然她肯定要跑回去把那一文錢拿回來。

南溪不嫌累地在街上逛了一個來回，看到太多讓她心動的東西，但她都忍住了沒花錢。

今日五文錢買個頭飾，她覺得已經有些過了。等她什麼時候能有個穩當的掙錢營生，再來南黎府城逛街吧。

看看天色已經正午，南溪在街上買了幾個大肉包才回去。

這回羅全父子倆沒將姊弟倆送到家，因為時間還很早，他們可以直接從瓊花島出發，去遠一點的海域捕魚。吃完幾個大肉包，兩人正有勁兒呢。

南溪也不強留，畢竟舅舅是要去賺錢幹正事。她自己把弟弟揹回家，一進門，盧氏便心疼地小跑過來接她了。

「瞧瞧這一頭汗。鍋裡熱著水呢，妳先去擦擦。」

盧氏已經養好傷，本就是個幹活的人，她的力氣也不小，現在抱著南澤絲毫不覺得累。她把人放到凳子上坐好，又開始撬椰子給姊弟倆喝。

兩家門前的椰子樹是真不少，是家裡最常見的解渴之物。

「嘿嘿，盧嬸嬸妳真好。」

南溪有時候甚至在想，盧氏為自己的弟弟操的心，和當娘的也差不多了。一開始聽到她說，想把隔壁早點收拾出來先搭個棚子住，還覺得無所謂，可以幫幫忙。現在真是越來越捨不得了。

「吃過中飯了嗎？要不要再睡會兒？」

盧氏想著姊弟倆早上起得那麼早，中午補眠一會兒也好。

南澤說不想睡，南溪卻有些睏了。

睡一覺也好，這樣下午去山上弄芒果也更有精神。

進屋的南溪很快睡著了。

盧氏和南澤兩人安安靜靜地撬著海蠣，等撬完一簍子，盧氏才輕輕走進去。

石頭屋子一般比外面涼快，不過因為窗小不怎麼透風，所以還是沒有外面吹著風涼快。

盧氏坐著給南溪搧了一會兒風，聽到外頭有人叫姊弟倆的名字才走出去。

「盧嫂子也在啊，正好一起通知了。傍晚去曬魚場那邊議事，里正有事要交代，一家必須去一個能主事的。」

「好的。」

來人通知完便走了。南溪也被吵醒了。

「又議事，估計還是跟碼頭有關。」

傍晚去聽聽就知道了。

南溪打水洗臉，整個人都清醒不少。她揹上背簍準備上山去摘些芒果回來。

盧氏有些意外道：「溪丫頭，妳不等明日再摘？」

「就差一個晚上，沒區別吧。」

「當然有區別了，明日白天村口會有收果子的人，妳摘下來正新鮮的，人家收去的價錢也高。放一晚上磕磕碰碰的容易壞，被看出來了還會壓價。」

原來是因為這個，南溪笑了笑，解釋了下。

「我摘果子下來不賣的，咱們自己吃，順便拿來做點酒。」

盧氏聽到都愣了。

芒果也能做酒？

不等她細問，人已經出門了。

第十五章

南溪被山上那些芒果勾引了許久，眼看著它們從青到黃越來越香，好幾次都差點沒忍住想摘一顆下來。

春芽說自家芒果長得最好，弟弟說家裡的芒果最是香甜。等下先扒一個來嚐嚐，解個饞再說。

她順著路家挖出來的大路，一路上了山。這會兒自家果園已經拆了一半，但余陶確實沒讓人動芒果樹，是個守信人。

南溪穿過廢棄的院牆跳進去，看了幾眼，挑了一顆比較大也比較黃的芒果摘下來。不枉費她辛辛苦苦擔水照料，這芒果長得比她的手掌還大，圓滾滾的比她胳膊還粗。還沒扒皮就已經能聞到芒果濃郁的甜香。

她在廢棄的院牆邊，找了塊略平整的地方坐下來，拿著芒果虔誠地開始扒皮。一邊扒，一邊嚥口水。

皮上帶了好些果肉，一拉下來，黃澄澄果肉水汪汪地泛著光澤，一看汁水就很多。南溪忍不住先舔了一口，眼睛都笑得瞇了起來。

比她想像的還要香甜！

芒果這麼大，吃一顆估計就飽了，又實惠又美味，誰能不愛呢？

南溪兩三下扒開皮，大口咬下去。

雖然非常好吃，就是中間核太大了，吃起來不過癮。頭一次吃芒果沒有經驗，吃得滿手都是汁水。照她以前的習慣，舔乾淨也是可以，但弟弟說那樣不好。算了，還是去洗一洗吧。

山下有條小溪，現在走大路也不是很累。南溪甩甩手，起身準備下山，剛站起來就聽到一聲叱喝。

「哪裡來的小毛賊！竟然敢到山上偷果子吃！」

聽著聲音還有點熟悉，南溪一回頭就發現是昨日被自己罵過的主僕倆。

「少爺，您瞧這丫頭，昨天訓起我來牙尖嘴利的，沒想到自己竟是個賊！」

路小少爺看著眼前這個吃完還擦不乾淨嘴的丫頭，心裡總算舒暢了幾分。昨日羅二被她罵得那麼厲害，自己這個主子也面上無光，今天可是她沒理。

「這位姑娘確實行事不夠光明。不過，一個果子而已，不要這麼大驚小怪的。」

「少爺……」

南溪默默翻了個白眼。

這一主一僕一看就是想找回昨天的面子，可惜啊，碰上個不給面子的。

「說誰是賊呢？這芒果上寫著你家的嗎？」

路小少爺眼都瞪大了，他有些不明白，為什麼這丫頭都被當場捉住還能這麼理直氣壯地嗆回來。

「哼！妳這丫頭，芒果上雖然沒寫字，可這地是我們少爺家的，那地裡的果子自然也是有主之物。少爺大方，不與妳計較，還不快謝謝少爺。」

「呸！臭不要臉！」

南溪非常不給面子，轉頭就扶起自己的背簍，將看中的芒果一顆一顆摘下來。

「少爺，她！」

路小少爺臉色十分不好看，呼風喚雨這麼多年，還是頭一次被人這樣下面子。

既然這丫頭那麼囂張，看來有必要讓她吃點苦頭才是。他收了扇子一拍羅二，側頭示意他去攆人。

羅二得了主子許可，氣焰囂張更勝昨日，上前便要踢掉南溪的背簍。

「下腳之前可要想清楚，這回踢翻了，就不只是撿起來那麼簡單了。」

大概是南溪的聲音過於鎮定，羅二想到昨日瑟縮了片刻，不過他很快調整過來，一腳踢翻了南溪的背簍。

背簍裡剛摘的十幾顆芒果滾出來沾上了些泥土。

南溪不摘了，回頭看了眼主僕倆，直接往地上一坐，掐了自己一把開始哭嚎起來。

她要讓這兩個傢伙後悔招惹到她！

「嗚嗚嗚……沒天理呀！摘自己家芒果還要挨打，嗚嗚嗚……」

主僕倆驚呆了，傻愣愣看著她飛快變臉開始痛哭，竟不知該做何反應。

南溪的哭聲很快就引來附近幹活的村民，大家一看地上的果子，又聽到她的哭訴，頓時怒了。

羅二一瞧不好，趕緊解釋道：「你們別被她騙了，根本沒人打她！是她偷果子被我們抓到了才裝哭的！」

「呸！她自己家的果樹用得著偷？」

「兩個大男人居然欺負一個小姑娘，還給她潑髒水，臭不要臉！」

路小少爺臉都氣紅了，羅二趕緊亮明他的身分。

「這片地是我們路家買下來的！明明就是她偷果子！」

一聽是路家的少爺，有村民罵人的聲音小了些。

南溪紅著一雙眼，假裝害怕的樣子道：「可是……可是我家的地只是租給路家啊，難道，你們要強占？」說完她像是傷心過度一般趴在地上又哭了起來。

「造孽喔，欺負人家沒爹沒娘的孩子。」

「有錢人也不能不要臉啊……」

「就是啊，余陶都親口說了是租的。這兩人太過分了！」

一群人指著主僕倆七嘴八舌地說著，雖然沒有很大聲，也足夠讓他們恨不得找個地縫鑽進去了。

路小少爺看過山上的施工圖紙，還以為全是買下來的地，沒想到居然是租的……不對啊，就算是租的，那這塊地也是路家的啊！果子是路家的有什麼錯？

他下意識地開口反駁，以為那丫頭便沒理了，結果又聽到那丫頭幽幽道：「路少爺，我家還留著契約呢！地租給你家，但不能動這幾棵芒果樹，結的果子也得給我。這是我阿爹留給我和弟弟的念想……」

說完，她又嚶嚶哭起來，真是聞者傷心，見者流淚，已經有好幾個婦人一邊安慰她一邊抹眼淚了。

路小少爺頭皮發麻，看著村民們憤怒的目光，只覺得後背都涼了。

「這是怎麼了？」

余陶的聲音如天籟般響起，路小少爺差點感動落淚，連忙將他拉過來耳語一番。

這場面讓余陶也忍不住冒汗了。

從前的溪丫頭還好說，倔是倔，但性子軟。現在的溪丫頭很精明，一點都不好糊弄。但他能怎麼辦呢？誰叫這是東家的兒子，路家的寶貝少爺。

「溪丫頭……」

南溪哭聲停頓了下，心知余陶來了，就不好再鬧。

「余叔叔……咱們不是說好了，芒果還是我家的嗎？我今天就是來摘芒果的，可這兩人上來就罵我是賊，還踢翻我的背簍，推我想打我……我好害怕！」

「妳胡說！誰推妳了！」

羅二真心冤枉，可惜沒人信他，除了路小少爺。但路小少爺眼下只想快點脫身，並不想在這裡掰扯什麼。

余陶沒理羅二，聲音輕柔地先代主子道歉，轉身又想幫她把芒果撿起來。

「我要他撿。」

南溪眼淚汪汪，小可憐的模樣，說話也軟綿綿的，連余陶都生起一抹憐愛之心。他轉頭朝羅二使了個眼色，讓他去撿芒果。

羅二心中憤憤卻又不得不去撿。

這是第二次了，自己弄翻了又要他自己去撿起來。不用想都知道，那個臭丫頭心裡是在如何嘲笑他。

算他倒楣！

羅二不情不願地將芒果都撿回背簍裡，就在他以為完事了，又聽到余陶讓他向那個丫頭道歉。

頂著一群鄙視的目光，他回頭看了下主子。一對上主子那煩躁的目光，他頓時慫了，只好順著余陶的話上前道歉。

雖然攆人是主子的意思，但主子怎麼可能有錯？道歉的人肯定得是他。

「是小人無知冒犯姑娘了，希望姑娘您大人有大量，不要和小人一般計較。」

南溪抽抽噎噎扶著一個嬸子站起來，「勉強」接受了他的道歉。

「既然余叔叔都這樣說了，那便算了。下回可別再這樣衝動了。」

主僕倆無語。「……」

以後都不想再看見她了，還下回？

周圍的人看完熱鬧，立刻又急忙跑回去幹活，很快這幾棵芒果樹旁，就只剩下他們四人。

南溪提過背簍，嘆了一聲道：「這可是我阿爹親手給我編的背簍。」

那背簍已經很舊了，羅二一腳正好踢斷了幾根竹條。聽到她這樣的語氣，主僕倆臉色變了又變。

路小少爺直接踹了羅二屁股。「自己弄壞的自己賠！」說完拔腿就走，片刻都不想在這裡多待。

羅二哪知道這背簍價值多少，他去問余陶。余陶是大管事，每天都是和有錢人打交道，就更不知道鄉下的背簍值多少錢了。

沒法子，羅二便只能看著給了。

他的錢袋裡有好幾兩銀子，不過都是放在身上應急用的。想著這鄉下丫頭估計都沒摸過銀子，他頓時又感覺高人一等。直接拿出一兩銀子扔過去。

「喏，賠妳了。」

看著挺大方，其實還挺心疼的。不過要是能看到那個丫頭欣喜若狂的樣子，他也能解解氣了。

小小一顆碎銀砸在南溪腳背又滾落下來。

余陶心道不好，這丫頭氣性高，剛剛才鬧了一場，現在被砸銀子，搞不好又要鬧起來。

誰知南溪將銀子撿起來後，直接在袖子上擦了擦，然後就這麼放進錢袋裡。不冷不熱的樣子，不知道的人還以為是撿了個石頭。

南溪揹起芒果，難得給了羅二一個好臉色。

「雖然你挺蠢的，但看在剛剛銀子的分上，我就不跟你計較了。下次找碴記得眼睛擦亮些，窮人不是那麼好欺負的。」

這會兒是沒什麼心情摘芒果了，而且剛剛得罪了那路小少爺，還是下山回家比較好。

南溪轉頭和余陶道別，正準備走又折回來，非常認真道：「我家這幾棵芒果樹結了多少果，我都有記下來，不要偷吃喔！」

羅二憋著一股氣，憋得頭腦都疼了。「誰稀罕！」

他這輩子都不吃芒果了！

南溪挑挑眉，高高興興揹著芒果下了山。

羅二轉頭就和余陶抱怨，只得了個白眼。

「沒聽過一句話嗎？唯小人與女子難養也。誰讓你去招惹她的，活該。」

這可是東興村，又不是府城裡。路家再富再有臉面，到了人家的地盤也不能太囂張。這羅二就是被寵壞了，一個家生子而已，擺什麼主子的架勢。

余陶看不上這樣的人，也沒怎麼搭理他，又去忙活自己的事了。

南溪很快揹著芒果回到家，看到她回來，家裡兩人都挺意外。

「怎這麼快就回來了？嗯？樹上就這些芒果熟了嗎？」

「當然不是，只是山上出了點小意外。」

南溪將銀子拿出來，得意洋洋地將自己在山上發生的事講了一遍。講完後，發現弟弟和盧嬸嬸都是一臉不贊同的樣子。

「阿姊，妳一個人容易吃虧，遇上這樣的事，下次不要和人對上。」

「小澤說得有道理，畢竟是兩個男人。若是真有衝突，妳一個姑娘家哪裡打得過。」

南溪才不怕，她上山的時候就看到了，附近有好多村民。不過弟弟和盧嬸嬸都是擔心她，她也就懶得爭論，連連點頭了。

三個人開開心心地洗芒果來吃。

這會兒山上的人也在吃芒果，畢竟是芒果成熟的季節。東興村的芒果品相一直很好，自然也會被拿來招待小少爺。

路小少爺臭著臉，看到芒果端上來，就彷彿看到那個髒兮兮的丫頭在嘲笑她。

「不吃！拿走！」路小少爺看都不想再看一眼。

第二天一早，路小少爺便帶著人匆匆返回南黎，打定主意山上沒建完之前，他是再也不會踏足一步。

走了個小少爺，對東興村的人根本就沒什麼影響。

昨日傍晚，里正又通知了一個大消息，大家正忙著討論呢。

「咱們村子裡要來那麼多的人，你們怕嗎？」

「怕啥，不是說了衙門的人也會過來。有那些差爺在，誰敢造次？」
「那你們誰願意把屋子租出去？」
一問租屋子的事，許多人都不說話了。
自己一家人住得好好的，突然搬進來幾個陌生人，那也太難受了。不過里正說，人家會付租金，幾個月下來應該也是一筆不小的錢。
大家各自心裡都有想法，只是都沒說出來而已。
南溪也在和盧氏討論這件事，當然只是閒聊，並沒有打算要領人進來住。
一個盧嬸嬸，南溪可以接受，再來外人，她是不願意的。而且租給別人，那她的酒還做不做了？
兩人正說著話，里正居然到了她家。
「里正？」
著實叫人驚訝，他怎麼會來這裡？
南溪很有眼色地給里正和同行的人搬來凳子。
「您今天怎麼有空到這兒來了？是有什麼事嗎？」
里正點點頭，看向盧氏。
「我是來找盧氏的。」

他一點也沒繞圈子，直接說了自己的來意。

「昨日在曬魚場，你們應該也聽到了，碼頭需要盡快建立，很快就會有大批幹活的人到村裡，衙門也會派兩隊人到村裡來維護治安。那些幹活的人，村裡會安排吃住，但衙門的人不好安排得太零碎，所以我想以村裡的名義，將妳這塊地租下來。」

盧氏眉心狠狠一跳。

租下來……建屋子？

「妳租給村裡幾個月，村裡免費幫妳再蓋間土坯房子，等碼頭建好後便會還妳。」

這種天上掉餡餅的事，砸得盧氏好一會兒都沒回過神。想明白後，她也沒有一口應下，反而有些疑惑地問道：「衙門來的應該都是男人吧？我和溪丫頭住得這麼近，會不會不太方便？」

聽到這話，南溪看到對面的里正，快速翻了個白眼。

「有什麼不方便的，人家也不會往妳隔壁來。人家是來維護村裡治安，又不是來玩，只是借住隔壁而已。況且你們這附近到處都是人家，有什麼好擔心的。」

聽著里正的話，盧氏仔細一想還是有些道理。村裡各家都住得很近，那些衙門的人應該不會亂來。

想明白後，盧氏便開始和里正說起租金。畢竟她受村裡照顧不少，況且村裡還免費幫她蓋房子，所以她也沒多要，一個月只收五十文錢。

里正很滿意，下午便派了村民過來清理碎泥塊。

南溪和盧氏兩人弄得慢，那些青壯勞力就不同了，七、八個男人只用了兩個時辰便將破屋清理得乾乾淨淨，然後便開始和泥打坯，速度快得驚人。

島上天熱風又大，泥坯乾得也快，照這個速度，花個七、八日，屋子就能蓋好住人了。

盧氏心裡有些悵然，時間趕得這麼急，肯定只是隨便蓋幾間能住人的屋子。她之前清理泥塊的時候，還想著重建之時把兒子的房間蓋大點，位置往前一點，現在……

唉，有免費的屋子已經很好，該知足了。

隔壁熱火朝天地蓋著房子，南溪也很忙，畢竟山上的芒果一天一天都熟了，還是摘回來好。不然被鳥啄掉那就太可惜了。

連續摘了兩日，芒果被摘了大半，她肩膀都快斷了。

這會兒一家子正在井邊扒著芒果。

「妳歇會兒，我和小澤來就可以了。」

「沒事，只是動動手又不動肩膀。」

南溪是個閒不住的性子，哪有自己在旁邊玩，看著他們幹活的道理。

三個人熟練地扒著芒果皮，剝下來的皮也沒扔掉，因為上面還有很厚一層芒果肉，拿勺子刮一刮還能刮下好多肉來。
這些碎小的果肉就留給自家人吃了，南溪只打算用大塊完整的果肉泡酒。因為酒譜上說，太多細碎的果肉，泡出來的果酒顏色會很混濁，品相不好。
雖然不影響口味，但她是打算做酒水買賣，酒水當然要漂亮了。她也不太喜歡混濁的東西。
南溪要求很高，盧氏和南澤又都聽她的話，最後拿來泡酒的芒果都切成了大小差不多的方塊。
大門已經鎖好，她又不擔心盧氏會看到自己做果酒的法子，直接開始將芒果往酒缸裡頭放。秤了差不多有一百二十斤左右的芒果塊，然後開始加糖和米酒。
米酒是用上次剩下的那些糯米做的，用完就又得再買糯米了。好在舅舅一個月總要來兩次，聯繫也沒那麼麻煩。
南溪倒完酒再封好缸，然後又在酒缸上拿黑炭寫下封缸的日期。
芒果酒做出來得三個月左右，讓它在這裡和橙子酒作伴吧。
這幾個月裡，她還得再做點酒出來才行。畢竟果酒都是姑娘喝得多一點。但哪家姑娘會天天喝酒？消耗更多的還是男子。她還得做一款比較迎合男人口味的酒出來。
南溪回憶了下酒譜，最基礎的是燒酒，一看就很有檔次的是汾酒和茗酒，竹葉清也有名字，可惜沒有方子。

她想了想，決定做最基礎的燒酒。以後碼頭建成了，這裡肯定好多搬貨幹活的人，燒酒便宜，賣得也快。至於酒譜裡那些一看就很名貴的酒，等她手裡攢了錢，能開自己的酒鋪再說。

要做燒酒，家裡的灶間和小房子都得改造一下，要花不少銀兩，南溪自然要先和弟弟商量。

「阿姊，家裡萬事妳作主，我都聽妳的。」

「真乖！」南溪摸摸他的頭。

誰不想有這麼一個無條件支持自己的弟弟呢？

第二天南溪便在盧嬸嬸的推薦下去找了林二哥。

村子裡其實大多數人家裡的房子、灶臺都是自己砌的，雖然不怎麼精巧，但日常生活足矣。不過也有一些人手藝出眾，蓋的房子漂亮，砌的灶臺也好看耐用。

林二哥就是那個手藝人。

小屋子要改的地方不大，敲掉幾塊石頭把窗戶擴大些，裡頭再用碎石鋪齊整就好。最需要改的是灶臺，因為要蒸的糧食只多不少，蒸鍋的灶孔要多弄幾個。

擔心林二哥看不明白，南溪特地找了塊白淨的石板，拿黑炭在上面畫了個圖。

這圖嘛，肯定畫在紙上看得更清楚。可紙貴呢，南溪去縣裡看了下，一刀紙三百文，嚇得她掉頭就走。

好在石板上的畫，林二哥勉勉強強也看懂了，加上南溪在一旁描述，最後改建出來的灶房和她想像的差距不大，還是很滿意。

這回改建灶房花了四天，用了四百多文，這還沒完。南溪還要添置鍋具，大鐵鍋就要多買四個，還有蒸籠等器物，全部添置齊全又花了一兩銀子左右。

「阿姊，咱們現在能做燒酒了？」

「還不能呢，我訂做的那個蒸罩還沒好，要等兩天。」

南溪一點都不著急，反正舅舅幫忙買的糧食還沒到，她的酒麴也還沒完善，等個十來日也無妨。

先前做的酒麴，那是最適合做米酒的，它會增加米酒的甜度。這個拿來做燒酒就不合適了，得換一種酒麴。她前幾日已經做好兩塊，不過感覺還能再做更好一些。這會兒小屋子裡新做的幾塊已經生了不少霉。

南溪揉揉腰，最近可真是累得不輕。她看了下院子，沒有看到盧嬸嬸。不用問，肯定是到隔壁去看蓋房子了。

算算日子，今天差不多也該蓋好了吧？

剛冒出這個念頭，隔壁就一陣「噼哩啪啦」的劇烈響聲，嚇得她趕緊捂著耳朵，縮成一團。

南澤無語。「……」

天不怕地不怕的姊姊，失憶後居然開始怕炮竹聲了。

「阿姊，應該是盧嬸嬸家的屋子蓋好了。妳要過去看看嗎？」

南溪鬆開手，確定沒有那可怕的聲音後才鬆了一口氣。

「剛剛那是什麼動靜，怎那麼嚇人？」

「就是炮竹，過年都會點的，辦喜事也會點。阿姊，孫大夫說我年底就可以和正常人一樣走路了，到時候我帶妳去點炮竹。」

小傢伙捏了捏自己已經微微有知覺的腿，十分期待。

南溪不知道炮竹是什麼東西，她只知道剛剛那聲音很恐怖。這會兒雖然沒響了，但她還是有點怕。一個人慢慢地朝大門挪去，好一會兒確定沒危險，才走到盧嬸嬸身邊。

「這屋子……」

一看就建得很隨便……

盧氏眼中閃過一抹黯然。

她家的地其實挺大的，以前是屋子小院子大，現在幾乎沒有院子，只有方方正正的幾間大屋和一個灶房。連個石磨都不知道該往哪裡放，只能放到南家去。

這樣的屋子建了有什麼用？以後兒子回來，這樣的屋子哪裡能娶到媳婦？好在她本來也沒對這免費的房子抱持多大期望，現在也不至於太難受。

「咱們回吧，這裡已經租給人家了。」

盧氏心裡盤算著自己得多幹活攢攢錢，這樣等兒子出來，房子推倒再建的壓力就會少很多。

海蠣可以多撬一點，雞蛋她也少吃省下來，或者她還可以去山上看看能不能要個揹果子的活兒。

她只是眼睛不太好，力氣還是有的。走慢一點，多多少少也能掙些。

還有兩年，她一定可以把錢攢出來的！

大概是她的一片慈母之心感動了老天爺，半個月後島上傳來消息，皇帝駕崩，太子要登基了。

皇帝駕崩，天下縞素。

一大早村裡的鑼便敲了一聲又一聲，通知皇帝駕崩的消息。家家戶戶都要在門前掛上白布以表哀思。南溪和盧氏一起將白布掛出去，突然發現盧氏整個人抖得厲害。

「盧嬸嬸，妳怎麼了？」

「我……我……」她好像是想笑又想哭，卻硬生生忍住了。「我沒事。」

南溪覺得她有些反常，不過很快就被太子要登基的事吸引了心神。聽說新皇登基會減免賦稅，不知能減多少，她馬上準備做酒水買賣，這些當然要關心了。

可惜海島離京都太遠了，有什麼消息傳過來也沒這麼快。島上很快又恢復了平靜。要不是家家戶戶門前還掛著白布，大家都快忘了老皇帝駕崩一事。

南溪最近沒怎麼出來趕海，有些饞海物的滋味了，所以今天春芽一叫，她便跟了出來。兩人一邊找海物一邊聊著天，說著說著便聊到盧嬸嬸身上。

正好南溪有一事很疑惑。

「皇帝駕崩後，老百姓在家都不能笑嗎？」

「怎麼會？上頭也不會管那麼寬啊。頂多在人多的場合不能表現得太開心，私底下在家裡，還不是想幹麼就幹麼。」

「那盧嬸嬸是怎麼回事？我看到好幾次了，她想笑又硬生生忍住，還總是走神好幾次，都差點摔倒了。問她怎麼了，又不說。」

南溪想不明白，春芽隨口說了一句。

「大概是你們家隔壁住了許多官爺，她怕被那邊發現自己心情很好？」

大概，可能吧……

南溪總覺得沒這麼簡單，不過想不明白就不想了，老老實實抓螃蟹回去吃。

兩個人在海邊轉悠了一個多時辰，滿載而歸。站在春芽家門口道別時，春芽突然「啊」一聲。

「我知道盧嬸嬸為什麼反常了！」

春芽眼裡閃著興奮的光芒，她抓著南溪的胳膊，湊過去小聲說道：「新皇登基一般都會大赦天下，除了死刑不能赦，其他犯人都會酌情減刑或者赦免。俞大哥肯定能被赦免的！」

不然，盧嬸嬸也不會那麼激動了。

南溪恍然大悟，竟然是因為這個……難怪盧嬸嬸會激動，皇帝死了還挺開心的樣子。原來大涼哥要提前出來了。

「我先回去了。妳可別跟別人說啊。」

「放心吧，我嘴可嚴了。」

春芽揮揮手，小跑進家門。南溪也轉頭返家，一邊走一邊想，大涼哥出獄是件好事，可他回來住哪兒呢？

他家的屋子已經被村裡租給官差們，現在每天都有十幾個人在那兒住著。既然租給衙門也不可能毀約收回，沒個三、五個月，房子根本拿不回來。

難道要跟盧嬸嬸一起住自己家？

好像這裡都講究什麼男女有別，自己和他都沒有成婚，住在一起肯定要招人閒話。

南溪可不想被人指指點點成為村裡新的談資，這事想都不用想。

所以他該怎麼辦呢？盧嬸嬸心裡有主意了嗎？

南溪很好奇，但回去還是忍住沒有問。實在是和隔壁住得太近了，聽說練武的人聽力好，她怕和盧嬸嬸說起來，被旁人聽見後，說她們盼著先皇早死呢。

小心一點準沒錯。

就這麼不冷不淡地一直等到可以摘下白布後，南溪才悄悄詢問了盧氏。

盧氏難掩激動，直接就承認了。

「新皇登基就會大赦天下，自古便是這樣。阿涼不滿二十歲，且犯的也不是什麼十惡不赦的大罪，肯定可以被釋放。現在等新皇登基的消息就好。」

盧氏怕南溪誤會，先一步將自己的打算說了出來。

「妳放心，阿涼回來後不會到這裡來住的。村裡有不少孤寡的老人，到時候租個屋子就成。反正隔壁只住幾個月就會走了。」

「好……」

南溪心裡挺開心的。盧嬸嬸惦記兒子，卻也沒忘記她，總是想得那麼周到。

她現在倒是真心期盼著快點大赦天下才好，這樣也省得盧嬸嬸日日夜夜熬著盼著，等得心累。

第十六章

這一等就等了半個月，南黎府已經有了消息，是舅舅來送糧的時候告訴她的。

想來島上通知也就是這兩日，盧氏整晚睡不著，偏偏看上去還很有精神。

南溪和盧氏一起準備了柳條和許多艾草，還訂製了一個火盆。島上這天氣根本用不上，她可是找了好幾家店鋪才做出來的。

準備完了還沒動靜，兩人便想去縣衙問問看，知道個確切的時間，心裡也能有個底。

就這樣南澤看家，南溪陪著盧氏坐車去縣城裡了。

兩人到縣衙門口的時候，看到有不少人都在外頭找守門的衙役詢問，穿著有富有窮個個都滿臉期盼。

衙役這幾日被問太多遍了，煩不勝煩，直接指著掛告示的地方吼道：「放人的條件、時間都寫在上面了，自己去看！」

好多人一臉茫然，因為他們並不識字。好在有個老大爺識字，唸了一遍。

南溪也湊過去瞧瞧。

赦免條件：剩餘刑期不足一年者赦；重疾者赦；首次犯罪的女人且服刑超一半刑期者

赦；年齡高於六十或低於二十者赦。

南溪一條一條看下去，發現俞涼正好滿足最後一個條件。看來盧嬸嬸還真是做過深入了解，早就清楚了。

「溪丫頭，如何？阿涼能出來嗎？什麼時候？」

「照這上面的條件看，肯定能！看時間的話……」

南溪上前一點，仔細看清楚最下面的一行小字。

「午時分批放出！」

兩人精神一振。午時，那也快了，等上一個多時辰就行。

盧氏激動得又想落淚，不過想到自己的眼疾，又趕緊將淚憋回去。

「走，咱們去買點吃的吧。一會兒阿涼出來肯定沒吃午飯。」

「好，咱們去買幾個肉包子？」

牢裡沒油水，她想著如果是自己，肯定想吃點肉。

兩人一邊商量，一邊在街上買買買。

買了肉包，想到沒帶水，便買了兩顆椰子，還買了兩個餅和木梳。兩人才去監牢外等著。

臨近午時，太陽異常猛烈，即便站在樹蔭下都有些受不了。

有些人走了，又有些人來了。

很快一個拿著厚厚簿子的官差走進監牢，過沒多久就帶出了一群人。

盧氏看不清楚，催著南溪幫忙看有沒有自己的兒子。

「還沒出來呢！大涼哥個子那麼高，這些人都挺矮的。」

南溪抹了一把汗，又拿帕子幫盧氏擦了擦，心浮又氣躁，沒注意隊伍最後面的牆轉角還排著一隊人。

「兄弟，那是你阿娘？」

「嗯……」

「嘖，真是羨慕。你娘和你媳婦都來接你了，我家連個影子都沒有。」

男人語氣裡說不出的失落，聽得俞涼都愣了。

他看著那個替自己阿娘輕輕擦汗的丫頭，心裡掠過一絲異樣。

「那不是我媳婦……」

「不是媳婦？那是妹妹？」

男人兩眼放光，抓著俞涼很是殷勤道：「兄弟，咱倆這麼深的交情，我覺得可以再加深一點。」

兩人同住一個牢房，平時挨打受欺負時互相幫了不少忙，關係說不上生死之交，卻也非常不錯。

俞涼說：「死心吧。出去了。」

前面那隊的人已經走完，輪到他們。

俞涼一走出去便發現南溪注意到自己，之前在牢房裡看得不仔細，現在才發現她的眼是那麼明亮，她看到自己後，眼裡的欣喜又是那麼讓人溫暖。

「大涼哥出來了！」

「是那個最右邊的對嗎？」

盧氏只能看到那些人的大概身形，卻還是能一眼認出自己的兒子。

「就是他。旁邊那個官差還在訓話，咱們再等等，很快了。」

「好好……」

盧氏忍不住紅了眼。兩年多了，這日日夜夜擔驚受怕的生活總算過去了。

真好，真好……

一盞茶的工夫後，訓完人的官差按照名單順序放人。

俞涼都顧不上和朋友道別，立刻大步走到兩人面前，「撲通」一聲便跪到地上。

「兒子不孝，讓您擔心了！」

盧氏一邊流淚一邊去拉他。「出來就好，出來就好。」

離得近了，她的眼睛總算能看清幾分。眼淚頓時流得更多了。瞧瞧他身上這衣裳，很明顯是剛進去時穿的，現在都破舊得不成樣子。自己送進去的衣裳，他竟是一件都沒有收到嗎？

還有這臉上、下巴、額頭都有傷疤，身上還不知有多少。可見這幾年受了不少的苦。傷在兒身，痛在娘心。

當娘的哪裡看得下去，加之兒子出獄，她的情緒太過激動，竟然就這麼暈了。

「阿娘！」

俞涼趕緊上前扶她，南溪也下意識伸手抱住。兩人的手輕輕一碰，又趕緊各自移開。

「盧嬸嬸是看你出獄太激動了，先讓她坐下來緩一緩。我這兒有塊帕子，大涼哥你去找點水擰了，我替她擦一擦。」

南溪拿出自己備著擦汗的帕子遞過去。這是真真正正的擦汗帕子，沒有閨閣小姐的精緻，也沒有熏香，卻依然十分燙手。

俞涼應了一聲，拿著帕子便離開，很快又帶著濕漉漉的帕子回來。

這麼熱的天，冰涼的帕子一擦瞬間帶走不少身體裡的暑氣。盧氏也漸漸清醒過來。

「盧嬸嬸，感覺好些了嗎？」

「好多了，好多了。」

盧氏扶著樹站起來，覺得自己整個人都很輕鬆。

這個時候母子倆應該有很多話要說，南溪便找了個藉口要去買東西，讓二人先去停車的地方等她。這會兒不把話說完，一會兒在路上就不好說了，到家沒有心理準備的俞涼，估計要被嚇一跳呢！

顯然盧氏也想到了，她心裡感慨著南溪貼心便也沒攔著，自己和兒子一邊往停車的地方走，一邊把家裡這幾年發生的事告訴他。

日復一日的勞作當然沒必要說了，她主要是講解除海禁後村裡在修建碼頭，還有家裡房子塌了又被村裡租用的事。

聽到颱風上島房屋垮塌，俞涼頓時一陣後怕。

「阿娘沒受傷吧？」

「沒有、沒有。颱風來的前兩天，溪丫頭便讓我一起到她家去避風了。」

說到南溪，盧氏像是打開話匣子，講起她來滔滔不絕。

「這丫頭心善又倔強得可愛，家裡房子塌後，我一直都是和她住在一起，吃食也是和她一起吃。」

俞涼聽著總覺得不太對。

這還是以前那個柔弱敏感的鄰家妹妹？失憶竟然能改變性格，小澤癱瘓對她真的有這麼大的影響嗎？

「小澤的腿現在快好了，你也出獄了，我心裡的大石頭也就只剩兩個了。」

俞涼聞言輕笑了下。「阿娘妳說的這兩大石頭是啥？」

「當然是你的婚事了！還有溪丫頭的，她年紀也到了。」

不過盧氏壓根兒就沒想過把南溪和自己兒子湊成堆，因為自家不配。

「這事得慢慢來，你才剛出獄，咱們還得攢攢錢才是。」

至於溪丫頭的婚事，輪不上她操心。最多她看上人了，自己厚著臉去看一看，幫忙把關。

說了一路有些渴，盧氏這才想起來自己和南溪買了肉包和椰子。

「瞧我，差點給忘了。」

盧氏趕緊將肉包和椰子拿出來，一時不察，腳下踩著個坑險些摔倒。

俞涼很快就發現不對勁的地方。

「阿娘，妳眼睛怎麼了？」

看不清路，所以走得也不快。剛剛拿東西還下意識地湊過頭去。

村裡人都知道這件事，瞞也瞞不住，盧氏便乾脆說了。

「就是經常哭，把眼睛哭壞了。現在只是看不太清楚而已，沒事的。」

輕輕一句話又怎能抵得了那七百多個日夜的煎熬痛楚。

俞涼驀然紅了眼睛，心中怨憤卻又無可奈何。

家裡現在應該是沒什麼錢了，他得趕緊找個賺錢的活兒掙錢，帶阿娘去治眼睛。

「別光吃包子，喝點椰汁，小心噎著。」

俞涼再大，在盧氏眼裡都還是個孩子。給他椰子後，她才又說起住宿的問題。

「咱們家的屋子現在租給那些官差暫時拿不回來。等到了村裡，就先租個地方暫住幾月。」

這個俞涼懂。

「也不用去租什麼屋子，現在山上肯定要看果子的人，我去試試。到時候晚上就在山上睡，白天找點活兒就行。」

盧氏看了看兒子，心裡默默嘆了一聲，沒說什麼反對的話。

家裡現在這情況，讓兒子不幹活，他絕對不可能同意。這孩子孝順是孝順，心裡卻很有主意，不會輕易改變想法。

也好，趁著還年輕，累就累一點吧，母子倆一起努力攢錢。

兩人一邊說話一邊走，到停車的地方，發現南溪早就到了。看著好像是買了幾個罐子。

三人坐上車，很快就回了村子裡。

俞涼出獄可是村裡的大消息，路上看到的人總會找他問幾句。好在大家都有分寸，說的都是善意的話，也沒有歧視他從牢裡出來。

看熱鬧的人太多，從村裡到家短短一段路，居然走了小半時辰才到。

站在南家門口，俞涼愣愣地望著自家出神。才兩年多啊，家就大變樣子，看著心裡就很難受。

「大涼哥，進來呀。」

火盆都已經點好了。

俞涼看到門前的火盆，心中一暖大步跨了過去。進門又被南溪用柳條抽了幾下，不痛不癢。

盧氏正在往鍋裡加水。

南澤在幫忙燒火。他對俞涼還是很有感情的，一見到他，眼睛都亮了。

「大涼哥！」

俞涼笑著朝他走過去，摸摸他的頭，很是感慨。「小澤長大了。」

「阿涼，我燒點艾草水，等下你自己端到屋裡去擦洗下。新衣裳已經放進去了，記得換。」

俞涼無一不應，只不過到底不是在自己家，總是有些拘謹。

很快水燒好了，他便端著水進了小屋。一進去便看到好幾個大缸，隱隱還聞到一點酒氣。

酒缸？不可能吧？

據他所知，南叔叔幾乎不喝酒，姊弟倆就算喝，也用不著這麼大的缸，太誇張了……

不是酒，那是啥？

俞涼一邊擦洗一邊好奇，不過他沒去動。擦洗好身子，換上衣裳便出去了。

「過來洗頭。」

盧氏招招手，已經幫兒子兌好水了。

這種家的溫暖，是冰冷的牢房裡永遠都不會有的。俞涼很是貪戀，乖乖上前解下頭髮搓洗。

牢房裡當然不可能讓他經常洗頭，所以這水洗出來的顏色著實有些黑，換了四次水才徹底洗乾淨。

南溪偷偷笑了下，別看他面上挺淡定，耳朵卻紅得都快滴血了。

還挺可愛的。

第十七章

今天是個大喜的日子。雖然兩家只是鄰居，但南溪已經將盧氏歸類到自己人，兩家關係比起以前親近不知多少，喜事自然要一起慶祝了。

午飯是隨便吃的，晚上才是做大餐的時候。

俞涼還不知道，因為他洗完頭弄乾頭髮便出門上山找活兒了。

「盧嬸嬸，一會兒我和春芽去趕海，順便看看捕魚回來的村民們那兒有沒有什麼好東西。賣豆腐的人大概半個時辰後會路過，這個得妳自己去買啦。」

「好好好，我知道啦！」

盧氏笑咪咪，滿臉喜氣，整個人都年輕不少。送走南溪後回頭便抓了一隻雞出來殺。當初屋子塌了，她養的雞被壓死了兩隻。其他的都還活得好好的，現在和南家的雞養在一起。今日來不及去買肉了，先殺隻雞給兒子補一補。盧氏歡歡喜喜地忙著，南溪也積極地尋找著海裡的寶貝。

「我說，俞大哥回來了，我理解盧嬸嬸的激動，可妳這麼勤快地幫忙是為什麼？」

又是陪著去縣裡，又是找吃的，春芽難免有點多想了。

「想哪兒去了，盧嬸嬸對我和小澤那麼好，她的大喜事，我肯定為她高興啊！幫忙是因著她的面子才幫忙，又不是為了俞涼。」

南溪小跑踩住一隻螃蟹，俐落地將牠綁起來放進簍子裡。這些都是不要錢的吃食，拿回去添上一、兩道菜，桌面也好看。

說實話，她覺得俞涼的牢獄之災挺委屈的，所以有那麼點同情，加上盧嬸嬸的情分在，這才主動些。換成旁人，她連看都不會多看一眼。

「好啦！快點幫我一起抓螃蟹。過兩天最後一批芒果熟了，請妳吃。」

春芽下意識嚥了嚥口水，南溪家的芒果真的是極品，她很想吃。當下也不問什麼了，低頭一起幫忙抓螃蟹。

兩人一起抓，收穫自然非常豐盛。兩大簍子的螃蟹，一隻比一隻大。路上還撿到兩條死魚，不過不怎麼新鮮了，被春芽要走，拿回去餵鴨子。

南溪回去時，特地繞路去村裡停靠漁船的地方等了一會兒。出海的漁民賣完魚，有時候會剩一點點拿到村裡，那些都是趕海不常遇上的好物。

等了半個時辰後，陸陸續續有幾條漁船回來了。她跟著村民一起圍上去，左看右看最後挑了兩斤蝦子和一條鱸魚。

船老大人特別好，知道她家裡有個生病的弟弟，還送了她幾個小鮑魚。

她知道鮑魚這東西，村裡人都說很滋補，個頭越大就越貴。雖然送的小鮑魚，個頭特別小，但就是有種撿便宜的感覺，讓她心情十分不錯。

又是螃蟹又是蝦和魚的，差不多就是三道菜了。盧氏瞧著喜得都合不攏嘴。

「這鱸魚真漂亮，一會兒我拿去清蒸。這蝦子也很新鮮。丫頭，妳想吃蒸的還是炒的？」

明明是給兒子做洗塵宴，盧氏卻問南溪想怎麼吃。偏偏南溪一點也不見外，直說想吃清蒸。魚、蝦、螃蟹，這種腥味不大的海物，還是蒸出來的味道更鮮美。

「好好好，拿去清蒸。這小鮑魚一會兒放椰汁裡和雞一起燉。」

盧氏的廚藝好得沒話說，天還沒開始黑，南溪就已經開始期待了。

「我先去把魚剖了。」

南溪蹲在灶房外拿著刀刮著魚鱗，剖肚子也格外俐落。

俞涼一進院子便看到小姑娘手上的點點鮮血，她還不自知地擦了下臉，將沾上的魚鱗和血帶到臉上，看得人心頭一跳。

「大涼哥回來啦！」南澤眼尖，立刻喊他名字。

俞涼這才回過神應了一聲走進院子。盧氏也不刷鮑魚了，著急地問他活兒找得怎麼樣。

「找到了，在山腰的一個蕉園裡守夜。白日有摘香蕉的活兒也可以一起做。守夜是日結，一晚上二十文。」

盧氏面露心疼，但沒說什麼不做的話。她知道這應該已經是兒子目前能找到最好的活兒了。先做著吧，這幾個月熬過去就好。

「那你晚上幾時去？」

「這個倒沒個確切的時間，園主只說天黑之前上山就行。」

俞涼一邊答，一邊把南澤從灶前抱出來。

「我來燒火吧。」

南溪一聽，默默在心裡給俞涼加了點印象分。天這麼熱，灶前自然更熱，弟弟燒火熱得滿頭汗，她也心疼。俞涼接了這活兒，弟弟就不用受熱了。

四個人一起做著晚飯，相處還算和諧。

太陽漸漸落下，南家小院裡也冒出一陣陣菜香。

隔壁剛巡視完回來的一隊衙役被那香味勾引得直嚥口水，打發人過去想買一點回來吃，結果就得了一碟螃蟹。人家都白送一盤蟹了，他們也不好再上門去買，只能一邊扒蟹，一邊催著自家伙夫快點做飯。

這邊南溪送完蟹便把院門一關，開飯了。

桌子正中間是一大缽椰子燉雞，旁邊是蒸熟的螃蟹和蝦子，還有一盤清蒸鱸魚。另外還有一碟豬油炒的青菜和海蠣煎蛋。

每個人面前都是滿滿一碗粳米蒸的乾飯，今晚這菜可算是很豐盛了。

俞涼在牢裡天天都是清湯寡水，都快忘了這些東西是什麼味道。

盧氏一動筷，三個人這才挾菜開始吃。

南澤很喜歡吃蝦子，不過他剝得不好，殼上總是帶著很多零碎的肉，吃著很煩。俞涼坐他旁邊，一瞧他那樣，便伸手幫忙剝了幾隻。

他剝的蝦子，殼是殼，肉是肉，取下來還很完整。南澤望著他的動作，不知不覺便被另一個地方吸引了目光。

俞涼回來穿的新衣裳都很合身，唯有胳膊抬起來做事時便會箍得很緊。因為他在牢裡常年幹活，手臂上都是肌肉，所以一箍緊就會格外顯眼。

南澤好奇地伸手戳了戳，驚呼道：「好硬啊，大涼哥你這是怎麼練的？」

聞言，南溪下意識看過去。那鼓鼓囊囊又不失線條的胳膊，隔著衣裳都能感覺到力量。

他比自己想像的還要壯吔……

大概是她的目光過於炙熱，俞涼抬頭看了她一眼。見她也是很好奇的樣子便解釋道：「之前在牢裡每日都要幹活，幾乎都是在鑿石頭。就是把大的石頭鑿成比較規整好砌的石塊，一日一日做下來，雙臂自然就越來越結實了。」

姊弟倆感嘆著他好厲害，盧氏卻心一酸，趕緊扯著衣袖悄悄把淚擦掉。石頭砌的房子貴，一小半是因為石材，大半卻是因為人工。鑿石頭可不是什麼輕鬆的活兒。兒子太苦了，這兩年多身子肯定操勞。攢錢的事緩一緩，她得先把兒子的身體補好才是。

盧氏心裡有了決定，轉頭又給三人舀了不少雞肉和湯。

這一頓飯，四個人都吃得極為滿足。吃完後，俞涼去洗碗收拾灶房。南溪也不跟他爭，能歇著，誰願意忙呢？

兩刻鐘後，碗筷洗乾淨了，灶房也收拾完了。俞涼拿著一卷竹蓆就上山了。

他剛回來，事事都惹人眼目。不少村民在路上看到他上山，都來問他去幹麼。知道他是在山上守果園後，一些打算看熱鬧說閒話的人也就閉嘴了。

人家晚上不在南家住，白日裡也就去吃個飯。多年鄰居幫個忙也很正常，這要再去傳什麼話，那就是無中生有、喪盡天良了。

不過還是有那多事的人。第二天一早南溪去倒恭桶的時候遇上了毛阿婆，她似乎有些討厭盧氏，一個勁兒勸說南溪把盧氏母子倆攆走。

「溪丫頭，妳還小，看不懂人心！那盧婆子之前住在妳家，還可以說是房子被占沒辦法，現在她兒子都回來了，母子倆直接可以到村裡租個屋子住啊！妳說說看，她為啥不走？

還不是妳家石頭房子住得太舒服了，小心妳以後攆不走喔！」

南溪又不是傻子。

「阿婆啊，您就別操那麼多心了，盧嬸嬸為人怎麼樣我很清楚。再說她住我家，吃喝都有給錢啊！平時我不在家，她還會幫我照看弟弟，做許多好吃的。我和小澤的衣裳壞了，也是她教著縫補。這麼好的嬸嬸，我巴不得她以後不走呢！」

毛阿婆翻了個白眼，直說南溪以後要後悔。南溪無所謂地聳聳肩，提上恭桶就走。

「哼！過幾月看妳還笑不笑得出來！」

毛阿婆沒達成目的，憤憤地提上自家恭桶準備回家。一轉頭就看到盧氏那兒子站在路旁，高高大大的，看著就讓人心裡害怕。

他剛剛沒有聽到吧？

俞涼耳朵又沒問題，當然聽到了。

說起來毛阿婆那麼討厭阿娘的原因，和他還有挺大的關係。當年他十歲生辰之日，阿娘去縣城之前問他有什麼想要的東西。他一直很想吃糖葫蘆，便和阿娘說了。

結果阿娘拿著糖葫蘆回來的時候和毛阿婆同車，毛阿婆那孫子吵鬧著要吃，阿娘當然不給他。毛阿婆當時便不高興了，後來去買糖葫蘆又被偷了錢袋，將這事怪到了阿娘身上，怪她拿糖葫蘆引誘自己孫子。

這事大家一聽就知道怎麼回事，阿娘也沒放在心上，誰知這毛阿婆竟是記了這麼多年……

俞涼心中反感，不過毛阿婆年紀那麼大，他也懶得跟這種人一般計較，爭論起來還會說他不敬老。他看都沒看毛阿婆便繞過她，遠遠地跟在南溪後頭一起走了。

「哼，一個坐過牢的臭小子，神氣什麼……」毛阿婆也嘀嘀咕咕地回了家。

這會兒天才剛亮不久，村裡幾乎家家戶戶都冒起炊煙。盧氏起得比南溪還早，這會兒鍋裡的粥都已經熬好了，雞也餵了一遍。

瞧著兩人一前一後走進院子，盧氏倒沒多大意外。算算時候，兒子也該下山了。

「阿涼，山上守夜怎麼樣？辛不辛苦？」

她看不清兒子的眼睛，不知道有沒有熬得通紅。

俞涼聲音很是輕鬆地回答道：「對別人來說可能挺辛苦，對我來說就還好。晚上我還睡了一覺，就是蚊子有點多。」

這話半句沒摻假。因為在山上守夜可比在牢裡舒服多了。這兩年，他在牢裡睡覺養成的習慣，哪怕睡著也很警醒，有什麼風吹草動都會立刻醒來。可以說，山上守夜的活兒一點難度都沒有。

「阿娘，妳別擔心了，我晚上睡得挺好的。」

「盧嬸嬸，我作證，大涼哥眼睛裡一點血絲都沒有，肯定沒騙妳。」

盧氏一聽就放心了，立刻高高興興地進灶房拿碗筷準備吃早飯。

俞涼當然要跟進去幫忙，不過進門的時候，他還是沒忍住回頭看了下南溪那丫頭。

她正在敲南澤的門，輕聲細語問他起床了沒有。小姑娘比他記憶裡那個小妹妹長高不少，也漂亮不少。性子更是像變了一個人似的。

阿娘說那是因為她失憶的關係。俞涼收回目光，心裡總覺得哪裡癢癢的。

這丫頭變化太大了，讓人很好奇……

俞涼短暫地在南家吃過飯後又出了門，聽說是要去做摘果子的活兒。午飯有園主供應，他不回來吃，要傍晚才會回來。

他待在南家的時間非常少，姊弟倆的生活一點都沒受影響，村裡也沒有傳出什麼閒話，南溪對此非常滿意。

幾天後，她收到自己訂做的一系列蒸酒用的工具。之前請人做了一套，但和她記憶裡相差太遠，被退回去重做了。現在拿到的這套，才是真真正正能釀酒的工具。

南溪把家裡存放的蜀黍搬了一大袋出來泡上，泡上一天，等明天早上起來就可以開始蒸。隔壁那些衙役自從搬來這裡酒水就沒斷過，她得早點把燒酒做出來才是。

俞涼是第二天早上回來，看到泡了那麼多的蜀黍，才知道南溪會釀酒。心中怪異更甚，畢竟他就大南溪四歲，就算兩家來往不頻繁，他也知道南家沒一個會釀酒的。

怎麼失憶了，倒會釀酒了？這話他沒問，老老實實幫著幹活就行了。

南溪提得氣喘吁吁的大桶，在俞涼手裡變得極為輕鬆，幾下就上了蒸籠，可把南溪羨慕壞了。

她從小就在是奴隸堆裡長大，大一點就開始被罵著幹活。最羨慕這樣有肌肉又有力氣的人。小澤戳過說他肉挺硬的，不知道到底是什麼感覺……

南溪看著灶房裡忙碌的人不小心走神了，好一會兒才反應過來自己在想什麼，頓時有些臉熱。

「小溪，鋪滿蒸籠半指深就行了嗎？」

正心虛收回目光就聽到俞涼叫她，南溪心裡一慌，走過去沒注意臺階，草鞋露出來的腳趾頭便撞到石頭上，疼得她倒吸一口涼氣，好一會兒才緩過來。

男色誤人啊！

南溪收起那點歪心思，跳著腳蹦到灶房裡，仔細看過才將蒸籠蓋上。「這樣就可以了。」

「妳的腳沒事吧？好像有點破皮。」

盧氏在院子裡一聽這話，立刻就要回屋裡拿藥。

南溪連忙叫住她。「沒事的，就碰到一點點，剛開始疼一下就不疼了。」

鄉下孩子哪有那麼嬌氣。

南溪沒放在心上，盧氏見她很快又走路跟沒事人一樣，也沒再過問。

吃完早飯，俞涼又離開去山上幹活了。他其實挺好奇南溪是怎麼釀酒的，也想在家幫忙，只是如今家裡銀錢不多，沒那個偷閒的資格。

忙碌地掰了一天的香蕉，得了五十文的工錢，加上守夜的二十文，一天就是七十文。因為在香蕉園守夜、幹活，所以園裡的那些香蕉葉，他可以拿來用，也已經曬了不少，拿來編織籃子等物，可賣一點錢。

俞涼心裡有各種打算。晚上守夜時點著燈便開始編織。儘管在牢裡許久沒編過東西，可手彷彿有記憶一般，編起來一點都沒有生疏。半個時辰就編好一個籃子了。

他把籃子放到一邊，又取了一把香蕉葉開始搓繩。不知為何就想到早上南溪走路撞到腳的樣子。那丫頭逞強說沒事，可傍晚他回去，分明看到她腳趾頭腫得厲害。

要是那草鞋的前掌，有個擋住腳趾頭的就好了……

俞涼低頭脫下自己的草鞋拿起來琢磨了下，突然冒出個想法。於是籃子也不編了，搓好繩子後，就開始試著將心裡琢磨的東西編織出來。

新的東西總是要經過不斷試驗才會越來越完美，他一個人在小棚子裡編了拆，拆了又編，熬了大半夜總算做出來了。

這是一雙草鞋，卻又和一般的草鞋不一樣。

他在編織草鞋的前掌時，添了七、八根細繩進去，完美的將腳趾頭都罩在裡面。若是再有昨日那種情況，就算不小心撞到也有這外頭一層擋住緩衝，絕對不會撞傷。

俞涼不知南溪腳掌的大小，他一個男子給姑娘送鞋好像也不太好，所以做的是阿娘的尺寸。送給阿娘，阿娘到時候再開口讓他做給南溪比較好。

這樣貿然送給那丫頭，她怕是會多想，以為自己在打她主意。

俞涼此時確實對南溪無意，心中感激更多一些。他那日出獄之時聽阿娘說了許多，阿娘眼睛不好，多虧有她常常照看，家中房屋坍塌也是她開口將阿娘留下。南家自己的日子已經很難了，還要帶著阿娘。不管怎麼樣，他記著這份恩情，一定要報答。

所以這種容易引起誤會的鞋子，他還是等阿娘開口了再送吧。

天很快亮起來。

俞涼等有人接班後，便提著籃子下山了。

一進院子就看到阿娘在餵雞，正想叫人，就看到阿娘做了個「不許說話」的手勢。

「溪丫頭昨晚有些著涼沒睡好，這會兒還在睡呢！你小聲說話，別把她吵醒了。」

「哦……」

俞涼放低聲音將鞋子拿出來，遞過去。

「阿娘，這是我昨晚守夜無聊時編的。妳看看穿著合不合腳。」

「這個……」

盧氏將鞋子放到眼皮子底下才看清楚樣子。

「這鞋子樣式怎麼怪怪的。」

她一邊嘀咕一邊還是脫鞋試了試，走兩步便察覺這雙草鞋的好。

穿這鞋子不怕撞到腳了！

盧氏幾乎是瞬間就想到昨日溪丫頭撞到腳的那件事，沒想到當天晚上兒子就編了這樣一雙草鞋……

莫不是兒子對溪丫頭有意思？

溪丫頭今年才十五呢，正是花一樣的年紀。之前乾乾瘦瘦的，養了個幾月，現在也變得略有肉了，確實是很好看。

但兒子怎麼可以這樣呢？

盧氏一把拽著兒子走到大門外，問他這鞋子是什麼意思。

母子相處多年，俞涼自然瞬間就懂了阿娘的意思。

「咳……阿娘妳想多了。小溪在我眼裡就是妹妹，這鞋子雖然確實是被她受傷啟發的，但我可一點歪心都沒有。」

俞涼保證了又保證，盧氏這才信了他。

不是她看不上南溪，南溪這樣的娃當兒媳婦那是求都求不來的福氣。自己家太窮了，實在沒那個臉去想這件事。

這一段小誤會，母子倆誰也沒再提起。只是第二天盧氏便將一雙能護住腳趾頭的新草鞋給了南溪，說是她出點子讓兒子編織的。

南溪高高興興地穿上了。

這鞋子太適合經常走動幹活的人穿了，尤其是出去趕海的時候。那一片片礁石群，平時她走起來都不敢走快，有這樣的一雙鞋能省很多工夫。

她知道這是俞涼編織的，畢竟之前就看過他編織過一些家具，確實有幾分手藝。聽盧嬸說他白天在果園裡幹活，晚上守夜時還會順便編些東西拿下來讓她去賣。

一天十二個時辰被他安排得明明白白。

能吃苦又勤快，身材好，人也長得不賴。

南溪隱隱約約感覺自己好像有點不太對勁了……

——未完，待續，請看文創風1168《金玉釀緣》下

漁家有女初長成，一身廚藝眾人驚／元喵

2022年3月出版

小漁娘大發威

爹娘不僅相信她的廚藝是夢中一個老神仙傳授的，
對於她想改善家境所出的主意也都點頭同意，
甚至連她要招贅這種事都毫不猶豫地答應了，
這……說他們不是一家人，誰信啊？
從今以後，她就是他們的女兒沒錯，親生的！

文創風 1041 1

說起來，老天爺待她黎湘確實是有那麼一點點不公的，
從小她就失去親人，如今又是胃癌末期，眼看著生命就要到頭了，
沒想到在急救失敗睜眼後，她竟成了個剛被人從水裡撈起來的小姑娘！
所以說，上天也覺得對她很壞，讓她重活一次嗎？但讓她變成古人是哪招？
而且她一個對甲殼類食物過敏的人卻穿成小漁娘，確定這不是在整她嗎？
也罷，既來之則安之，幸好她擁有好廚藝，開間小館子過活應該不成問題，
豈料這小漁娘家太窮了，不僅窮，還負債累累，欠了村中過半人家的錢！
這個家如今連吃塊肉都不容易，哪來的錢開館子？得想法子先掙錢才行啊！

文創風 1042 2

黎湘又驚又喜，因為這小漁娘的身體對甲殼類食物不會過敏，
這代表什麼？代表她夢寐以求的各類蝦蟹貝終於可以盡情開吃了啊！
村人都說毛蟹有毒，但那八成是沒弄熟，上吐下瀉後又沒錢醫才會死一堆人，
且她是誰？她可是手藝一流的廚師耶，經手過的菜餚就沒有不熟、難吃的，
眼下是蟹正肥的時候，她打算買來大量毛蟹，把禿黃油和蟹黃醬先做出來！
不管是拌飯、拌麵，或是當成饅頭、餅類的抹醬，這兩大醬根本打遍天下無敵手，
她已經看見錢在對她招手了，問題是，她得先說服爹娘掏點錢讓她買材料呀，
如果謊稱她落水昏睡時夢到一個老頭非要傳授她廚藝，不知會不會太扯？

文創風 1043 3

真不是黎湘自誇，她做的蟹醬根本輾壓這時代一些滋味普通的昂貴肉醬，
靠著這個，她發了筆小財，還上城裡賣起包子配方，賺到了開館子的本錢，
雖說她目前還只是個小漁娘，但她不會一直窮下去，未來可是要開大酒樓的，
不過眼前有件棘手的事得先解決，這時代的字長得太奇怪，她完全看不懂，
要做生意的人，卻是個妥妥的文盲，就連簽個契約都得請人幫看，多沒保障，
幸好，她偶然發現身邊就有個能讀會寫的，便是鄰居伍家的四子伍乘風，
這四哥也是個絕世小可憐，自出生起家裡對他的打罵就沒少過，
每天去碼頭扛貨，賺錢上繳親娘還吃不飽、穿不暖、睡柴房，壓根兒撿來的吧？
……等等，那他哪來的錢讀書識字？看來他也並非她以為的愚孝受氣包嘛！

文創風 1044 4 完

失蹤多年的親哥回來、酒樓生意極好，黎湘很滿意這闔家團圓又錢多多的生活，
真要說的話，確實是還有個小遺憾，就是她的終身大事，
倒不是她想嫁人了，而是她不想嫁，但卻不得不成親啊！
原來這朝代有規定，女子年滿二十還未婚會被官府直接許配人，
可古代女子嫁人後受限太多，她實在無法忍受關在後院伺候一家老小的生活，
若運氣壞點，再遇上伍乘風他娘那樣的惡婆婆，那日子真是沒法兒過了，
所以她幹麼要嫁人？要也是委屈一下招個贅婿回來，乖乖聽自己的話啊！
欸不是，她說要招贅，四哥一臉開心、躍躍欲試是為何？

為流浪貓狗加油 和貓寶貝 狗寶貝 廝守終生(一定要終生喔！)的幸福機會

對人來說，貓寶貝狗寶貝只是生活的一部分，但妳（你）對牠們來說，卻是生活的全部，領養前請一定要考慮清楚——

▲ 喵系活力美眉——肉鬆

性　別：女生
品　種：米克斯
年　紀：約1歲半
個　性：害羞、容易緊張，熟悉之後很愛撒嬌
健康狀況：已結紮，已施打八合一和狂犬疫苗
目前住所：花蓮縣壽豐鄉（中途愛媽家）

本期資料來源：鍾小姐

第344期推薦寵物情人

『肉鬆』的故事：

當時還是幼崽的肉鬆，被狗園救援收容，之後因結紮需要照顧，所以先暫時帶回家，但相處下來發現肉鬆脾氣非常好，認為牠值得擁有專屬自己的家。

不要看肉鬆瘦瘦的，牠的力氣很大，爆發力十足，跑步、跳高都難不倒牠！出外溜達時最好抓緊牽繩，以免牠到陌生的地方會因緊張而暴衝。已學會坐下、握手、趴下的基本指令，而且超愛撒嬌，喜歡在人身後當個跟屁蟲，也很親狗，甚至可以把到口的食物讓給其他狗狗，不過可別以為牠不愛吃，要說最不挑食又愛吃的狗狗，絕對非牠莫屬！

肉鬆是個十分享受家庭生活的毛小孩，會自己找個安全的角落當牠的窩，收放牠的娃娃和玩具，還會趁人不注意偷走沒收好的小物件。因為還是個小朋友，所以很喜歡耐咬的寶特瓶和娃娃，也會像貓咪一樣窩在紙箱裡，無論箱子多小都想塞進去，甚至連洗衣籃也可以跳進去玩樂。

如果您家的毛孩子還缺個玩伴，就讓肉鬆美眉加入吧，保證全家歡樂翻倍。手機輸入Line ID：wendy5472或直撥0910220008，鍾小姐很樂意為您介紹肉鬆之樂在何處！

認養資格：

1. 認養人須有責任心，為肉鬆定期施打預防針、心絲蟲預防藥和驅蟲。
2. 不放養、不鍊養，出門務必上牽繩，不餵食人類的廚餘和骨頭。
3. 須同意簽認養寵物切結書，並植入晶片。
4. 須同意送養人日後之追蹤家訪，半年內偶爾回傳照片，對待肉鬆不離不棄。

來信請說明：

a. 個人基本資料：姓名、性別、年齡、家庭狀況、職業與經濟來源等。
b. 想認養肉鬆的理由。
c. 過去養寵物的經驗，及簡介一下您的飼養環境。
d. 若未來有結婚、懷孕、出國或搬家等計劃，將如何安置肉鬆？

文創風
1167

金玉釀緣 上

國家圖書館出版品預行編目資料

金玉釀緣 / 元喵著. --
初版. -- 臺北市 : 狗屋出版社有限公司, 2023.06
冊 ; 公分. --(文創風 ; 1167-1168)
ISBN 978-986-509-428-7(上冊 : 平裝). --

857.7　　112006626

著作者	元喵
編輯	黃鈺菁
校對	黃薇霓
發行所	狗屋出版社有限公司
地址	台北市104中山區龍江路71巷15號1樓
電話	02-2776-5889～0
發行字號	局版台業字845號
法律顧問	蕭雄淋律師
總經銷	知遠文化事業有限公司
電話	02-2664-8800
初版	2023年6月
國際書碼	ISBN-13　978-986-509-428-7

本著作物由北京晉江原創網絡科技有限公司授權出版

定價280元
狗屋劃撥帳號：19001626
網址：love.doghouse.com.tw　E-mail：love@doghouse.com.tw